BASTEI
LÜBBE

Von Umberto Bellini ist als Bastei-Lübbe-Taschenbuch lieferbar:

12949 Venezianisches Labyrinth

UMBERTO

BELLINI

Ciao, Casanova!

BASTEI LÜBBE

BASTEI-LÜBBE-TASCHENBUCH
Band 14264

1.–2. Auflage Dezember 1999

Originalausgabe

Lektorat: Karin Schmidt
Einbandgestaltung: Gisela Kullowatz
Titelfoto: Gruner & Jahr Fotoservice/Photonica
Satz: hanseatenSatz-bremen, Bremen
Druck und Verarbeitung: Ebner Ulm
Printed in Germany
ISBN 3-404-14264-0

Der Verstand hat keinen größeren Feind als die Liebe.

(Giacomo Casanova)

1. Kapitel

Bis zur letzten Sekunde war alles eine Zitterpartie gewesen, totaler Streß. Wie so oft im Leben, wenn man sich entscheiden muß und wichtige Gründe sowohl für als auch gegen einen bestimmten Entschluß sprechen. Nach wochenlanger innerer Zerrissenheit war es Mario Bergner schließlich klargeworden, daß er nicht einerseits nach Venedig fliegen und gleichzeitig auch zu Hause bleiben konnte. Und soviel stand nun mal fest: Er mußte diese Reise um jeden Preis antreten, richtiger ausgedrückt riskieren, und damit endlich hinter sich bringen! Und klar war für ihn auch, daß eine Anreise im gleichermaßen verhaßten wie gefürchteten Flugzeug dem Auto oder der Bahnfahrt unbedingt vorzuziehen war, um endlich seiner lächerlichen, auf Klaustrophobie beruhenden Flugangst die Stirn zu bieten, die ihn seit frühester Kindheit mit eisernem Würgegriff umklammerte. Diesem nahezu ausbruchsicheren, imaginären Gefängnis würde er nur dann jemals entkommen können, wenn es ihm gelänge, sich von seinem Kerkermeister »Angst« zu befreien. Erlösung, das war ihm klar, hatte ein sich Loslösen zur Voraussetzung.

Den letzten Ausschlag bei seinen inneren Entscheidungskämpfen hatte dann wohl Regina gegeben, jene erfrischend originelle Person, von der er sich gelegentlich abends am Küchentisch die Karten legen ließ. Zwar stand er ihrem seherischen Talent mehr als reserviert gegenüber, andererseits hatte sie sich in den zurückliegenden Jahren fast ausnahmslos als Gewinn für ihn erwiesen, wenn es darum ging, in mehr oder weniger wichtigen Entscheidungssituationen eine Orientierungshilfe zu bekommen. Obendrein machte es einfach Spaß, ihren unbekümmert schnoddrigen Kommentaren zuzuhören, während sie das abgegriffene Skatblatt nach einem geheimnisvollen Ritual auflegte, über die Tischplatte verteilte, kritisch bewertete, schließlich wieder zusammenhäufelte und danach erneut mischte. Und häufiger, als es Mario eigentlich recht war, hatte sie mit ihren Aussagen den Nagel auf den Kopf getroffen. So war er, wann immer das Leben ihm mal wieder eine wichtige Entscheidung abverlangte, stets von neuem versucht gewesen, Rat und Hilfe bei »seiner Kartentante«, wie er sie insgeheim nannte, zu suchen. Wie am gestrigen Abend, als er noch vollkommen sicher war, sich endgültig und unwiderruflich gegen dieses Experiment entschieden zu haben und auf keinen Fall nach Venedig zu reisen. Und dann kam doch alles ganz anders.

Zufällig traf er Regina kurz vor Ladenschluß im Supermarkt um die Ecke, wo er sich noch schnell mit einem Stück Hartkäse und mehreren Flaschen Roséwein versorgt hatte, um nach Wochen des Zweifelns und Zauderns seinen nunmehr unverrückbaren Entschluß zu feiern und vor allem weiter zu festigen.

»Schön, dich mal wieder zu sehen«, strahlte sie ihn

an, und nach einem flüchtigen Blick auf die Weinflaschen – sie standen bereits auf dem Laufband und schepperten ruckartig in Richtung Kasse – meinte sie mitfühlend: »Du hast recht, es wäre ziemlich trostlos, völlig nüchtern ins Bett zu gehen.«

»Und noch dazu allein«, fügte er hinzu, und beide mußten herzlich lachen. Danach ein kurzes Gespräch über Belanglosigkeiten, und schließlich einigten sie sich darauf, daß er auf ein Glas mit zu ihr nach oben kommen würde. Nachdem sie zusammen fast eine halbe Flasche des schlecht temperierten, recht trockenen Franzosen geleert hatten, tastete Regina in der halb aufgezogenen Schublade ihres Küchentisches nach den Karten, wobei sie sich an einer ungesichert herumliegenden Rasierklinge den Zeigefinger der rechten Hand aufschnitt.

»Auch das noch, verdammter Mist!« fluchte sie und war dann eine Weile damit beschäftigt, zunächst die Wunde mit einem Streifen Pflaster zu versorgen und anschließend Schublade, Tischplatte sowie das Kartenspiel von Blutstropfen zu reinigen. Dann ließ sie ihn mischen und abheben und begann bedächtig damit, das Blatt auszulegen.

»Ich hatte eigentlich nicht die Absicht, mir heute von dir die Karten legen zu lassen«, wollte sich Mario wehren. Mit einer energischen Handbewegung entkräftete sie jedoch seinen zwar gereizt klingenden, aber wenig überzeugend vorgetragenen Einwand. Nachdem sie alle Karten verteilt, aufgedeckt, nach einem geheimen Ritual verschoben und zu kleineren Gruppen neu geordnet hatte, stützte sie ihren Kopf mit beiden Händen ab, und aus zusammengekniffenen Augen sprühten konzentrierte, abschätzende Blicke, die, einem Laserstrahl vergleichbar, in die verborgene Symbolwelt des vor ihr ausgebreiteten Spiels einzudringen schienen. Nach Minuten angespannter Stille lehnte sie sich schließlich wie erlöst in ihrem Stuhl zurück, fuhr sich dann mehrfach mit der Rechten übers Gesicht, als gelte es, einen Schatten zu vertreiben, und sah ihn dann überrascht an: »Du wirst eine Reise machen, eine sehr wichtige sogar, und zwar schon bald.«

»Quatsch«, fuhr Mario sie regelrecht an. »Pack dein Blatt zusammen, du bist verdammt schlecht drauf heute. Halten wir uns lieber an die nächste Flasche.«

»Hier«, sagte sie, von seiner Schroffheit völlig unbeeindruckt, und wies mit weit ausgestrecktem Zeigefinger auf den Herzkönig, »Kreuz Zehn, die Reisekarte liegt direkt bei dir.«

»Und was liegt da noch so bei mir?« forschte er mit vorgetäuschtem Desinteresse nach.

»Herz Dame zur Linken, allerdings durch Herz Bube von dir getrennt, und dann auch noch ...« Sie schwieg nachdenklich.

»Was noch?«

»Kreuz As ...«

»Und?«

»Es ist eine Karte, die für Trennung oder auch Ende steht.« Und nach einer längeren Pause fügte sie noch sehr leise hinzu: »Manchmal kündigt sie sogar den Tod an.«

Während sie das sagte, beobachtete Mario mit einem gewissen Entsetzen, wie nochmals ein wenig Blut aus ihrer notdürftig versorgten Wunde sickerte und direkt zwischen Herz König und Pik Sieben auf den Tisch tropfte. Schnell wischte sie mit ihrem Ärmel darüber hinweg, aber noch für Minuten war auf der polierten Platte eine schmale, feucht glänzende Spur erkennbar.

»Nun mal im Klartext, was hat es mit deinen geheimnisvollen Weissagungen auf sich? Du kommst mir heute abend vor wie eine böse Fee im Märchen.«

»Nun, alles spricht dafür, daß du ganz kurz vor einer für dich sehr wichtigen Reise stehst. Kann schon sein, daß du bereits morgen abend nicht mehr hier bist ...«

»Quatsch, ich verreise nicht!«

»Und auf dieser Reise«, fuhr sie unbeirrt fort, »wirst du eine Frau kennenlernen, eine ältere wahrscheinlich; im übrigen sieht es danach aus, daß sie bereits seit längerem verheiratet und damit prinzipiell unglücklich ist. Ferner scheint festzustehen, daß es nicht bei dieser einen Begegnung bleiben dürfte. Aber eine derartige Entwicklung«, fügte sie mit leiser Ironie hinzu, »wäre ja nichts Außergewöhnliches bei dir.« Nach dieser Bemerkung versuchte Regina, sich mit einem unbekümmerten Lachen von dem Thema zu verabschieden, aber Mario drängte darauf, mehr über die Bedeutung des geheimnisvollen Kreuz As zu erfahren. Als sie sich jedoch auch nach längerem und mit viel Charme vorgetragenem Bitten und Betteln nicht zu weiteren Erklärungen bereitfand, machte er sich mürrisch auf seinen kurzen Heimweg. Verärgert, irritiert und obendrein auch noch mit heftigem Sodbrennen ging er zu Bett. Viel früher, als es seiner Gewohnheit entsprach. Wie befürchtet, gab es mit dem

Einschlafen Probleme. Allzu viele Gedankenspiele, offene Fragen und auch absurde Ängste rotierten in seinem Kopf und hinderten ihn hartnäckig daran, in Morpheus Reich hinabzutauchen. Schließlich sprang er wieder auf, zündete sich eine Zigarette an, griff nach dem Telefon und klingelte Regina aus dem Schlaf. Zunächst war sie spürbar ungehalten über die späte Störung, ließ sich dann aber sehr schnell durch seine einschmeichelnde Stimme versöhnen.

»Also was ist?« wollte sie wissen.

»Die Sache mit dem Kreuz As will mir nicht aus dem Kopf gehen.«

»Verstehe ich nicht, du hältst doch nichts vom Kartenlegen. Warum also die Aufregung?«

»Ich halte auch nichts davon, jedenfalls nicht viel, wie du weißt. Aber es beunruhigt mich trotzdem. Außerdem«, er zögerte einen Moment lang, »ich muß dir etwas beichten.«

»Leg los!«

»Seit Monaten schlage ich mich mit dem Problem herum, ob ich eine gewisse Reise machen soll oder nicht – wohin und aus welchen Gründen, das spielt jetzt keine Rolle. Heute nun hatte ich mich dafür entschieden, diese Reise endgültig, also für alle Zeiten, aus meinem Programm zu streichen. Jetzt hast du mir mit deinen dämlichen Karten dazwischengefunkt und ein Thema, von dem ich mich gerade verabschiedet hatte, liegt nun wieder vor mir auf dem Tisch. Es macht mich fast verrückt.«

»Ich habe lediglich gesagt, was ich gesehen habe, und dabei bleibe ich.«

»Es wäre also besser, wenn ich doch reisen würde?«

»Um diese Frage geht es doch gar nicht ...«

»Sondern?«

»Du wirst reisen, so einfach liegen die Dinge. Und jetzt tschüs, und bring nächstes Mal bitte einen besseren Wein mit. Ich habe scheußliches Sodbrennen und nicht mal Natron im Haus. Aber eine Frage noch: Wohin soll denn die Reise eigentlich gehen?« Ihre Stimme klang scheinheilig.

»Was fragst du mich danach? Sieh doch in deine verdammt schlauen Karten.«

»Du bist sehr schlecht gelaunt heute abend, also dann ciao, mein kleiner Casanova! Gute Reise, und melde dich mal von unterwegs.«

»Was meinst du eigentlich mit Casanova?« wollte Mario wissen. »Der war doch, soviel mir bekannt ist, ein Draufgänger, ein Frauenheld. Ich dagegen«, fügte er etwas kleinlaut hinzu, »bin schließlich eher das Gegenteil davon.«

»Unfug! Nur liegt dein Problem leider immer noch da begraben, daß du dir deines Charmes und deiner Wirkung auf Frauen nicht voll bewußt bist. Irgend etwas in dir hemmt und bremst noch, aber das wird sich bald ändern. Du siehst doch sehr gut aus, bist gebildet, hast Geschmack und obendrein auch noch bessere Manieren als der Durchschnitt, was fast schon ein Sechser im Lotto ist. Alles Eigenschaften, die bei jungen Männern deiner Generation durchaus nicht mehr zum Standard gehören. Ehrlich, du bist ein limitiertes Sondermodell mit Extras, die es normalerweise nicht mal mehr gegen Aufpreis gibt.«

Längere Pause. Mario spürte, wie sein Gesicht rot aufflammte, und ein plötzlicher, unerträglicher Juckreiz an beiden Oberschenkeln zwang ihn dazu, blitzschnell unters Deckbett zu greifen und die betroffenen Stellen so lange mit den Fingernägeln zu bearbeiten, bis die Schmerzgrenze erreicht war.

»Bist du inzwischen etwa schon abgetaucht?« erkundigte Regina sich nach einer Weile. »Also, um noch einmal auf Casanova zurückzukommen, zwischen ihm und dir gibt es natürlich nicht nur gewisse interessante Parallelen, sondern durchaus auch gravierende Unterschiede.«

»Und die bestehen ...«

»... vor allem darin, daß dein historischer Vorgänger recht lustbetont und sehr aktiv unter jeden Frauenrock griff, während du dir am liebsten in der Rolle des Eroberten gefällst.«

»Das mag stimmen«, pflichtete Mario ihr bei, »aber darüber diskutieren wir besser zu einem späteren Zeitpunkt. Jetzt würde mich abschließend nur noch interessieren, wieso du mich ausgerechnet heute abend zum ersten Mal mit diesem Casanova in Verbindung bringst. Immerhin kennen wir uns doch bereits seit vielen Jahren, und niemals hast du diesen Vergleich gebracht.«

»Um ehrlich zu sein, ich weiß selbst nicht genau, wie ich darauf gekommen bin«, log Regina. »Also mach dir am besten nichts daraus. Vielleicht hängt es damit zusammen, daß ich gerade in Casanovas Memoiren lese. In diesem Jahr, ich glaube im Juli, wird übrigens sein zweihundertster Todestag begangen, wie das so heißt. Seine Heimatstadt Venedig, die den verblichenen Frauenliebling nicht gerade mit Samthandschuhen angefaßt hat, ehrt ihn jetzt sogar erstmals mit einem hübschen Denkmal und einer Ausstellung. Ich hab's in irgendeiner Zeitung gelesen. Du solltest dir das mal ansehen, wenn du dort bist.«

»Wie kommst du eigentlich darauf, daß ich nach Venedig reisen werde?« herrschte Mario sie an. Sie antwortete ihm mit einem hintergründigen, nachhaltigen Lachen.

»Den ganzen Abend über verheimlichst du mir schon etwas, verfluchte Hexe! Hol dich der Teufel samt deinen Karten«, zischte Mario ins Telefon. Damit brach er das Telefonat ab, legte sich erneut zu Bett und haderte noch eine Weile lang mit der Tatsache, daß er seinen Tag mit einer Verwünschung abgeschlossen hatte. Er war abergläubisch. Trotz seiner Erregung schlief er aber bereits wenige Minuten später ein.

Am späten Vormittag des nächsten Tages hatten Schicksal oder Zufall, wie immer man es sehen mochte, endgültig entschieden. Marios telefonische Anfrage bei der Lufthansa wegen einer Buchung auf die Mittagsmaschine nach Venedig war umgehend bestätigt worden. So etwas war zu dieser Jahreszeit als seltener Glücksfall zu bewerten, denn wer Ende Mai mal eben schnell und ganz spontan in die Lagunenstadt wollte, der mußte in aller Regel mit einer Absage rechnen – leider bis auf den letzten Platz ausgebucht! Zwar gab es gelegentlich Ausweichmöglichkeiten auf eine Alitalia-Maschine, aber die flog über Mailand, was die Anreisezeit um nervende zweieinhalb Stunden verlängerte.

Mit dem Ticket in der Gesäßtasche seiner Armani-Jeans und befreit vom Druck einer monatelangen Entscheidungsunlust, schlenderte Mario Bergner jetzt durch die weitläufigen Hallen des Frankfurter Flughafens. Seine kleine Reisetasche, nur das unverzichtbar Notwendigste hatte er morgens in sie hineingestopft, war ihm bereits ohne lange Wartezeit an einem Abfertigungsschalter abgenommen worden. Nun blieb ihm bis zum Abflug noch eine gute Stunde Zeit, die er mit einer seiner Lieblingsbeschäftigungen genußvoll auszufüllen gedachte. Sie hieß: Menschen beobachten. Gleichzeitig wollte er sich ein wenig umschauen.

Diese eigenartig künstliche, ja lebensfremde Atmosphäre der riesigen Räume, der hohen, weitläufigen Hallen und Einkaufsgalerien faszinierte und bedrückte ihn auch diesmal wieder. Eine Empfindung, die ihn stets dort befiel, wo das Alltägliche, Zufällige und Selbstverständliche durch Beton, Glas und Dächer ausgegrenzt, gekäfigt und durch eine klimatisierte, sanft beschallte, also bis in alle Einzelheiten hinein verplante Kunstwelt ersetzt worden war. Ohne besondere Absicht schloß sich Mario wahllos einer der vielen aus Menschen und Gepäckstücken gebildeten Strömungen an, die sich nach einem geheimnisvollen Plan oder Zufallsprinzip ständig miteinander vermischten, neu gruppierten, zu Stauungen verdichteten oder auch ganz plötzlich auflösten. Inmitten dieses Chaos, das er trotz aller Hektik paradoxerweise als Slow-Motion-Show erlebte, behaupteten sich hier und dort winzige Inseln der Ruhe und kurze Momente des Glücks: eine junge Frau etwa, die unbekümmert ihr Baby stillte, ein griechischer Bauer mit Strohhut und nachlässig verschnürtem Pappkarton, der zwischen seinen groben Händen Weißbrot brach, mit Schafskäse belegte und andächtig in seinen nahezu zahnlosen Mund schob, oder das noch sehr junge Liebespaar von irgendwoher, das sich eng umschlungen aneinanderdrängte und die nächste Nacht oder eine feinsandige Bucht herbeisehnte, am liebsten in der Karibik.

Schon bald hatte Mario sich sattgesehen, müde gelaufen, er verspürte leichten Kopfschmerz mit Übelkeit, und die trockene, elektrisch aufgeladene Luft, die gelegentlich einen leichten Kerosingeschmack auf seiner Zunge hinterließ, erzeugte einen unangenehmen Kitzelreiz im Hals. So entschloß er sich, da er gerade bei *Harrod's* vorbeikam, einen Gin Tonic an der Bar zu nehmen. Der Longdrink erwies sich jedoch als schal und schlecht gekühlt, wodurch sein Unwohlsein nach wenigen Schlucken noch weiter gesteigert wurde. Dies deutete er als schlechtes Omen, und er war einige Momente lang versucht, die Reise sofort abzubrechen und zurück nach Hause zu fahren. Die Erinnerung an einen Ausspruch seines früheren Professors, es mußte im dritten oder vierten Medizinsemester gewesen sein, gab Marios Zweifeln zusätzliche Nahrung. »Meine Damen und Herren«, hatte der als Zyniker bekannte Mann damals gesagt, »eine rechtzeitig vorgenommene Abtreibung ist allemal besser als die spätere Geburt eines ungeliebten, möglicherweise auch noch behinderten Kindes.« Und schien doch nicht vieles, wenn nicht sogar alles, für einen sofortigen »Schwangerschaftsabbruch« zu sprechen? Immerhin war diese Venedigreise alles andere als ein Wunschkind für ihn, sondern vielmehr das Produkt seines zwanghaften Denkens – eine Vergewaltigung also! Ganz zu schweigen von Regina mit ihrem Kreuz

As, dieser angeblichen Todeskarte. Andererseits, auch das mußte bedacht werden, hatte jede Abtreibung bekanntlich Folgen. Zurückkommen, ohne wirklich fort gewesen zu sein – würde er dazu am nächsten Tag überhaupt noch stehen können? Wohl kaum. Und wie würde er mit den anderen zurechtkommen, mit Freunden, Bekannten und all jenen, die einem stets Rechenschaft und Erklärungen für etwas abverlangten, was sie eigentlich einen Dreck anging. Schließlich gab es auch noch das Problem mit seiner Reisetasche, die längst vom computergesteuerten Darmkanal des Airports verschlungen, verdaut und an einem vorbestimmten Platz, zu dem jetzt niemand mehr einen Zugriff hatte, wieder ausgeschieden worden war.

Nach ermüdendem Umherstreifen durch mehrere Ebenen des Terminals fand er am äußeren Ende einer plattgesessenen, aber recht bequemen Sitzgruppe einen letzten freien Platz, ließ sich dort nieder und schaute dem hektisch pulsierenden Treiben mit einer Art wachem Desinteresse zu, ähnlich so, wie manche Staatsmänner von ihrem Tribünenplatz aus eine vorbeiziehende Militärkapelle oder eine Folkloregruppe zur Kenntnis nehmen. Schließlich überkam ihn eine leichte Schläfrigkeit, und während er schon im Begriff war, seine Augen langsam zu schließen, um sich für einige Momente davonzustehlen, wurde seine Aufmerksamkeit von zwei Frauenbeinen geradezu erregt. Genau genommen waren es nur die mit schlichter Eleganz beschuhten Füße, die seinen Blicken etwa bis zur Höhe der Waden zugänglich waren, denn die dazugehörige Person wurde durch eine vor ihm aufgestellte Informationstafel abgeschirmt. Die Art und Weise, wie die für ihn weitgehend Unsichtbare lässig auf und ab ging, gelegentlich stehenblieb, den rechten Fuß dann für Momente hinter der linken Ferse verschränkte und mit der Schuhspitze im Takt auf den Boden tippte, entzündete die Flamme seiner stets zum Aufleuchten bereiten erotischen Phantasie. Sofort begann Mario damit, den ihm noch verborgenen Teil der Frau, sie mochte vierzig oder auch älter sein, in seiner Phantasie zu ergänzen. Gedanklich formte er Figur und Gesicht aus, legte Schnitt und Farbe der Haare ebenso fest wie die Größe ihres sicherlich festen Busens, den Glanz ihrer Augen und die üppige Sinnlichkeit ihrer Lippen. So entstand innerhalb weniger Sekunden vor seinem inneren Auge das Bild einer vollkommenen Frau, das er dann durch die Zuordnung bewundernswerter Attribute nachträglich noch ergänzte. Ganz sicherlich war sie nicht nur schön, sondern auch sensibel und gebildet, hatte eine gepflegte Aussprache, blendend weiße Zähne, war tolerant und selbstbewußt zugleich und natürlich auch mit einer außerordentlichen Hingabefähigkeit ausgestattet. Als Mario nach einigen weiteren Hinzufügungen und Korrekturen mit der Erschaffung seiner persönlichen Eva einverstanden war, klopfte er sich selbstironisch auf die Schulter und erinnerte sich eines Satzes aus der Schöpfungsgeschichte des Alten Testamentes: »Und Gott sah alles, was er gemacht hatte, und fürwahr, es war sehr gut.«

Dann fand er allmählich zur Realität zurück, etwa so, wie man am Morgen nach einem schönen Traum in die Banalität des Alltags hinüberwechseln muß. Ihm wurde bewußt, auf welch hauchdünne Eisdecke der Phantasie er sich wieder einmal vorgewagt hatte, um eine Fata Morgana ins Nichts zu projizieren, die keiner späteren Überprüfung standhalten würde. Es war ihm ja schon oft genug passiert, daß er in Frankfurt oder anderswo einer scheinbar faszinierenden Frau hinterhergelaufen war, voll heimlicher Sehnsüchte und Hoffnungen, die sich jedoch fast immer als bittere Täuschung entlarvten, sobald die heimlich Verehrte etwa plötzlich stehenblieb, sich umschaute und er dann voller Ernüchterung, ja Entsetzen in irgendein Dutzendgesicht blicken mußte. Während er wenige Augenblicke lang mit diesen Gedanken beschäftigt war, hatte er den Blickkontakt zu seiner Traumfrau für Momente unterbrochen, und als er wieder hinschaute, waren die schönen Füße verschwunden. Er sprang auf, hastete hinüber zur Stellwand, aber die vermeintliche Schönheit hatte sich tatsächlich in Nichts aufgelöst, wie eine gute Fee im Märchen. Als er enttäuscht und mit gesenktem Kopf zu seinem Platz zurückkehrte, sprach ihn sein Nachbar an, ein schmächtiges, völlig unscheinbares Männlein, das er bisher völlig übersehen hatte und das wie ein überflüssiger Fussel an seiner weit ausgebreiteten Reisedecke zu haften schien.

»Sie haben recht«, sagte der Fussel, »eine ungewöhnlich schöne Frau!«

»Ich weiß nicht, wovon Sie überhaupt reden.« Mario, der sich ertappt fühlte, reagierte zunächst gereizt. »Außerdem«, lenkte er danach etwas versöhnlicher ein, »von der Dame war ja leider nur sehr wenig zu sehen, fast nichts. Deshalb wollte ich mich mal eben davon überzeugen, ob zu den erregend schönen Füßen auch eine ebenso attraktive Frau gehörte. Aber jetzt ist sie leider weg, wie vom Erdboden verschluckt.«

»Der Anblick ihrer Gesamtheit hätte Sie sicherlich nicht enttäuscht.«

»Wieso? Sie haben doch auch nicht mehr von ihr sehen können als ich.«

»Können Sie denn etwa nicht auch durch derart dünne Wände schauen? Aber ich bitte Sie, mein Herr!« Mario war nun zugegebenermaßen außerordentlich irritiert und verunsichert. Abwechselnd blickte er kritisch hinüber zur Stellwand, um sie auf etwaige Durchsichtigkeit hin zu überprüfen, und dann wieder auf den Fussel, der ihm freundlich zulächelte. Da ihm dieser Mann irgendwie immer unheimlicher wurde und ihm wenig an einer Fortsetzung des Gesprächs lag, raffte er kurz entschlossen sein Handgepäck zusammen und wandte sich grußlos zum Gehen. Da sprang ihm das groteske Geschöpf mit einer schnellen Bewegung nach und zog ihn, mit einem für seine Körpermaße erstaunlich festen Griff, dicht zu sich heran und flüsterte eindringlich: »Die Schöne reist mit dem Schatten des Todes, sollten Sie das wirklich nicht bemerkt haben? Leben Sie wohl, und grüßen Sie mir Venedig, die Stadt der Liebe, Illusionen und des Untergangs!« Dann ließ er ab von ihm und verschwand spurlos in einer vorbeiwogenden Reisegruppe. Auf seinem Platz ließ er einen kleinen Notizblock zurück, den Mario hastig an sich nahm. Dann stand er eine Weile regungslos da, erstarrt zu der sprichwörtlichen Salzsäule. Über dem Chaos von Ungereimtheiten, die der Fussel mit seiner Erscheinung und seinen wirren

Äußerungen in Marios Kopf aufgetürmt hatte, dominierten die Worte: »Die Schöne reist mit dem Schatten des Todes ... und grüßen Sie mir Venedig, die Stadt der Liebe, Illusionen und des Untergangs!« Woher, um alles in der Welt, konnte diese merkwürdige Kreatur, der er mit Sicherheit nie zuvor in seinem Leben begegnet war, wissen, daß er nach Venedig wollte? Während er sich noch ziemlich hilflos darum bemühte, Gedanken und Gefühle zu ordnen, um zu einer Bewertung des soeben Erlebten zu kommen, wurde sein Flug aufgerufen. Wenige Minuten später saß er, nach mehrfachen Verirrungen im metastasierenden Labyrinth des Airports, auf dem ihm zugewiesenen Platz im Heck der Maschine. Aber es waren nicht nur die übrigen Passagiere des nahezu ausgebuchten Airbus, mit denen er während der nächsten Stunde eine aufgezwungene Schicksalsgemeinde bilden würde. Es war noch ein unsichtbarer, unkalkulierbarer und damit äußerst gefährlicher blinder Passagier mit ihm an Bord gegangen: seine Ängste, der düstere Schatten und Verfolger eines unter Klaustrophobie leidenden Erstfliegers!

Nachdem die ungewohnte und für ihn neue Umgebung zunächst sein Interesse auf durchaus angenehme Weise gebunden hatte, spürte Mario, wie der Dämon in ihm, der bereits auf der Lauer lag, seine Stunde gekommen sah und sich langsam emporreckte. Zunächst waren es nur Kleinigkeiten, an sich unbedeutende Wahrnehmungen also, die zwar erste Irritationen in ihm auslösten, aber zunächst noch keineswegs in der Lage waren, zu einer echten Bedrohung heranzuwachsen. Noch war die Vernunft, dieser freilich nicht immer sehr zuverlässige Freund, sein Verbündeter. Aber wie lange noch? Mario kam sich vor wie ein Dompteur, der mit beschwörenden Bewegungen versuchte, die zum Sprung entschlossene, bereits böse fauchende Raubkatze noch unter Kontrolle zu halten.

Als die Stewardeß schließlich die Kabinentür schloß und er hörte, wie die Verriegelung solide und mit einem eher brutalen Krachen einrastete, war klar, daß ihm jetzt der einzige Fluchtweg abgeschnitten, die letzte Nabelschnur zur Außenwelt gekappt war. Seine Hände wurden kaltfeucht, das Blut entwich aus ihnen, und sie begannen zu zittern. Aber er war nicht zur Kapitulation bereit, jedenfalls noch nicht. Da seine Flugangst unter anderem in der festen Überzeugung wurzelte, daß ein mehrere hundert Tonnen schwerer Jet, noch dazu vollgestopft mit Passagieren, übergewichtigen Koffern und Tausenden von Litern hochexplosiven Kerosins nicht die geringste Chance haben konnte, jemals vom Boden abheben – geschweige denn sich auch noch sicher in der Luft halten zu können, hatte er sich bereits vor Wochen mit den physikalischen Voraussetzungen für die angebliche Flugtauglichkeit eines solchen Metallmonsters, in dem er nun gefangen gehalten wurde, ein wenig beschäftigt. Aus seiner Brieftasche fingerte er hastig einen Zettel hervor, es war die Abschrift eines erklärenden Textes zum Thema »Flugzeug« aus einem Universallexikon. Mehrmals sprach er die wenigen, kaum Trost spendenden Sätze vor sich hin. Leise, innig wie ein letztes Gebet und voll angezweifelter Hoffnung auf Hilfe oder gar Erlösung. »Durch den Anstellwinkel der Flügel«, hieß es lapidar, »wird die Fluggeschwindigkeit zur Bildung von Auftrieb an den Flügeln verwendet. Im Flug erzeugt die Luftströmung um den Flügel einen Überdruck auf der Unterseite und eine Saugwirkung auf der Oberseite, die zusammen den *Auftrieb* ergeben.« Die Tatsache, daß der Begriff ›*Auftrieb*‹ durch Schrägstellung im Druck hervorgehoben war, beruhigte ihn zunächst ein wenig; denn darauf kam es ja schließlich an, daß es eine treibende, nach oben gerichtete Kraft gab. Weiter las er: »Der Auftrieb wächst mit zunehmendem Anstellwinkel und zunehmender Fluggeschwindigkeit.« Punkt, Ende der Information. So einfach also war Fliegen.

Durch das kleine, mit Kondenswasser beschlagene und von plattgedrückten Nasen fettig verschmierte Fenster sah er nach draußen auf den rechten Flügel der Maschine und versuchte sich vorzustellen, wie eine zunehmende Fluggeschwindigkeit und der für ihn nicht erkennbare Anstellwinkel das Flugzeug problemlos in die Höhe tragen sollten. Dabei fiel sein Blick auf das mächtige Düsentriebwerk. Kraftstrotzend, wie der von einem Designer durchgestylte pralle Hoden eines jungen Stiers, hing es unter der Tragfläche. Dieses Symbolbild für Stärke beruhigte ihn durchaus, jedenfalls vorläufig. Aber als Mario entdeckte, daß diese Energiebombe nur über einen geradezu leichtfertig schmalen Metallsteg mit der Unterseite des Flügels verbunden war, schmolz sein Vertrauen sofort wieder dahin. Diese brüchige Verbindung zwischen Antreiber und Angetriebenem würde der Schubkraft von vielen tausend PS keineswegs standhalten können. Die Katastrophe war demnach vorprogrammiert. Da half ihm auch nicht die Erinnerung an all jene schönen Eindrücke weiter, wenn er sommertags im Gras oder an einem südlichen Strand gelegen und sehnsüchtig einem Jet nachgeschaut hatte, der weit über ihm, stolz, unangreifbar und frei, einem fernen Ziel entgegenflog. Es war nun mal ein verdammter Unterschied, ob man an der Faszination des Fliegens aus sicherer Erdgebundenheit teilhatte oder aber selbst in einem solchen Luftkäfig saß und darauf vertrauen mußte, daß Schubkraft und Anstellwinkel auch wirklich den erforderlichen Auftrieb garantierten.

Resigniert wandte er seine Aufmerksamkeit wieder den Vorgängen in der Kabine zu. Die Flugbegleiter waren inzwischen damit beschäftigt, Zeitschriften zu verteilen, letztes Handgepäck in den Ablagen zu verstauen und den korrekten Sitz der Anschnallgurte zu überprüfen. Die Triebwerke wurden nacheinander gezündet, heulten kurz auf und setzten die Maschine mit einem sanften Schub in Bewegung. Während sie langsam in Richtung Startbahn West rollte, demonstrierte ein Video mit zuvorkommend lächelnden Vertrauenspersonen, mit welchen Annehmlichkeiten der Passagier für den Fall einer Katastrophe zu rechnen hatte. Sauerstoffmasken würden ganz von selbst zu ihm herabfallen, Leuchtstreifen auf dem Boden den Weg zu den Notausgängen weisen, und Schwimmwesten, mit einem automatisch aufleuchtendem Blinklämpchen versehen, gelte es lediglich unter dem Sitz hervorzuziehen und anzulegen. Diese und alle noch folgenden Hinweise hätten Mario eigentlich beruhigen müssen, aber das genaue Gegenteil davon trat ein. Gerade diese infame Verharmlosungsstrategie war es, die seinen Argwohn und seine verborgensten Ängste mit einem Schlage mobilisierte. Er nahm wahr, wie sich der Dämon in ihm zu seiner ganzen Größe erhob, wie Panik von seinem Bewußtsein Besitz ergriff und ihn in einen Zustand versetzte, der sich jeder rationalen Selbstkontrolle entzog. Hinabgezogen durch den Sog der Emotionen, versank er in den Untiefen der Irrationalität. Nur zu einem letzten, halbwegs klaren Gedanken oder auch Entschluß war er noch fähig, und mit ihm verband er die vage Hoffnung auf Rettung in letzter Sekunde: Raus hier, sofort und um jeden Preis! Aber wie? Er brauchte Gleichgesinnte, Verbündete. Nur gemeinsam konnte man den Start, die Katastrophe noch verhindern. Hilfesuchend sah er sich bei seinen Nachbarn um, blickte den Gang entlang bis ganz nach vorne. Aber, zu seinem Entsetzen, überall nur entspannte Gesichter, fröhliche sogar oder allenfalls gelangweilte, hier und da auch nachdenkliche und schläfrige. Jedoch keine, in denen sich die Angst erkennbar eingenistet hatte. Fassungslos nahm er zur Kenntnis, daß er unter mehr als hundert Ignoranten, Verrückten, ja Verrätern völlig allein war. An diesem kritischen Punkt angelangt, wo jede weitere Eskalation seines Gemütszustandes im Wahnsinn hätte enden müssen, wurde Mario in Bruchteilen von Sekunden klar, daß die einzige, letzte Rettungschance für ihn darin bestand, seinen Widerstand gegen die Angst sofort und bedingungslos aufzugeben. Das Unabwendbare, dachte er, müßte seinen Schrecken verlieren, sobald man einverstanden mit ihm war und ihm die Hand reichte. Also gut, entschied er tapfer, wenn es nun mal sein muß, dann werden wir eben alle gemeinsam sterben – oder auch nicht!

Das Wunder geschah. Die Panik entließ ihn aus ihrem Würgegriff, der Dämon zog sich geschlagen zurück, vielleicht war er sogar für alle Zeiten vernichtet. Nur darum ging es also, begriff Mario, der Angst nicht mehr die Stirn zu bieten, einverstanden zu sein und sie dadurch zu entwaffnen. Einen Feind, der nicht zu besiegen war, sollte man sich zum Freund machen. Nun, man würde sehen. Entspannt und erschöpft ließ sich der Sieger glücklich in seinen Sitz zurückfallen, schaute aus dem Fenster und verfolgte ab jetzt mit erwartungsvollem, fast heiterem Interesse die weiteren Vorbereitungen für den ersten Flug seines Lebens. Der Airbus hatte inzwischen seine Startposition erreicht und duckte sich, einem ungeduldig lauernden, kraftvollen Greifvogel vergleichbar, auf die in der Mittagshitze flimmernde Piste. Endlich gab der Tower den Take off frei. Sehr zögernd zunächst setzte sich der Jet in Bewegung, donnernd und kraftvoll stemmten sich die Schubkräfte seiner Triebwerke gegen die noch erdgebundene Trägheit der Maschine und trieben sie zu einem schnell wachsenden Tempo an. Mario sah nach draußen, fasziniert vom Eindruck dieser noch nie erfahrenen Beschleunigung, der sich nichts entgegenzustellen wagte. Und während er nach unten sah, wo das graue Band der Betonpiste nur noch aus vorbeijagenden Fetzen zu bestehen schien, kam für Momente nochmals eine Spur Angst in ihm hoch. Jetzt, dachte er, müßte das Flugzeug doch endlich abheben, denn auch das Ende der längsten Startbahn konnte nicht mehr weit entfernt sein.

Und da war dieser Kampf auch schon entschieden: der von jedem Flugreisenden immer wieder als Erlösung empfundene Triumph des Auftriebs über die Schwerkraft.

Nun erst, nachdem er wieder zu sich selbst gefunden hatte, weil seine Aufmerksamkeit nicht mehr Sklave seiner Ängste war, nahm Mario erstmals bewußt wahr, daß links neben ihm eine Frau in der Reihe saß. Da sie sich hinter einer ausladenden Zeitung verschanzt hatte, es war die *Neue Zürcher*, konnte er zunächst nicht viel mehr von ihr wahrnehmen als eine bewundernswert feingliedrige, knapp, aber kostbar beringte rechte Hand sowie, wenn sie die Zeitung beim Umblättern für einen Moment zusammenfaltete, Teile ihres zur gegenüberliegenden Seite gewandten Profils. Ergänzt wurde dieser unvollkommene Eindruck durch den diskret anregenden Duft eines ihm unbekannten Parfums. Es umhüllte sie wie ein schützender Mantel, der dennoch darauf zu warten schien, aufgeknöpft und zur Seite gelegt zu werden. Unwillkürlich mußte er an das Märchen vom Dornröschen denken.

Eine Stewardeß, die ihre Lustlosigkeit mit einem falschen Lächeln garnierte, bot kaltfeuchte, in Klarsichtfolie eingewickelte Sandwichs an. Wahrscheinlich, befürchtete Mario, wieder mit leichenblassem Putenfleisch belegt, das die Deutschen so schätzten, und lehnte angeekelt ab. Da auch seine Nachbarin durch leichtes Kopfschütteln ihren Verzicht auf den Gratishappen bekundet hatte und damit weiterhin der Lektüre ihrer Zeitung verbunden blieb, genoß er zunächst den für ihn noch ungewohnten Ausblick in die

Tiefe, wo zwischen üppig aufgebauschten Kumuluswolken, die sich wie zerbrechliche gotische Kathedralen in den Himmel emporreckten, gelegentliche Ausblicke auf die bizarren Formationen der Schweizer Alpen möglich waren.

Früher als veranschlagt näherten sie sich dem Ziel Venedig. Die Maschine verließ ihre Reiseflughöhe und, was viel aufregender für Mario war, seine geheimnisvolle, reservierte Reisebegleiterin machte endlich Anstalten, sich von ihrer Tarnkappe zu befreien. So elegant, wie es unter den einengenden Verhältnissen möglich war, ordnete sie das Gewirr von Blättern, faltete es sorgfältig zusammen und legte die Zeitung danach in ihrem Schoß ab. Jetzt war er versucht, sofort zu ihr hinüberzusehen, aber er hielt es für klug, noch einen Moment damit zu warten. Als er es schließlich wagte, wurde er von dem Umstand überrascht, daß sich ihre Blicke auf Anhieb trafen. Also, das stand nun mal fest, mußte sie im selben Augenblick wie er das Bedürfnis gehabt haben, einen ersten Blickkontakt aufzunehmen, aus welchen Gründen auch immer. Sie nickten sich zu, und weil er den Eindruck hatte, daß sie ihn bei aller Reserviertheit mit einem wohlwollenden, kurz aufleuchtenden Lächeln bedachte, beschloß er, den hauchdünnen Faden ihres ersten Kontaktes nicht gleich wieder abreißen zu lassen.

»Sie wollen also auch nach Venedig?« fragte er hastig. In der Eile und vor Aufregung war ihm nichts Gescheiteres eingefallen.

»Es wird mir kaum etwas anderes übrigbleiben«, antwortete sie mit unüberhörbarer Ironie, »es ist nämlich ein Direktflug! Für Sie vielleicht der erste Flug überhaupt, oder irre ich mich da etwa?«

»Wieso?« Mario errötete, fühlte sich ertappt.

»Nun, Sie schienen mir vor dem Start sehr nervös, wenn nicht gar verängstigt zu sein, wie das erfahrungsgemäß beim ersten Mal meistens so ist.«

Sie hat mich also heimlich beobachtet, schoß es ihm durch den Kopf, und ich habe es nicht einmal bemerkt. Zugleich verschaffte ihm dieser Gedanke eine gewisse Genugtuung, denn nun war klar, daß sie irgendein Interesse an ihm haben mußte. Jedenfalls bildete er sich das ein.

»Beim ersten Mal ist man immer ein wenig aufgeregt«, rechtfertigte Mario sich. Da beiden sofort der Doppelsinn dieses Wortspiels bewußt wurde, lachten sie sich versöhnlich, ja fast freundschaftlich an.

»Sie wollen länger bleiben, oder?« erkundigte sie sich mehr aus Höflichkeit als aus Interesse.

»Ich weiß noch nicht ...«

»Sind Sie gut untergekommen, auf San Marco wahrscheinlich?«

»Ich denke schon, das heißt, ich habe noch gar kein Hotel gebucht. Diese Reise war ein spontaner Entschluß.«

»Wie, noch kein Hotel? Ich hoffe, Sie haben ein Rückflugticket für die Abendmaschine nach Frankfurt in der Tasche, denn Venedig ist zu dieser Jahreszeit auf Wochen hinaus ausgebucht. Außer, Sie können sich die Nacht dreihunderttausend Lire oder weit mehr kosten lassen.« Jetzt musterte sie ihn zum ersten Mal etwas eingehender, fast abschätzend, wohl um seine Liquidität besser bewerten zu können. Da ihr

Urteil eher kritisch ausfiel, entschloß sie sich, dem Hans im Glück neben ihr mit ein paar wohlgemeinten Ratschlägen unter die Fittiche zu greifen. »Direkt in der Stadt«, fuhr sie fort, »werden Sie mit Sicherheit scheitern. Tutto completo, Signore! Mit sehr viel Glück könnte es allenfalls auf dem Lido noch klappen. Der Vaporetto, den Sie sicherlich vom Flughafen aus nehmen werden, legt dort an. Nach Murano ist es die nächste Station. Übrigens«, fuhr sie aufmunternd fort, gerade so als wolle sie ihm die vorgelagerte Insel schmackhaft machen, »es ist nicht unbedingt ein Nachteil, dort abzusteigen. Zwar gibt es auf dem Lido nichts besonders Sehenswertes, von einigen schönen Jugendstilvillen abgesehen, aber im Hochsommer läßt es sich dort besser aushalten als direkt in Venedig, was ja übrigens jederzeit in wenigen Minuten zu erreichen ist. Die Schiffe verkehren auch nachts, also rund um die Uhr.«

Danach wandte sie sich ihrer Handtasche zu und kramte sinnlich erregt, wie es nur Frauen können, in dem Chaos ihrer unverzichtbaren Nebensächlichkeiten herum, während er wieder nach draußen sah. Sie schwebten inzwischen über der Lagune ein, und nachdem der Jet einen milchigen Dunstschleier durchstoßen hatte, war der Blick frei auf das Ziel seiner Träume, Hoffnungen und Ängste: Venedig! Wie der etwas verschwommene Abzug eines mittelalterlichen Stahlstichs lag die Serenissima da unten, schwitzte in der Mittagshitze. Irgendwo in diesem Gewirr von Gassen, Kanälen, Kirchen und Brücken mußten die Wurzeln seiner Herkunft noch zu finden sein, wenn auch nur als nahezu verwehte Spur. Während er versuchte, seine Phantasie an einem bestimmten Punkt da unten, der ihm besonders interessant zu sein schien, festzumachen, schwenkte der Airbus in eine scharfe Linkskurve, und der Ausblick auf die Stadt wurde ihm entzogen. Das Fahrwerk fuhr rumpelnd aus, danach lange Sekunden andächtigen Schweigens in der Kabine, wie immer unmittelbar vor einer Landung. Dann endlich Bodenkontakt, viel sanfter und abgefederter als von Mario erwartet, die Maschine rollte aus.

Aeroporto Marco Polo. Das übersichtliche, erst kürzlich neu gestaltete und erweiterte Flughafengebäude empfing Mario mit geschmackvollem Design und venezianischer Eleganz. Da er den Kontakt zu seiner hilfsbereiten Nachbarin bereits im allgemeinen Gedränge des Aufbruchs in der Kabine verloren hatte, hielt er intensiv Ausschau nach ihr, doch zunächst ohne Erfolg. Ähnlich wie der Fussel vor weniger als zwei Stunden in Frankfurt, hatte sie sich offenbar in Nichts aufgelöst. So drängte er sich schließlich mit den anderen Passagieren um die rotierende Gepäckausgabe, nahm seine Reisetasche in Empfang und schlenderte, ein wenig traurig und enttäuscht, zur Paßkontrolle. Ungeduldig reihte er sich unter den dort Wartenden ein, und während er dann eher absichtslos seinen Blick schweifen ließ, bis weit nach vorn in die gegenüberliegende Halle, da durchzuckte es ihn wie ein elektrischer Impuls. Kein Zweifel, da waren sie wieder – die beiden Füße! Aufreizend, fast schon mit laszivem Charme, bewegten sie sich zwischen großen Lederkoffern und anderem Edelgepäck, wie nach einer Choreographie, die Eros höchstpersönlich geschrieben haben mußte. Und in der Tat, er hatte bereits im Flugzeug so eine vage Ahnung gehabt, daß zu den Füßen und Beinen, die ihn in Frankfurt bereits fasziniert hatten, nicht irgendeine beliebige Frau gehören konnte außer genau diese, neben der er während des kurzen Fluges gesessen hatte. Ungeduldig versuchte er nun, rascher nach vorn zu drängen, aber die Schlange der auf Abfertigung wartenden Ankömmlinge unterlag einem Trägheitsgesetz, über dessen Einhaltung der diensttuende Zollbeamte korrekt und mit venezianischer Gelassenheit wachte. Als Mario endlich vor den strengen Blicken des Hüters der Schwelle stand und ihm übertrieben devot, mit vor innerer Hast zitternden Händen seinen Paß vorlegte, erregte er den Argwohn der geschulten Blikke dieses Mannes. Man bat ihn zur Seite, höflich, aber bestimmt. Unter der Aufsicht eines Polizisten mußte er nun den gesamten Inhalt seines Reisegepäcks offenlegen, und dann wurde zu seinem Entsetzen auch noch ein sehr korrekt aussehender Schäferhund herangeführt, ein Prachtexemplar mit sicherlich erstklassigen deutschen Papieren. Das durch Dressur vermenschlichte, sozusagen verbeamtete und damit unbestechlich und herzlos gewordene Tier beschnupperte seine Habe mit ernster Miene. Schließlich hob es den Kopf in einer Weise, die offensichtlich Entwarnung signalisierte: Mario durfte passieren. Die Stadt meiner Vorfahren, dachte er grimmig, begrüßt mich nicht gerade mit offenen Armen.

Die Empfangshalle war jetzt nicht mehr sonderlich belebt, nur hier und da drängten sich noch einige Reisende vor den Schaltern der Wechselstuben und Autoverleiher. Er stürmte nach draußen. Und kein Zweifel, da war sie noch, wenn auch bereits außer Reichweite, sozusagen unantastbar. Abgeschirmt wie eine Filmdiva wurde sie, flankiert von zwei schlanken, elegant livrierten Hoteldienern zu einem jener stets auf Hochglanz polierten Taxiboote geführt, mit denen das *Danieli* und andere Nobelherbergen ihre betuchten Gäste vom Aeroporto abzuholen pflegten. Nachdem sie das Schiff betreten hatte, blickte sie noch einmal suchend zurück, etwa so, wie man auf Bahnhöfen von Menschen Abschied zu nehmen pflegt, die bereits im anfahrenden Zug verschwunden sind. Mario wollte die Hand heben, um ihr zuzuwinken, war sogar versucht, durch einen Zuruf auf sich aufmerksam zu machen, aber da hatte sie bereits, mit leicht nach vorn gebeugtem Kopf, die elegante Kabine betreten. Das Boot legte ab und nahm Kurs auf die Lagune.

Er ging zur Anlegestelle gleich gegenüber, wo der Vaporetto nach Venedig festgemacht hatte, und wählte einen Platz im hinteren Bereich. Soweit es die drükkende Schwüle zuließ, war er darum bemüht, sich eine klare Vorstellung von seiner nicht alltäglichen Begegnung mit dieser Frau zu machen. Wie ein Phantom oder eine Fata Morgana war sie am Horizont seines ersten Reisetages aufgetaucht, und ebenso geheimnisvoll hatte sie sich ihm wieder entzogen. Er mußte an seine Kindheit zurückdenken, an jene trügerisch schillernden Seifenblasen, die man mit einigem Geschick in die Luft pusten konnte und die sofort zerplatzten, sich in nichts auflösten, sobald man sie mit dem Finger zu berühren wagte. Auch erinnerte er sich der Worte Reginas, an ihr verdammtes Kreuz As und die Herz Dame, ganz zu schweigen von den sphinxhaften Orakelsprüchen des Fussels: »Die Schöne reist mit dem Schatten des Todes ... grüßen Sie mir Venedig, die Stadt der Liebe, Illusionen und des Todes!« Düstere Gedanken und Fragen über Fragen, auf die es vorerst keine Antwort gab. So war Mario froh, als eine originelle ältere Dame, die ihm schon im Flugzeug wegen ihres putzigen Hütchens aufgefallen war, mit einer unübersehbaren Anzahl von Taschen und Täschchen in der Reihe neben ihm umständlich Platz nahm und ihn sofort in ein Gespräch verwickelte. Genauer gesagt, sie dozierte in einem belehrenden Tonfall, und so lag der Verdacht nahe, daß es sich um eine pensionierte Studienrätin handeln mußte. »Junger Mann«, begann sie anerkennend nickend und fixierte ihn wie einen Examenskandidaten, »Sie tun sehr richtig daran, sich Venedig auf dem Wasserweg zu nähern. Sie hätten natürlich auch den Bus nehmen können oder die Bahn, eine Verbindung allerdings, die dem Charakter dieser Stadt in keiner Weise entsprechen würde. Die eigentliche und angemessene Zufahrt führt vom Meer her oder durch die Lagune direkt zum Zentrum Venedigs vor San Marco. Nur so erfährt der Ankommende unmittelbar die repräsentative Schönheit der Serenissima. Schon immer empfing Venedig seine Besucher aus aller Welt auf der Piazetta, zur Rechten den Dogenpalast, Münze und Bibliothek zur Linken. Und dann sind es nur noch wenige Schritte bis zur Piazza – nach Napoleons Worten dem ›schönsten Salon Europas, allein würdig, den Himmel zum Dach zu haben‹.«

Sie hielt inne und sah ihn erwartungsvoll an, offensichtlich neugierig darauf, welchen Eindruck ihre mit viel Pathos vorgetragenen Äußerungen hinterlassen hatten. Nachdem Mario ihr mit einem Kopfnicken zugestimmt hatte, fuhr sie ermuntert fort: »Wissen Sie überhaupt, worauf der eigentliche Reiz dieser Stadt beruht? Nein, wirklich nicht? Thomas Mann hat einmal gesagt: ›Andere Städte *haben* Kunstschätze, Venedig jedoch *ist* ein Kunstwerk!‹ Nun, er hat natürlich recht gehabt, wie man es von einem großen Dichter auch nicht anders erwarten kann. Aber genau betrachtet geht es gar nicht nur um die prachtvollen Palazzi, um Hunderte von Brücken, Brückchen und Kirchen, um die Scuola di San Rocco, um Bellinis Triptychon in der Frari-Kirche oder um ...«

»Und worum geht es dann wohl eigentlich, wenn ich fragen darf?« unterbrach Mario sie höflich, aber nicht ohne warnenden Unterton, denn er war keineswegs gewillt, für den Rest der Überfahrt zum Opfer ihres Bildungstourismus zu werden.

»Nun, ich will es Ihnen verraten: Die Faszination Venedigs liegt in dem unmittelbaren, einzigartigen Zusammenwirken – oder sagen wir besser Zusammenklang – der vier Elementarkräfte begründet! Und diese Urbausteine, aus denen unser gesamtes Universum einst erschaffen wurde, heißen Feuer, Luft, Wasser und Erde. Sofern Sie eine entsprechende Schulbildung haben, wovon ich ausgehe, erinnern Sie sich gewiß daran, daß man bereits in der griechischen Antike von diesem Geheimnis wußte.« Sie sah ihn mit ernster Miene an, gerade so, als habe sie sich mit dieser Aussage selbst zutiefst beeindruckt.

»Das macht mir die Stadt äußerst sympathisch«, versicherte Mario, der sich mit dieser unverbindlichen Erklärung aus dem ihm aufgezwungenen Gespräch zurückziehen wollte. Demonstrativ sah er zur anderen Seite hinüber. Aber so kampflos ließ ihn das hartnäkkige Weib nicht davonkommen. »Eine Frage noch an Sie, mein Herr, eine sehr entscheidende sogar, darum muß ich sie Ihnen unbedingt noch stellen: Warum sind Sie hergekommen? In Wirklichkeit gibt es nämlich nur zwei Gründe für einen Besuch Venedigs. Entweder, weil man verliebt ist, aber dann kommt man als Paar. Oder weil man von irgend etwas Abschied nehmen will, dann kommt man allein wie Sie und ich. Wovon wollen Sie Abschied nehmen, wenn ich das fragen darf?«

Mario war inzwischen aufs äußerste genervt, und da er spürte, daß er sich vor dieser verhuschten Person nur mit einem spürbaren Befreiungsschlag in Sicherheit bringen konnte, stand er auf und sagte: »Arrivederci, meine Verehrteste. Und jetzt wissen Sie auch, daß ich aus dem zweiten Grund hergekommen bin, nämlich um Abschied von Ihnen zu nehmen!« Dann ging er mit seinem wenigen Handgepäck nach vorne und schaute dem Bootsführer zu, wie er den Vaporetto durch das Labyrinth der Bricola steuerte, mit denen die befahrbaren Zonen der seichten Lagune markiert waren.

2. Kapitel

Als der Vaporetto nach gut einer Stunde am Lido festmachte, war Mario einen Moment lang unschlüssig, ob er gleich nach San Marco weiterfahren oder aber zunächst auf der Venedig vorgelagerten Insel bleiben sollte, um sich dort nach einem Hotel umzusehen. Im letzten Moment, das Boot wollte bereits wieder ablegen, sprang er noch schnell an Land. An dieser Entscheidung war sicherlich die Empfehlung einer gewissen Dame nicht ganz unschuldig, und er hatte die vage, durch Wunschdenken genährte Hoffnung, daß auch sie auf dem Lido Quartier genommen hatte. Wie ein kleiner Handelsvertreter, der vergeblich ein schlecht verkäufliches Produkt an den Mann zu bringen versucht, klapperte Mario ein gutes Dutzend kleinerer Hotels und Pensionen ab. Da der Mißerfolg ihm treu blieb, entschloß er sich, sein Glück direkt in Venedig zu versuchen. Zudem war der Tag nicht mehr so ganz jung, und es war klar, daß sich seine Aussichten auf Erfolg von Minute zu Minute verschlechtern mußten. So trabte er müde und verdrossen zurück zum Pontile an der Piazza Santa Maria, wo die Vaporetti anlegten. Kurz bevor er den Platz erreichte, entdeckte er zur Linken ein Hotel, das er bei seiner Ankunft übersehen hatte. Das *Helvetia*, es lag ein wenig zurückversetzt, machte äußerlich einen guten Eindruck, und vor allem sein eidgenössischer Name war es, der letzte Hoffnungen in ihm weckte. Verbindet man doch mit der Schweiz nach wie vor die Vorstellung von Zuverlässigkeit und Solidität.

Demütig, wie ein mehrfach verjagter Hausierer, reihte er sich hinter anderen Touristen an der Rezeption ein und strafte mit neidvollen Blicken jene privilegierten Gäste, die einen Zimmerschlüssel in Empfang nehmen konnten. Noch dazu in einer, wie es ihm schien, abstoßend überheblichen Art. Gerade so, als sei es eine absolute Selbstverständlichkeit, abends in Venedig über ein Bett verfügen zu dürfen. Schließlich war die Reihe an ihm, und mutlos trug er einer bedrohlich korrekt aussehenden Signora sein Anliegen vor. »Kein Problem, Signore«, beschied sie ihm, ohne auch nur eine Sekunde zu überlegen. »Ich gebe Ihnen 318«, es klang wie ein Befehl. »Die Nacht kostet hundertsechzigtausend, Frühstück inklusive. Tragen Sie sich bitte gleich hier ein!« Mit dem grellrot lackierten, offensichtlich künstlich verlängerten Nagel ihres rechten Zeigefingers tippte sie im Stakkato auf ein Formular. Äußerst hastig füllte Mario es aus, Eile schien geboten, denn Personen wie diese, dachte er, sind zu allem fähig. Wenn ich ihr auch nur im geringsten widerspreche, dann zieht sie ihre Offerte sofort zurück, und ich muß auf irgendeiner Parkbank übernachten. Unterschrieben schob er das Papier der Frau wieder zu. Während sie ihm danach den Zimmerschlüssel auf den Tresen knallte, fügte sie beiläufig an: »Es geht allerdings nur für eine Woche, danach sind wir total ausgebucht, mit Japanern.«

Abrupt hielt der recht enge Fahrstuhl bereits im zweiten Stock und ließ sich durch nichts dazu bewegen, noch weiter aufzusteigen. Wahrscheinlich ist er nicht ganz schwindelfrei, dachte Mario, und schleppte sich samt Gepäck zur dritten Etage hoch. Sein Zimmer lag in einem schmucklosen Anbau, der sich dem durchaus repräsentativen Vorderhaus wie ein langgestreckter Wurmfortsatz anschloß. An der linken Seite des schlecht beleuchteten Ganges warteten freudlos blickende Zimmertüren auf den Gast. Er schloß auf, trat ein und warf sein weniges Gepäck aufs Bett. Der Raum erwies sich als schmaler, rechtwinklig zum Flur angelegter Schlauch. Ihm lag also jenes ebenso geniale wie praktische architektonische Konzept zugrunde, das überall dort auf der Welt anzutreffen ist, wo es um ökonomisch vernünftige Käfighaltung geht: im Gefängnis etwa, in Altersheimen, bei der Aufzucht von Legehennen oder im Tourismus. Immerhin, seine Unterkunft war offensichtlich sauber, wenn auch nur mit dem Notwendigsten ausgestattet: Bett (zu kurz!), Stuhl, Telefon, Schrank, Kofferablage, Beistelltischchen. An den Wänden einige jener völlig ausdruckslosen, preiswert gerahmten Kunstdrucke, deren Gattung eigentlich nur in gewissen Mittelklassehotels oder in Krankenhauszimmern der unteren Pflegeklasse anzutreffen ist. Sicherlich eine kluge Vorsichtsmaßnahme, dachte Mario. Denn so konnte kein Gast jemals in Versuchung kommen, bei seiner Abreise eines dieser Schmuckobjekte mitgehen zu lassen.

Er ging zum Schrank, räumte seine Sachen ein und

öffnete das Fenster, denn der Raum war mit toter Luft angefüllt. Der Ausblick wurde durch eine dicht angrenzende Wohnanlage weitgehend verstellt. Eine Weile lang beobachtete er, um sich zunächst etwas zu entspannen, eine ältere Signora. Auf einem Balkon gegenüber schlurfte sie träge hin und her und goß ihre von der Tageshitze erschöpften Blumen. Sie trug einen rosafarbenen Bademantel, hatte sich das bereits ausgedünnte halblange Haar auf Lockenwickler gedreht und rauchte voller Hast, wie all jene Menschen es tun, die ihre Gier nach Nikotin stets mit schlechtem Gewissen zu befriedigen pflegen. Während Mario noch darüber nachdachte, ob er im Alter jemals mit einer solchen Frau, gegen die ja prinzipiell nicht das geringste einzuwenden war, würde zusammenleben können oder gar müssen, bekam sie einen lange anhaltenden Hustenanfall, der ihn an das Schrecken eines verstörten Rehbocks erinnerte. Schließlich zog sich die Geplagte ins Innere der Etagenwohnung zurück, wo sie sich allmählich wieder beruhigte. Eine Weile blickte Mario dann noch hinunter ins kühle Halbdunkel des Hofes und beobachtete ein Taubenpärchen, das sich auf der Überdachung eines Fahrradständers laut gurrend und mit tänzelnden Schrittchen umwarb. Nach minutenlangem Getue, Flügelschlagen und Köpfchendrehen, was Mario in Anbetracht des zu erwartenden Lustgewinns für absolute Zeitverschwendung hielt, gönnten die beiden sich endlich was. Schnell, erschrekkend kurz und offensichtlich ohne innere Anteilnahme, wie man das etwa auch bei Hühnern beobachten kann. Nach dieser wenig anregenden

Erotikshow streckte sich der Voyeur erschöpft auf sein durchgelegenes Bett und schlief sofort ein.

Peinigender Durst ist ein Wecker, vor dem selbst der solideste Tiefschlaf kapitulieren muß. Mario erwachte mit dem Gefühl einer ihm unmittelbar bevorstehenden Austrocknung seines gesamten Körpers. Wie lange hatte er wohl geschlafen? Es war inzwischen dunkel geworden und vielleicht schon spät in der Nacht. Getrieben von der entsetzlichen Vorstellung, alle Restaurants und Bars auf dem Lido könnten längst geschlossen haben, sprang er auf, suchte in der noch ungewohnten Umgebung nach Orientierung und ertastete schließlich den Lichtschalter. Ein Blick auf seine Armbanduhr gab Gewißheit: Mitternacht war längst vorüber. Er stürzte nach unten, wo der von einigen Spätheimkehrern wachgeklingelte Nachtportier gerade die Tür aufschloß. Es waren junge Amerikanerinnen, die sich irgendwo auf San Marco mit Pasta und reichlich Wein von ihrem Venedigtrip verabschiedet hatten. Kichernd, tuschelnd und gelegentlich vor Vergnügen grell aufkreischend, nahmen sie ihre Schlüssel in Empfang und verschwanden polternd nach oben. Nachdem Mario sich eine Flasche Bier nahezu erbettelt hatte – der unwillige Portier mußte sie erst aus einem weit entfernt gelegenen Nebenraum holen –, zog er sich erleichtert aufs Zimmer zurück, löschte zunächst seinen Durst und danach das Licht. Aber an Schlaf war vorerst nicht zu denken. Draußen auf dem Gang und in den Zimmern neben ihm begann nämlich ein ausgelassenes nächtliches Treiben. Ständiges Hin- und Herlaufen, Türenschlagen, lautes Lachen und erregt geführte Diskussionen zerstörten jede Hoffnung auf die ersehnte Ruhe. Als dann auch noch ein Transistorradio von eher bescheidener Tonqualität lautstark aktiviert wurde, entschloß Mario sich zum Gegenangriff. Völlig nackt, in seinem Zorn hatte er diesen Umstand nicht bedacht, trat er hinaus ins Halbdunkel des Flurs, wo sich die Amerikanerinnen von vorhin um eine Flasche Rotwein geschart hatten. Als sie den unbekleideten Nächtling erblickten, stoben sie mit einem kollektiven Aufschrei des Entzückens auseinander und flüchteten in ihre Zimmer. Eine von ihnen jedoch blieb ungerührt stehen, etwa vom Typ *extra cooles Collegegirl*, wie er fand. Lässig lehnte sie sich zurück gegen die Wand, schlug ihr rechtes Bein über das linke, und zwischen den halb geöffneten Lippen strich ihre Zunge rhythmisch wie ein Scheibenwischer über die weißen Zähne. Eine Weile musterte sie ihn wortlos abschätzend mit vorgetäuschtem Desinteresse, wodurch sie ihre mehr als offenkundige Begehrlichkeit zu verschleiern suchte. Mario, dem seine Nacktheit inzwischen peinlich bewußt geworden war, entschloß sich zum Rückzug. Als er sich, bereits im Türrahmen stehend, noch einmal nach ihr umdrehte, hauchte sie ihm ein »Hi« zu. Er nickte kurz und versöhnlich zurück, eigentlich nur, um damit anzudeuten: Ist schon okay. Geh auch du jetzt zu Bett. Hauptsache, daß nun endlich Ruhe im Laden ist.

War es Absicht oder auch nicht, jedenfalls lehnte er seine Zimmertür nur an und legte sich wieder zu Bett. Draußen trat absolute Ruhe ein, nur das Plätschern einer Dusche war noch für Momente zu hören, und irgendwo gurgelte die Toilettenspülung. Spannende

Minuten! Während Marios Phantasie bereits Purzelbäume schlug, war er sich noch keineswegs im klaren darüber, ob er das, was möglicherweise jeden Moment noch passieren konnte, überhaupt wollte. Aber da war sie auch schon neben ihm am Bett und drängte sich zu ihm, mit einer Selbstverständlichkeit, die jeden Widerspruch zur Farce degradiert hätte. Ihr Körper, sehr warm und noch etwas feucht von der späten Dusche, strömte jenen Duft von Jugend aus, der sich auch vom raffiniertesten und teuersten Parfum der Welt niemals würde nachahmen lassen. Trotz dieser sinnlichen Stimulanzien war Mario zunächst nur wenig beeindruckt, eher schon reserviert. Eine Blockade, für die er keine Erklärung fand und die auch in krassem Widerspruch stand zu dem möglichen Lusthappen, der sich ihm völlig unverhofft angeboten hatte.

»Hi, ich bin Ellen!« flüsterte sie ihm zu, es klang wie eine Ermunterung. Dann rüttelte sie liebevoll und durchaus ein wenig ungeduldig an seinen Schultern und wurde aktiv.

»Eigentlich bin ich ziemlich müde«, zierte er sich. »Die verdammte Hitze hier, und außerdem bin ich fertig von der langen Anreise. Übrigens, kannst du erst mal deinen Kaugummi aus dem Mund nehmen?«

Sie klebte ihn irgendwo an die Bettkante und meinte beschwichtigend: »Mach dir nichts draus, es muß ja nicht unbedingt etwas passieren zwischen uns. Manchmal tut es schon gut, einfach nur so zusammenzuliegen. Besonders nachts im Hotel und noch dazu in einer fremden Stadt. Da fühle ich mich immer ein wenig allein, okay?« Weil sie jedoch ganz offensichtlich nicht nur die Rolle eines kuscheligen Plüschtierchens spielen wollte, öffnete er sich allmählich ihrem mit viel Raffinesse vorgetragenen Drängen. Nach ersten kleinen Naschereien kam dann auch prompt der ganz große Appetit, und sie ließen es sich an Eros' reichlich gedeckter Tafel bis in die frühen Morgenstunden hinein gut sein. Irgendwann im Halbschlaf spürte er später, wie sie sich behutsam von ihm löste, noch kurz im Bad verschwand und dann sein Zimmer verließ. Leise klatschten ihre nackten Fußsohlen auf dem Marmor des Fußbodens.

Erst spät am Vormittag machte er sich frisch. Im Spiegel begrüßten ihn, grellrot mit Lippenstift aufgemalt, die Worte »*Ciao, Casanova*!« Obwohl das von ihr sicherlich nur als lieber Abschiedsgruß gedacht war, verstand er es doch auch als eine versteckte Botschaft, die das Schicksal ihm auf diese Weise zukommen lassen wollte. Neben den Schriftzug hatte Ellen ein Polaroidfoto gesteckt, das er interessiert und mit einer gewissen Verlegenheit ausgiebig betrachtete. War es ihm doch zum ersten Mal passiert, daß er sich erst nachträglich ein genaueres Bild vom Aussehen jener Frau machen konnte, mit der er gerade die Nacht verbracht hatte. So also sah sie bei Licht betrachtet aus! Das junge Mädchen stand breitbeinig und mit vorgedrücktem Becken am Rande eines Swimmingpools – wo sonst schon kann man in Amerika stehen? –, eine Hand hinter ihrem Wuschelkopf verschränkt, die andere gegen die rechte Hüfte gestemmt. Ihr knapp geschnittener, noch feuchter Bikini bedeckte spärlich jene Regionen, denen er sich erst wenige Stunden zuvor mit größter Anteilnahme gewidmet hatte. Alles in allem eine erfreuliche Option, befand Mario und verlor sich für eine Weile im Anblick ihrer vorbarocken, aber noch jugendlich straff gestreckten Figur. In ein paar Jahren allerdings, dachte er, wird sie garantiert einen dicken Hintern haben und natürlich Zellulitis an den Oberschenkeln. Ganz zu schweigen von mindestens zwei mehr oder weniger schwer erziehbaren Kindern, die Hamburger in sich hineinstopfen, auf Monsterfilme schwören und nachts durchs Internet surfen. Weil Mario gelegentlich Freude daran hatte, ganz bewußt in gängigen Klischees zu denken, stellte er sich schnell auch noch den passenden Dad dazu vor. Sicherlich wird es ein unglaublich sympathischer Bursche, hilfsbereiter Nachbar und vor allem vorbildhafter Familienvater sein. Einer, der schon frühmorgens total fröhlich ist, wenn er den Hund um den Block führen muß, und der auch sonst stets gut gelaunt, wahrscheinlich sogar pfeifend, zupackt, wo immer man ihn braucht. Ein absolut Netter also. Sein vorzeitiges, von allen unerwartetes Ende träfe ihn am besten beim Jogging in einer gepflegten städtischen Parkanlage: Hinterwandinfarkt!

Nachdem Mario seine fiktive Kurzgeschichte mit dem Titel »*Ein amerikanischer Alptraum*« zu Ende gedacht hatte, betrachtete er sich kritisch im Spiegel. Wie stand es eigentlich um ihn, war er nicht bereits viel zu früh gealtert, sofern das bei einem Fünfundzwanzigjährigen überhaupt denkbar war? Und wie würde er sich wohl in zehn Jahren fühlen, oder gar mit vierzig, fünfzig? Nachdem er trotz kritischer Inspektion keinen dramatischen Alterungsprozeß in seinem Gesicht hatte ausmachen können, von einigen Mitessern abgesehen, kleidete er sich an, steckte das Foto ein und verließ sein Zimmer. Unten im Frühstücksraum war bereits alles abgeräumt. So ging er die wenigen Schritte zur Anlegestelle und bestieg nach einigen Minuten Wartezeit den nächsten Vaporetto nach San Marco.

3. Kapitel

Nun endlich in Venedig! Oder war es nur eine Heimkehr, ein Wiedersehen nach unendlich langen Zeiten? Man würde sehen. Da Mario noch nicht gefrühstückt hatte, wollte er das Versäumte zunächst nachholen. In seinem Reiseführer war mehrfach der Besuch von *Harry's Bar* als absolutes Muß empfohlen worden, wenn auch mit dem warnenden Hinweis verbunden, daß es sich bei dieser venezianischen Ikone nicht gerade um einen Ort für Liebhaber preiswerter und nachhaltig sättigender Gerichte handelte. Immerhin pflegten einmal Hemingway und viele andere Berühmtheiten hier zu tafeln, wofür nun tagtäglich ahnungslose Touristen aus aller Welt mit einem finanziellen Notopfer büßen müssen. Aber weil es ihm noch an Ortskenntnissen fehlte und das Restaurant in wenigen Minuten problemlos zu erreichen war, entschloß er sich für das ehemalige Stammlokal des auch von ihm verehrten Dichters.

Zu dieser Tageszeit war *Harry's Bar,* deren eher schmuckloses, biederes Interieur ihn zunächst ein wenig enttäuschte, erst schwach besucht. Ein knappes Dutzend auf Hochglanz polierter runder Holztische füllte den etwas düster wirkenden niedrigen

Raum. Er nahm an der Theke Platz, neben drei herausgeputzten, offensichtlich gutgestellten Pensionären, die erregt über irgendeine politische Schweinerei diskutierten. Einer von ihnen, wohl der älteste und, wie sich herausstellte, in früheren Jahren mal Chefkoch bei *Harry's,* wandte sich Mario zu und verwikkelte ihn in ein anregendes Gespräch. »Sie tun gut daran«, meinte er, »zunächst nur einen Cappuccino an der Bar zu nehmen. Da kommen Sie mit zehntausend Lire noch einigermaßen glimpflich davon. An einem dieser Tische da«, er wies mit drohendem Zeigefinger in den Raum, »kann es empfindlich teuer werden. Und was die Qualität betrifft, na ja, mit ein wenig Glück können Sie durchaus auf Ihre Kosten kommen. Aber nicht immer, früher war das natürlich anders.«

»Wozu würden Sie mir raten«, wollte Mario wissen, »ich habe nämlich noch nicht einmal gefrühstückt, und jetzt ist es schon fast wieder Zeit, zu Mittag zu essen.« Der Signore überlegte nicht lange und empfahl ihm dann Carpaccio. »Nicht weil es hier ganz besonders gut oder gar preiswert wäre, nein. Aber diese delikate Spezialität, die heute fast überall auf der Welt in guten Lokalen auf der Karte steht, wurde in der Küche dieses Restaurants kreiert. Es muß Anfang der fünfziger Jahre gewesen sein. Sie befinden sich also«, fügte er mit einem gewissen Pathos und nicht ohne Stolz hinzu, »an der Geburtsstätte des Ur-Carpaccio! Und wie so oft, wenn Großes sich entwickelt, spielte der Zufall mit. Giuseppe Cipriani, damals Chef des Hauses und Gentleman-Wirt alter Schule, hat es erfunden oder, besser gesagt, aus einer Not heraus geboren. Denn eine gewisse Contessa Amalia Nani Mocenigo, Stammgast und nicht nur von edelster Abstammung, sondern auch mit einem äußerst sensiblen Magen versehen, mäkelte an fast allen Gerichten herum. Da kam Cipriani auf den Gedanken, leicht angefrorenes Ochsenfilet in hauchdünne Scheiben zu schneiden und mit einer Tunke zu beträufeln, die den geheimnisvollen Namen ›Salsa universale‹ trug. Das war eine hausgemachte Mayonnaise, abgeschmeckt mit etwas Worcestersauce, Milch und einem Spritzer Cognac. Anstelle der Mayonnaise kann man ebensogut auch eine Vinaigrette aus feinstem Weinessig und Olivenöl nehmen. Von nun an waren die Contessa und ihr Magen zufriedengestellt. Das Ur-Carpaccio ist demnach als diätetischer Gaumenschmaus auf die Welt gekommen, der zunächst nur einem speziellen Gast vorbehalten war. Erst später hat ihn Cipriani auf die Speisekarte gesetzt, und natürlich mußte sein Kind dann auch einen Namen haben. Wieder spielte der Zufall eine Rolle. Im Dogenpalast wurde damals eine vielbeachtete Ausstellung des venezianischen Malers Vittore Carpaccio gezeigt, der um die Wende vom fünfzehnten zum sechzehnten Jahrhundert hier lebte. Sein schönstes und wohl auch berühmtestes Bild zeigt den heiligen Augustinus. Am besten, Sie statten der Scuola di San Giorgio degli Schiavoni mal einen Besuch ab, sie liegt ein wenig abseits auf Castello. Dort können Sie sich viele Werke des berühmten Künstlers ansehen. Wie auch immer, Guiseppe Cipriani muß von der Ausstellung derart begeistert gewesen sein, daß er seine kulinarische Neuschöpfung auf den Namen des Renaissancemalers taufte. Buon appetito, Signore!« Damit wandte er sich wieder seinen Freunden zu.

Während Mario noch überlegte, ob er der Empfehlung seines Nachbarn folgen und ein Carpaccio bestellen sollte, öffnete sich gleich neben ihm die Glastür, und *sie* trat ein, von einem Hauch schwüler Mittagsluft umhüllt. Fast berührten sich beide, denn er saß ganz dicht neben dem Eingang. Seine flüchtige Reisebekanntschaft vom Tage zuvor sah sich zunächst etwas irritiert und zögernd in dem fast noch menschenleeren Raum um, musterte kritisch die wenigen Gäste, übersah Mario nicht ohne Interesse und setzte sich schließlich in eine der hinteren Ecken, wo zwei betagte Ventilatoren geräuschvoll ihren Dienst versahen. Sie gab ihre Bestellung auf, sehr selbstbewußt und ohne zuvor in die Karte geschaut zu haben, und ihr vertraulicher Umgang mit dem Kellner ließ den Schluß zu, daß sie nicht zum ersten Mal Gast in *Harry's Bar* war.

Mit wachsender innerer Erregung, die ein wenig seiner Flugangst ähnelte, und so unauffällig wie möglich beobachtete Mario die von ihm im stillen längst verehrte und auch begehrte Schönheit. Die Ausstrahlung ihrer unübersehbar noblen, eher reservierten, aber keineswegs hochmütigen Persönlichkeit kam um so mehr zur Geltung, als sie sich ungehindert in dem erst schwach besetzten Lokal entfalten konnte. Etwa so, wie die Eitelkeit einer einzelnen Rose davon profitiert, wenn sie das Interesse ihrer Bewunderer nicht mit einem hübschen Strauß bunter Feldblumen teilen muß. Was Mario an dieser charismatischen Frau vielleicht am meisten reizte und auch nervös machte, war diese scheinbar unangreifbare Mauer von Selbstsicherheit, mit der sie sich umgab. Was wollte sie schützen? Ein schwaches oder allzu leicht verletzbares Ego – vielleicht. Andererseits ist es ja wohl auch so, dachte er, daß hinter solchen Schutzwällen gigantische Energien gefangengehalten werden können, wie es etwa bei Staumauern von Talsperren der Fall ist. Und wehe, wenn sie sich irgendwann einmal ungehemmt entladen. Inzwischen war er prinzipiell dazu entschlossen, ihrem Geheimnis nachzuspüren, was allerdings zur Voraussetzung haben mußte, daß er möglichst bald näheren Kontakt mit ihr aufnahm, am besten gleich jetzt. Würde sie das überhaupt zulassen? Fast alles schien dagegen zu sprechen. Zunächst natürlich der enorme Altersunterschied, gut fünfundzwanzig Jahre mochten sie trennen. Und dann auch der finanzielle Aspekt. Wie ein teures Parfüm umgab sie das Fluidum einer durch und durch soliden finanziellen Absicherung, die selbst einem weltweiten Börsencrash würde trotzen können, von ein paar lächerlichen Schürfwunden abgesehen. Sicherlich war sie obendrein auch verheiratet, was allerdings, wie er aus Erzählungen erfahrener Freunde wußte, die am leichtesten zu nehmende Hürde sein würde. Eine Vermutung, die sich freilich als Irrtum herausstellen sollte, jedenfalls zunächst. Während er sich über sein weiteres Vorgehen noch nicht im klaren war, stand sie plötzlich auf und kam an die Theke, um dem Ober irgendwelche Anweisungen zu geben. Erst danach, als sie sich wieder zum Gehen wandte, schien sie Mario zu bemerken und nickte ihm mit vorgetäuschter Überraschung zu.

»Sie auch hier, gratuliere! Es hat also doch noch geklappt? Wo sind Sie untergekommen?«

»Auf dem Lido, nochmals herzlichen Dank für die Empfehlung!«

»Und wie und wo da?«

»Im *Helvetia,* so lala. Aber nur für eine Woche, danach muß ich eine andere Lösung finden, hoffentlich eine bessere.«

»Sie wollen also länger bleiben? Das ist ungewöhnlich, der Durchschnittstourist kommt selten für mehr als zwei bis drei Tage hierher.« Nach diesem kurzen Dialog, mit dem sie zweifellos ein gewisses Interesse an seiner Person bekundet hatte, ging sie zurück an ihren Platz. Wenn ich jetzt einen Fehler mache und das Gespräch nicht sofort wieder aufnehme, dachte Mario, dann habe ich eine riesige Chance vertan und sehe sie möglicherweise nie wieder. Also stand er auf, ging zu ihr, und es schien so, als habe sie genau diese Reaktion erwartet, vielleicht sogar erhofft.

»Warum nicht«, meinte sie, bevor er selbst etwas sagen konnte, und wies einladend auf den leeren Platz zu ihrer Linken. »Zu zweit schmeckt das Essen allemal besser.« Danach das übliche erste Abtasten mit Fragen, die zunächst allgemeinerer Art waren, bis man sich schließlich immer näher aneinander herangewagt hatte. Sie war Schweizerin, kam aus Zürich, hieß Helena Schuler und gehörte jenem handverlesenen eidgenössischen Geldadel an, der sich morgens in der Zürcher Bahnhofsstraße trifft, wo alle bedeutenden Geldinstitute der Alpenrepublik ihre Tresore in den felsigen Boden eingegraben haben. »Es ist sicherlich ein großer Vorzug, in der Schweiz geboren zu werden«, erläuterte sie mit feiner Ironie, »und zweifellos stirbt es sich bei uns auch angenehmer als anderswo. Die Frage ist nur, was soll man in der Zeit dazwischen machen? Wissen Sie, genau genommen ist unser Land ein riesiges Internat für etwas mehr als sechs Millionen Zöglinge, vollgestopft mit Anweisungen und Regeln für eine angebliche Freiheit. Wer sich an die Heimordnung hält, der bleibt im Leben vor allzu bösen Überraschungen bewahrt. Das Hauptproblem dabei ist nicht, die geschriebenen Gesetze einzuhalten, sondern die ungeschriebenen. Die sind zwar nirgendwo festgehalten, aber jeder muß sie kennen und sollte sie auf jeden Fall beachten. Außer ...«, sie zögerte einen Moment und fuhr dann fort, »... außer man hat das Glück, über erhebliche finanzielle Mittel verfügen zu können. Geld ist nun mal gedruckte Freiheit! Nirgendwo anders auf der Welt ist dieser Satz so wahr wie bei uns.«

»Und Sie sind also frei, jedenfalls in diesem Sinne?«

»In diesem Sinne schon, aber an Geld liegt mir nicht viel«, wich sie zunächst aus und ergänzte dann augenzwinkernd: »Andererseits bin ich natürlich sehr dankbar dafür, nicht darauf verzichten zu müssen.«

»Das ist die gängige Stellungnahme von Begüterten, die meinen, sich für ihren Reichtum entschuldigen zu müssen. Es klingt immer sehr edel, allerdings mit Beigeschmack.«

Sie schwieg zunächst, und ihm war es recht, daß dieses Thema nicht weiter vertieft wurde. Er hätte auch nur die Bitterkeit des Unterlegenen beisteuern können. Schließlich war er mit recht mäßig gefüllter Reisekasse nach Venedig gekommen, um einen Schatten auszuleuchten, der seit Jahren seine Erinnerungen und Träume verdüsterte, und noch war völlig offen, wie die Sache ausgehen würde. Ihr Gespräch verlor sich dann zunächst in Belanglosigkeiten. Das Essen wurde serviert, sie spendierte eine Karaffe Wein und danach noch eine zweite. Dadurch geriet Mario in Zugzwang, und er revanchierte sich mit einer Flasche Prosecco di Valdobbiadene, wodurch sein finanzielles Limit, wie er in Gedanken hochrechnete, für die nächsten zwei Tage eigentlich ausgeschöpft war. Lag es am Alkohol oder an der aufkommenden Mittagsschwüle, jedenfalls wurde Helena zunehmend gesprächiger, und die Themen ihrer Unterhaltung berührten schließlich sehr persönliche Bereiche. Zwar ging es zuletzt nicht gerade um Intimitäten, aber zweifellos hatte vor allem sie das Bedürfnis, den schützenden Mantel der Fremdheit nach und nach beiseite zu legen und sich mit Details aus ihrem Privatleben zu offenbaren. Als sie sich am frühen Nachmittag ein wenig schwankend voneinander trennten, waren sie bereits durch ein schwer zu beschreibendes, nur zu erahnendes und dennoch sehr konkretes Band miteinander verbunden. »Vielleicht unternehmen wir zusammen mal etwas«, hatte sie zum Abschied gesagt und ihm ihre Visitenkarte zugesteckt. *Helena Schuler* stand da auf feinstem chamoisfarbenem Bütten, sonst nichts. Auf der Rückseite eine handschriftliche Ergänzung: *z.Zt. Venedig, Hotel des Bains, Lido.* Behutsam, so wie Jungverliebte eine gepreßte Rose zu sich nehmen, verwahrte er den schmalen Streifen Edelpapier in seiner Brieftasche und verließ danach ebenfalls das Lokal.

Die Stadt hatte sich inzwischen bedrohlich gefüllt. Wie träge, halb erkaltete Lava quoll der Tourismus durch die engen Gassen und ergoß sich in jeden freien Raum. Nichts wie weg hier, dachte Mario, aber wohin? Da er den Ausbruch eines klaustrophobischen Schubs auf jeden Fall vermeiden wollte, blieb ihm keine andere Wahl, als sich in die relative Weitläufigkeit des Lido zurückzuziehen. Dort angekommen, erkundigte er sich zunächst nach dem *Hotel des Bains* und wurde in seiner Vermutung bestätigt, daß es sich um eine der feinsten Adressen in der Lagune handelte. Zunächst war er versucht, sich auf den kurzen Weg dorthin zu machen, getrieben von der Hoffnung und dem Verlangen, Helena dort zufällig zu begegnen. Aber dann verwarf er diesen Plan schnell wieder und hielt es für klüger, nichts zu überstürzen, um die weitere Entwicklung auf keinen Fall durch irgendeinen kindischen Übereifer zu gefährden. Die Sache brauchte Zeit, und ohnehin war ihm ja noch keineswegs klar, was er sich eigentlich erhoffen durfte oder sollte. Nun, man würde sehen.

Während Mario die bis zur Dämmerung noch verbleibende Zeit im schattigen Garten einer Trattoria in der Via Francesco Duodo verbrachte, wo er sich bei mäßigen Preisen und freundlichem Service gut aufgehoben fühlte, ging Helena, aufs äußerste gereizt, nervös in ihrem Zimmer auf und ab. Das Treffen mit Pablo, dessentwegen sie ihren durchaus interessanten Flirt mit dem jungen Deutschen hatte abbrechen müssen, war in unangenehmster Weise verlaufen, und um einen offenen Streit zu vermeiden, hatte sie sein Atelier bereits nach wenigen Minuten wieder verlassen.

Und dann noch der Anruf ihres Mannes, durch den erneut alles in Frage gestellt wurde, was ihr in dieser komplizierten Beziehung nach wie vor bewahrenswert und wichtig erschien. Am liebsten hätte sie einem ersten Impuls nachgegeben und wäre sofort zurückgeflogen. Aber andererseits, was erwartete sie schon in Zürich! Doch nur jene tödlichen Alltäglichkeiten, vor denen sie in den letzten Jahren immer häufiger und mit wachsenden Panikgefühlen floh. Etwa die regelmäßigen Einladungen zu Vernissagen, wo sich mehr oder weniger bekannte Künstler als Schoßhündchen der zahlungskräftigen Gesellschaft mißbrauchen ließen, die abendlichen Vortragsveranstaltungen im Presseclub oder anderswo, auf denen von weither eingeflogene, sogenannte »Kenner« oder auch »Kapazitäten« über die Nahostkrise, den europäischen Einigungsprozeß oder die besten Bordeauxjahrgänge referierten. Ganz zu schweigen von den Migräneanfällen ihrer vereinsamten Schwester Charlotta, die sie sozusagen simultan per Dauerschaltung am Telefon bereits seit Jahren mit durchleiden mußte. (»Du weißt, mein Liebes, Prof. Hilti aus Lausanne ist der einzige, der mir helfen könnte. Aber er ist auf einem Kongreß in den Staaten. Ausgerechnet jetzt, wo es *mir* wieder so schlechtgeht. Ich bin völlig verzweifelt! Hörst du mir eigentlich noch zu, schließlich bin ich deine einzige Schwester ...«)

Vor allem aber war es dieser allgegenwärtige, fast schon militante Luxus, von dem sie sich zunehmend bedroht fühlte, der ihr Leben wie eine fest anhaftende Klarsichtfolie umhüllte und zu ersticken drohte. Dieser neurotische Lifestyle-Optimismus, der nichts in

Frage stellte, schon gar nicht sich selbst. Warum also zurück nach Zürich? Und es gab noch ein anderes, wenn auch sehr vages Motiv dafür, nicht gleich jetzt das Handtuch zu werfen. Die an sich eher belanglose Unterhaltung mit dem jungen Deutschen in *Harry's Bar* schien irgendeine sensible Zone in ihrem vernarbten Geflecht von Gefühlen, Träumen und Wünschen berührt, vielleicht sogar erschüttert zu haben, und es galt abzuwarten, was sich daraus entwickeln würde. Rückblickend fand sie es zwar reichlich unangemessen, daß sie diesem Mario Bergner (hieß er nicht so?) gleich ihre Visitenkarte zugesteckt hatte. Eigentlich völlig unmöglich! Aber der uneingestandene, vom Kopf noch keineswegs akzeptierte Wunsch, ihn auf jeden Fall wiedersehen zu wollen, hatte sie zu diesem kleinen Fauxpas verleitet, wobei der Alkohol wieder mal als Pate seine Finger im Spiel gehabt hatte. Auf jeden Fall mußte die Sache jetzt durchgestanden werden, so oder so. Durchaus denkbar war ja auch, daß er sich überhaupt nicht wieder melden würde. Bestimmt hatte er das kleine Kärtchen längst weggeworfen! Diese Möglichkeit erschreckte Helena weit mehr, als ihr lieb war, und je länger sie eine solche Version in Betracht zog, um so spürbarer baute sich eine von Angst geprägte Erregung in ihr auf. Um dieser Entwicklung Einhalt zu gebieten, nahm sie sich fest vor, spätestens am nächsten Abend unter irgendeinem Vorwand im *Helvetia* anzurufen, sofern Mario sich bis dahin nicht gemeldet haben sollte. Am besten und unverfänglichsten würde es sein, ihn mit zu Pablo zu nehmen, mit dem sie einen neuen Termin ausgemacht hatte. Nach diesem Entschluß, der nicht nur beruhigend auf sie wirkte, sondern gleichzeitig ein schwer zu bestimmendes Gefühl von Vorfreude und Angst in ihr auslöste, begann Helena damit, sich dem letzten ihrer drei großen Reisekoffer zuzuwenden, der seit ihrer Ankunft noch immer unberührt in einem kleinen Vorraum neben dem Schlafzimmer stand. Während sie ihn auspackte und die Sachen in Schränken und Kommoden einordnete, sah sie sich auch diesmal wieder mit dem typisch weiblichen Problem konfrontiert, viel zu viele überflüssige Dinge mitgenommen zu haben, während sie einige wirklich wichtige, ja nahezu unverzichtbare Accessoires vergessen und zu Hause gelassen hatte. Den zimtfarbenen Gürtel aus Eidechsenleder etwa, den Bikini von Kenzo und, was besonders schmerzlich war, auch die Nachtcreme von Estée Lauder.

Schließlich hatte alles seinen Platz gefunden – bis auf jenes ebenso schlicht wie raffiniert geschnittene, dreiviertellange Kleid aus Organza. Nach genau fünfundzwanzig Jahren kam es mit ihr zurück nach Venedig, und in knapp einer Woche, wenn Konstantin nachgereist käme, um den Hochzeitstag gemeinsam mit ihr zu verbringen, würde sie es zum ersten Mal wieder anziehen und ihn damit überraschen. Bei einer kurzen Anprobe vor ihrer Abreise hatte sie mit Genugtuung festgestellt, daß ihr das zeitlos elegante Unikat von Chanel noch immer ohne Einschränkungen paßte. Demnach war die Zeit doch relativ schonend mit ihr umgegangen, jedenfalls was ihr äußeres Erscheinungsbild betraf. Sie hängte das Kleid zunächst außen an der Schranktür auf, strich gedankenverloren über das edle Material und verirrte sich dabei für kostbare Augenblicke im Spiegelkabinett ihrer Erinnerungen, wo Momentaufnahmen aus ihrer Vergangenheit von einem Glück erzählten, das längst Geschichte war. Mein Gott, dachte sie, die Zeit! Ich habe all diese Jahre gelebt und weiß doch sehr wenig davon. Dann öffnete sie den Schrank und reihte das Kleid zwischen den vielen anderen bedeutungslosen Fähnchen ein.

Mario hatte den Abend auf dem Zimmer verbracht und war damit beschäftigt, die ersten Eindrücke seiner Reise in einem Tagebuch zusammenzufassen, das er sich speziell für die Wochen in Venedig angelegt hatte. Zwar waren seine bisherigen Erfahrungen mit derartigen Besinnungstexten eher niederschmetternd gewesen, weil er nach ein bis zwei Tagen stets die Lust daran verlor, die zunächst mit viel Enthusiasmus begonnenen Eintragungen auch wirklich konsequent fortzuführen. Diesmal sollte es jedoch, der Bedeutung seines Aufenthaltes gemäß, anders werden. Bevor er das mit einem schwarzen Pappeinband versehene Quartbuch in seine Nachttischschublade zurücklegte, überflog er die stichwortartig aneinandergereihten Gedanken noch einmal:

Venedig. Wichtige Erfahrung gemacht: Flugzeuge können tatsächlich fliegen. Mein Dämon war beeindruckt!! Gut angekommen und mäßig untergekommen. Zu teuer und wenig komfortabel – also durchaus typisch für die Region. Immer die gleiche Arroganz von Hoteliers, deren Haus bereits für den Rest der Saison ausgebucht ist. Kleineres Abenteuer bereits in der ersten Nacht, noch dazu ohne irgendwelche Vorlei-

stungen wie Wein, Abendessen, langweilige Gespräche etc. Den Seinen gibt's der Herr im Schlaf. Sie hieß Ellen, kam aus den Staaten und hat mir zwei Souvenirs hinterlassen (von Knutschflecken abgesehen): einen Kaugummi unter der Bettkante und ein Polaroidfoto. Trotzdem: ganz nette Antipasti, allerdings mit leichtem Beigeschmack nach Hamburgern. Und dann noch die aufregende Botschaft auf dem Spiegel in der Toilette: Ciao, Casanova! War dadurch einigermaßen verwirrt. Erster (zufälliger) Kontakt mit meinen Wurzeln? Möglich.

San Marco. Soviel steht fest: Venedig wird nicht vom Meer, sondern vom Tourismus verschlungen werden. Viele beachtenswerte und elegante Schönheiten unter den jüngeren Einheimischen. Die meisten Touristinnen dagegen im kollektiven Schlampenlook: Jeans, T-Shirt, Rucksack. Europa wächst bedrohlich zusammen, die angeblich multikulturelle Gesellschaft hat nur noch ein Gesicht. Dem Dogenpalast zunächst die kalte Schulter gezeigt, dafür muß ich mir noch etwas Zeit lassen.

Harry's Bar. Die Venezianer haben ja wohl schon immer recht munter vom Raub profitiert. Umgerechnet weit mehr als hundert Mark für fast nichts ausgegeben. Aber: immerhin Helena dort wiedergesehen! Sie gibt mir Rätsel auf. Und jetzt immer häufiger dieser Satz in meinem Kopf: »Die Schöne reist mit dem Schatten des Todes ...« Habe die vage Ahnung, daß wir irgend etwas miteinander auszumachen haben. Buona notte.

4. Kapitel

Commissario Benedetti saß hinter seinem Schreibtisch und langweilte sich. Genaugenommen war er sich jedoch keineswegs im klaren darüber, ob es wirklich Langeweile war, denn eigentlich langweilte er sich, sofern das überhaupt mal vorkam, ausschließlich in Gegenwart gewisser Menschen. Da er aber an diesem frühen Vormittag noch allein im Büro war, mußte es sich um einen anderen Gemütszustand handeln. Nachdem er seine schwer einzuschätzende, keineswegs als Belastung empfundene Stimmungslage in Ruhe analysiert und dabei einige Tassen Espresso getrunken hatte, kam er zu dem Schluß, daß er sich in einem Zustand angenehmer Passivität befand. Und dagegen war nun wirklich nichts einzuwenden, schon gar nicht in seiner Position. Hinzu kam, daß es seit Wochen keine neuen Aufgaben für ihn gab, denn Kapitalverbrechen, die in sein Ressort fielen, gehörten in Venedig eher zu den Ausnahmedelikten. Dieser an sich erfreuliche Umstand sprach jedoch nicht unbedingt für eine überdurchschnittliche Friedfertigkeit der Lagunenbewohner, die ihre Freude an Raub und Totschlag im Laufe der Geschichte immer wieder eindrucksvoll unter Beweis gestellt hatten. Vielmehr lag es an der besonderen Struktur dieser Stadt, daß sie sich als Tatort für gewisse kriminelle Aktivitäten wenig eignete. Allein schon der absolute Mangel an schnellen Fluchtwegen mußte jedem Verbrecherprofi die Lust am Handwerk verderben. Wer war schon gewillt, etwa nach einem gelungenen Banküberfall geduldig auf den nächsten Vaporetto zu warten, die gestohlenen Geldbündel in der Aktentasche, oder mit einer gemächlich dahingleitenden Gondel durch das Labyrinth der engen Kanäle zu entfliehen? So dominierte in der alljährlich erstellten Statistik vor allem die Kleinkriminalität. Taschendiebstähle also, Scheckbetrug, unbezahlte Hotelrechnungen, Schlägereien in den ärmeren Außenbezirken und nur hin und wieder mal Vergewaltigung, schwere Körperverletzung oder auch Mord. Da aber nun mal jede Bevölkerungsgruppe auch über kriminelle Energien verfügt und diese irgendwie ausleben muß, was dem studierten Rechtsphilosophen Benedetti nichts Unbekanntes war, hatten sich bestimmte Gruppen der Stadt im Laufe der letzten Jahrzehnte auf eine verfeinerte Form des Straßenraubs spezialisiert, die nicht nur sehr einträglich, sondern obendrein auch noch straffrei war. Gemeint ist hier, wie Benedetti es gerne ausdrückte, die professionelle *Abschöpfung* jener fast fünfzehn Millionen Touristen, die jedes Jahr der Serenissima ihren Besuch abstatteten. Letztlich ohne zu murren, wenn auch irritiert, akzeptieren sie es, wenn man ihnen in einer durchschnittlichen Trattoria, etwa für einen zusätzlich georderten kleinen Salatteller, fünfzehntausend Lire oder noch mehr in Rechnung stellt. Nicht minder geschickt und erfolgreich wie viele ihrer Bürger taktierte die kommunale Verwaltung selbst. Seit man 1973 das Sondergesetz zum Schutz der Lagune erlassen hatte, wurden zur Rettung Venedigs weltweit Milliardenbeträge eingesammelt, die, dem typischen Charakter der Stadt entsprechend, zumeist in dunklen Kanälen versickerten. So blieb die Stadt bisher ungerettet und ihre Bedrohtheit als permanente Einnahmequelle erhalten.

Benedetti war sich all dieser Umstände bewußt. Trotzdem, vielleicht sogar deswegen, liebte er Venedig. Seine Einwohner mit ihrer kultivierten Schlitzohrigkeit, den Novembernebel und das Acqua alta, die Palazzi und Campi, die absolut widerlichen Taubenschwärme ebenso wie Tintorettos meisterhafte Gemälde in der Scuola Grande, auch das Klatschen der Wellen in den Kanälen, die sehr langsam, aber unaufhaltbar an den Fundamenten einer jahrtausendealten Kultur zehrten, sie zerstörten, und er mochte sogar die Touristen. Diese Stadt, dachte er, kann man nur aus ihren Widersprüchen heraus verstehen und schätzen.

Zwei dreiste Fliegen, die seit Minuten über seinem Arbeitsplatz kreisten und sich immer wieder für kurze Momente auf dem leicht überzuckerten Rand der inzwischen geleerten Espressotasse niederließen, störten den Commissario. Nicht zuletzt aus hygienischen Gründen, denn möglicherweise wollte er sich noch ein letztes Mal nachgießen. Da sein wiederholtes Herumfuchteln mit beiden Händen die Tiere nicht im geringsten beeindrucken konnte, eher schon schienen sie sichtbar ermuntert zu sein, entschloß er sich dazu, sie mit der Morgenzeitung zu erschlagen. Wenn es für ihn schon keinen Mord zum Aufklären gab, dann mußte er eben selbst mal zum Täter werden. Eine Entscheidung, die ihm eigentlich im Innersten verhaßt war, da jede Form von Gewalt seinen Lebensprinzipien widersprach. Freilich erwies es sich, daß die Tat zwar schnell geplant, aber weitaus schwieriger auszuführen war. Genauer gesagt, der geachtete Kriminalbeamte aus dem *Kommissariat für besondere Aufgaben* scheiterte kläglich. Nachdem er die beiden flüchtenden Plagegeister zunächst minutenlang bis in die äußersten Winkel des weitläufigen Raumes ergebnislos verfolgt und dabei diverse Akten, eine Blumenvase aus Muranoglas und sogar seine Espressotasse vom Tisch gefegt hatte, stellte er die Fahndung ein und verzichtete auf die beabsichtigte Exekution.

Nach dieser mißglückten Operation beschloß Benedetti, einen Spaziergang zu machen, sich irgend etwas Gutes zu tun und vielleicht sogar eine kürzlich eröffnete Ausstellung zu besuchen, sie war dem Venezianer Giacomo Casanova gewidmet. Dieser hatte zweihundert Jahre zuvor als zahnloser, verbitterter und vergessener Emigrant im böhmischen Dux die Zeit mit der Ewigkeit vertauscht. Wenige Tage vor dem Fest des heiligen Antonius, der zwar, wie man in Padua sagt, jeden Tag drei Wunder bewirkt hatte, um dessen Hilfe der Frauenheld jedoch vergeblich nachsuchte, als ihn die Staatsinquisition für fünf Jahre in den verrufenen Bleikammern unter den Dächern des Dogenpalastes einsperrte. Daß er seine Haftstrafe schließlich durch eine abenteuerliche, minutiös und bis ins Detail geplante Flucht hatte abkürzen können, und, wie vermutet werden darf, ohne jegliche Unterstützung durch den heiligen Antonius, war ihm von den Herrschenden seiner Vaterstadt, zu denen er ohnehin zu allen Zeiten ein gebrochenes Verhältnis unterhielt, nie verziehen worden. Für Benedetti war Casanova immer eine der faszinierendsten geschichtlichen Figuren gewesen. Dabei ging es dem Commissario weniger um die Vielseitigkeit dieses Universalgenies, das sich ja keineswegs nur als galanter Liebhaber, sondern unter anderem auch als Finanzjongleur, Geheimagent, Wissenschaftler, Maulheld, Diplomat, Erfinder der Staatslotterie, Ingenieur und herausragender Literat des 18. Jahrhunderts profiliert hatte. In erster Linie war es Casanovas kompromißlos gelebtes Bekenntnis zur Individualität, zur Andersartigkeit, das Benedetti immer wieder bewunderte, zumal sich ähnliche Anlagen in seiner eigenen Charakterstruktur zu spiegeln schienen.

Das Telefon klingelte anhaltend und fordernd, fast zeitgleich schnurrte leise ein bedrohlich langes Fax auf dem Beistelltisch neben seinem Drehsessel. Einen Moment lang überlegte Benedetti, ob er sich diesen dienstlichen Herausforderungen sofort stellen sollte, zumal an einem Frühsommertag wie diesem, der sich prächtig zu entwickeln schien. Dann entschied der Commissario, daß es höchste Zeit für einen Stadtbummel sei, und er erinnerte sich eines Zitats aus Casanovas Autobiographie: *Jeder Geist, der sich um Zukünftiges sorgt, ist unglücklich!* Dann verließ er schnell sein Büro.

Mario hatte sein Hotel schon früh am Morgen verlassen, ohne das wenig verlockende Frühstück in Anspruch zu nehmen. Zunächst bummelte er ziellos durch die verschlungenen Straßen der engeren Umgebung, wo sich gepflegte, zumeist um die Jahrhundertwende erbaute Villen wie Perlen einer kostbaren Kette aneinanderreihten, umgeben von gepflegten Vorgärten und dem trauernden Charme einer untergegangenen Epoche. Lautlos, geschwächt und dennoch wahrnehmbar atmete sich hier noch immer ein Zeitalter aus, das eigentlich längst gestorben und begraben war. Hohe eiserne Schutzgitter umgaben diese letzten Reservate der Nostalgie, die sich vor ungebetenen Gästen und Gaffern durch scharfe Rottweiler, Doggen, Terrier und ähnlich angriffslustige Beißer schützten. Nervös und aggressiv tänzelten sie durch die Refugien ihrer Herrschaften, und jeder Vorbeikommende wurde durch unübersehbare Emailleschilder gewarnt: *Attenti al cane!*

Ohne es bewußt so gewollt zu haben, erreichte Mario schließlich die breite Allee entlang des Badestrandes, wo man für zahlungskräftige Gäste der großen Hotels wenig einladende, mit hohem Maschendraht umstellte Freizeitghettos oder auch Käfige abgeteilt hatte. Ein kräftiger Bagger verschob und glättete den von Brandung und Frühjahrsstürmen geschundenen Sand, hier und dort wurden noch Umkleidekabinen aufgestellt, Liegestühle zusammengetragen oder schmale Streifen frisch angelegten Rasens gesprengt. Man hämmerte, sägte, besserte aus und ordnete. Noch hatte die Saison zwar nicht begonnen, aber in wenigen Tagen schon mußte alles für die ersten Gäste bereitet sein.

Mario nutzte einen schmalen Durchgang, der zwischen zwei reservierten Zonen hinunter zum Wasser führte. Keine Menschenseele weit und breit. Lustlos, graugrün und ohne Kraft dümpelte die Adria an die Küste, wo das Wasser in Sekundenschnelle zwischen Muscheln, Tang und angeschwemmten Unappetitlichkeiten im Sand versickerte. Auf dem Betonskelett einer niemals fertiggestellten Mole balancierte er ein Stück weit ins Meer hinaus und schaute einem Frachtschiff nach, das im Morgendunst wie eine Fata Morgana am Horizont dahinzog. Plötzlich riß ihn ein rhythmisch platschendes Geräusch aus seinen Gedanken. Als er zurück zum Strand blickte, sah er eine offensichtlich sportlich geschulte, gut gewachsene Person, die mit weit ausholenden Schritten, die Arme zur Seite gestreckt, so, als wolle sie am liebsten fliegen oder auch nur den Morgen umarmen, durch das knöcheltiefe Wasser joggte. Er verfolgte die Herankommende – ja, es mußte wohl eine Frau sein! – mit wachsender Aufmerksamkeit, und schon bald war er sich völlig sicher, daß es sich nur um Helena handeln konnte. Jeder Mensch, dachte Mario, verrät sich durch die Art und Weise seiner Bewegungen. Er wandte sich zurück, um ihr ein Stück entgegenzugehen. Aber da war sie auch schon auf seiner Höhe, drehte in einem weiten Bogen ab, verlangsamte dann ihr Tempo und verschwand in einem schmalen Weg, der hinauf zu ihrem Hotel führte. Kein Zweifel, sie mußte ihn gesehen und erkannt haben. Er empfand es wie einen Verrat! Gedemütigt wie ein Boxchampion, den man bereits vor Anpfiff der ersten Runde für k.o. erklärt hatte, trat er den Rückzug an und verwöhnte sich in der nächstbesten Cafeteria mit einem opulenten Frühstück. Als er die Rechnung anschließend beglich, fiel ihm Helenas Visitenkarte in die Hand. Ohne ihr noch die geringste Aufmerksamkeit zu schenken, zerriß er sie, zusammen mit der Quittung des Obers, und schmiß beide in den Aschenbecher auf seinem Tisch. Dann nahm er den nächsten Vaporetto, um Venedig einer ersten eingehenden Inspektion zu unterziehen. Nach einem kurzen, lustlosen Streifzug durch die Gassen von San Marco stand er, ohne es bewußt gewollt zu haben, plötzlich wieder vor *Harry's Bar*, zögerte zunächst, trat dann aber doch ein und bestellte sich einen *Bellini*, jenen berühmten Cocktail aus Pfirsichsaft und Prosecco, den man dort, wie die Venezianer sagen, unbedingt mal probiert haben mußte.

Zurück auf ihrem Zimmer, bereitete sich Helena inzwischen mit großer Sorgfalt auf ihren Besuch bei Pablo vor, in der Hoffnung, den Exoten diesmal in einer umgänglicheren Stimmung anzutreffen. Besondere Aufmerksamkeit widmete sie der Frage, welche Frisur ihr am besten stehen würde. Nachdem sie mehrere Möglichkeiten vor dem Spiegel im Bad ausprobiert hatte, entschloß sie sich dazu, ihr brünettes, halblanges Haar einfach so fallen zu lassen, wie es ihm gefiel. Zumal Pablo den Standpunkt vertrat, daß sich Ästhetik in der einfachsten Lösung stets am vorteilhaftesten offenbarte. Was ihre übrige Aufmachung betraf, entschied sie sich für eine gerade noch maßvoll ausgeschnittene, pistazienfarbene Bluse aus grober Wildseide, wodurch die Ausdruckskraft ihrer grüngrauen Augen gesteigert wurde. Dazu eine schlichte dreiviertellange, eng anliegende schwarze Hose, die unten leicht geschlitzt war. Mit Kosmetik ging sie wie immer äußerst sparsam um, wußte sie doch nur allzu gut, daß die etwas herbe Ebenmäßigkeit ihres Gesichts keiner Korrekturen oder Beschönigungen, sondern nur gewisser dezenter Betonungen bedurfte. Während sie sich zurechtmachte, dachte sie an den Deutschen. Natürlich hatte sie ihn vorhin erkannt, und er mußte es wissen. Nur fünfzig Meter oder weniger waren sie voneinander entfernt gewesen. Was wohl hatte sie dazu veranlaßt, vor diesem durchaus interessanten Mann, dem sie noch gestern ihre Karte zugesteckt hatte, regelrecht wegzulaufen, ihn zu übersehen? Schließlich kam sie zu der Überzeugung, daß der Auslöser nur Angst gewesen sein konnte – aber wovor? Er hatte gute Manieren gezeigt, war nicht aufdringlich gewesen, eher zurückhaltend, und letztendlich hatte sie selbst einen Faden eingefädelt, mit dem sie jetzt nicht nähen wollte. Es konnte nur um die Angst vor ihrer Sehnsucht nach Risiko und Abenteuer gehen, um die Angst vor den möglichen Folgen, wenn sie für ein paar Tage oder auch nur für eine Nacht aus ihrem »Schweizer Internat« ausbrechen würde, um anschließend reumütig und mit schlechtem Gewissen wieder in die komfortable Anstalt zurückkehren zu müssen. Es war die Angst davor, sich zuzulassen! Aber welche Chancen gab es denn schon für ein anderes Leben ohne all jene Vorschriftstafeln, an die sie sich in langen Jahren längst gewöhnt hatte? Vielleicht, dachte sie, besteht mein Leben aus verpaßten Gelegenheiten. Keine sonderlich beeindruckende Bilanz, wenn man in wenigen Tagen fünfzig wird.

Es kam so, wie sie es sich insgeheim erhofft hatte: Mario saß bereits in *Harry's Bar*, als sie eintrat. »Was machen Sie denn hier?« begrüßte sie ihn betont überrascht, aber das war nur vorgetäuscht. Denn in Wirklichkeit war sie sich nahezu sicher gewesen, daß sie ihn dort antreffen würde.

»Ich trinke einen *Bellini,* wie man sieht.« Sie setzte sich zu ihm. Längere Pause.

»Ein herrlicher Tag heute, nicht zu warm und nur wenige Touristen in der Stadt«, begann sie unsicher. »Sie haben noch nichts Bestimmtes vor?«

»Noch nicht.« Mario blieb einsilbig, beharrte darauf, weiterhin den Brüskierten zu spielen.

»Wie wäre es mit einem Vorschlag von mir?«

»Schlagen Sie bitte vor!«

»Ich habe da eine sehr interessante Verabredung«, begann sie, »zu der Sie gerne mitkommen könnten. Es geht um einen Atelierbesuch bei einem der interessantesten Maler Venedigs. Sozusagen ein Blick hinter die Kulissen. Normalerweise hat man als Tourist keine Chance dazu.«

»Ich werde ihm kein Bild abkaufen können, falls Sie das meinen sollten.«

»Darum geht es nicht. Vielmehr können Sie dabei sein, wenn ein Bild entsteht.« Und nach einer kurzen Pause fügte Helena hinzu: »Ich lasse mich nämlich von ihm malen, in Öl, heute ist meine erste Sitzung. Bin total nervös.«

»Da Sie mich zu ihm mitnehmen würden, gehe ich davon aus, daß es kein Aktbild werden soll, oder etwa doch?«

»Natürlich nicht«, Helena errötete. »Es wird ein Porträt, mein Mann will es mir zum Fünfzigsten schenken. Der Anlaß selbst und die Umstände sind eigentlich Nebensache. Der Maler jedoch, er heißt Pablo, ein Spanier also, ist ein aus vielerlei Gründen faszinierendes Original, nicht nur als Künstler. Es würde sich auf jeden Fall lohnen, seine Bekanntschaft zu machen. Allerdings«, und diese Einschränkung klang fast wie eine Warnung, »er ist in jeder Hinsicht unberechenbar, extrem. Vielleicht sogar verrückt, wie manche meinen.«

»Sie auch?«

»Ich denke schon«, gab sie nach kurzem Bedenken zu. »Unter gewissen Bedingungen würde ich ihn sogar für gefährlich halten. Übrigens beschäftigt er sich viel mit dem Tod ...«

»Doch hoffentlich nur theoretisch, oder stirbt er gelegentlich auch mal?« entfuhr es Mario.

»Andererseits«, fuhr Helena ungerührt fort, »kann er der sanftmütigste, gütigste Mensch sein, den ich jemals kennengelernt habe.«

»Sie haben mich wirklich neugierig gemacht, danke für die Einladung. Also gut, ich begleite Sie. Und wohin geht's, wenn ich fragen darf?«

»Zum Campo San Polo. Dort stehen die beiden Palazzi der Familie Soranzo. Bis ins vergangene Jahrhundert hinein zählte sie zur Führungsschicht der Stadt. Pablo weiß mehr darüber, falls es Sie interessiert. Seit vielen Jahren hat er im Dachgeschoß eines der Palazzi sein Atelier. Dort wollen wir jetzt hin.«

Der anschließende Fußmarsch durch das Labyrinth von San Marco hinüber nach San Polo erwies sich in jeder Beziehung als strapaziös, zumal Helena ein für ihr Alter beeindruckendes Tempo vorlegte und im Gewirr der engen Gassen mehrfach die Orientierung verlor. So mußten sie wiederholt die Erfahrung machen, minutenlang nur im Kreis herumgelaufen zu sein, um schließlich zu genau jenem Punkt zurückzukehren, den sie erst kurz zuvor verlassen hatten. Auch erwies es sich als wenig hilfreich, Venezianer, die ja prinzipiell ortskundig sein mußten, um Rat anzugehen. Ihre Wegbeschreibungen, mit denen sie stets freundlich, wortreich und bedeutungsvoll gestikulierend zur Verfügung standen, klangen durchaus glaubwürdig. Damit nährten sie immer wieder aufs neue die Hoffnung der Umherirrenden, bereits in wenigen Minuten am Ende ihrer Odyssee zu sein. Letztendlich kam es freilich so, daß die beiden ihr Ziel irgendwann eher zufällig erreichten, also trotz, keinesfalls aber wegen der vielen gutgemeinten Ratschläge.

Die langgezogene, gepflegte Außenfassade der Palazzi Soranzo dominierte den weiträumigen Campo San Polo. Im Schatten dreier Platanen, auf einer der im Halbkreis aufgestellten Bänke, ruhten sich Helena und Mario zunächst ein wenig aus. Da sie den Platz mit einem älteren Paar zu teilen hatten, waren sie gezwungen, sich dicht aneinanderzudrängen. Zum ersten Mal spürte jeder die Körperwärme des anderen, sein leichtes Vibrieren und auch seine Erregung, die noch unausgesprochen blieb. Wortlos genossen sie es, jeder auf seine Art. Auch waren sie froh, der Enge dumpfig schwüler Gassen endlich entronnen zu sein. Es tat gut, den Blicken die Zügel zu lockern und sie auf einem der ältesten und größten Plätze der Stadt spazierengehen zu lassen. Keine Hektik, kein hastiges Gedränge. Hier und dort kleine Gruppen und Grüppchen auf dem schönen Trachytpflaster. Zeitunglesende Pensionäre, Kinder, die einem Ball hinterherrannten, Mütter mit Babys in den Wagen, eine von ihnen bereits wieder hochschwanger. Auch Alte, natürlich, die sich entlang schmaler Schattenstreifen an den hohen Fassaden dahinduckten. Gelegentlich ein Köter, der sein Bein hob oder einen Schwarm Tauben aufschreckte, eine Katze.

»Jetzt ist es aber allerhöchste Zeit, gehen wir!« Helena war plötzlich aufgesprungen, streckte Mario ihre Hand entgegen und zog ihn, nachdem er sie mit festem Griff umfaßt hatte, derart schwungvoll in die Höhe, daß sie sich in einer unfreiwilligen und dennoch von beiden gewollten Umarmung begegneten. Als Mario die unerwartete Gunst des Augenblicks nutzen und die Frau noch fester zu sich heranziehen wollte, stieß sie ihn unerwartet heftig zurück. Sie gingen dann die wenigen Schritte zum Portal des linken Palazzo. Neben der flaschengrün gestrichenen Tür wiesen zwei Schilder darauf hin, daß die Räumlichkeiten nunmehr für irgendwelche kommunalen Zwecke genutzt wurden. Helena drückte anhaltend auf einen der polierten Klingelknöpfe. Erst nach langem Warten schnarrte der Türöffner, und sie traten ins kühle Halbdunkel der Eingangshalle. Eine breite Marmortreppe führte bis in den zweiten Stock, wo sie in eine deutlich schmalere und weniger üppig ausgestaltete einmündete, die noch weiter nach oben führte. Von dort aus gelangten sie schließlich über eine geländerlose Stiege vor die Tür zu Pablos Atelier, das vor Jahren einmal nachträglich in die Dachkonstruktion eingefügt worden war. Es war unerträglich heiß hier oben, und ein ätzender Gestank, der Augen und

Nasenschleimhäute reizte, lauerte wie eine Bedrohung unter den aufgeheizten Ziegeln.

»Es riecht sehr eigenartig hier, aber ich weiß nicht genau wonach«, bemerkte Mario. »Auf jeden Fall irgendwie süßlich, wie nach Verwesung. Finden Sie nicht auch?« Unüberhörbar war seinem Tonfall anzumerken, daß er sich nicht sonderlich wohl fühlte.

»In der Tat, es stinkt hier ziemlich penetrant«, pflichtete Helena ihm bei. »Das kommt von verwesenden Tauben, die überall herumliegen. Aber keine Angst, im Atelier selbst ist davon nichts zu spüren.«

Sie betraten dann Pablos »Ghetto«, wie der Maler seinen von der Realität des Alltäglichen abgegrenzten Lebensbereich zu bezeichnen pflegte. Helena ging voran. Der sehr weitläufige, verwinkelte und zur Außenfront hin abgeschrägte Raum erwies sich als einladend klimatisiert. Es roch angenehm nach Firnis, Terpentin und frisch verstrichenen Ölfarben. Das durch ein mittelgroßes Dachfenster einfallende Tageslicht leuchtete lediglich den Arbeitsbereich des Ateliers hinreichend aus, wo die Staffelei, ein niedriger Tisch mit Malutensilien sowie zwei eher gebrechliche Biedermeierstühle eine Art kreatives Zentrum bildeten. Die übrigen Bereiche dieser Eremitage, deren Ausmaß und Charakter sich wegen der unbestimmten Lichtverhältnisse nicht näher ausmachen ließ, verhüllten sich mit den Schatten eines geheimnisvollen Halbdunkels. Von irgendwoher tönte ein Titel von Oscar Peterson durch die museale Szene. Dem abgeschliffenen Saphir war anzuhören, daß er sich mühsam tastend durch das Rillenlabyrinth einer nahezu entseelten 78er Platte quälen mußte.

Pablo stand neben seiner Staffelei. Hager, weißhaarig, mit stolz erhobenem Kopf, völlig regungslos und sehr ermattet. Aber seine Augen, die einen Punkt zu fixieren schienen, der weit hinter dem konkret Wahrnehmbaren verborgen sein mußte, verrieten, daß in dem nahezu verbrauchten Körper ein ebenso hellwacher wie kritisch beobachtender Geist unbeschadet überlebt hatte. Nach langen Momenten dichten Schweigens wurde er sich der Anwesenheit seiner Besucher bewußt, ging mit schlurfenden Schritten auf Helena zu, umarmte sie lange und wortlos. Daß er auch Mario schließlich zur Kenntnis nahm, war nur einer stummen Geste zu entnehmen, mit der er dem Deutschen einen brüchigen Korbsessel im Hintergrund zuwies. Dann forderte er Helena auf, nur mit einer müden Handbewegung und noch immer, ohne irgend etwas gesagt zu haben, links neben der Staffelei Platz zu nehmen. Danach setzte auch er sich und begann damit, aus einem mit Tuben prall gefüllten Schuhkarton sechs oder acht Töne herauszukramen und von jeder Farbe eine größere Portion auf ein Holzbrett zu drücken, das er zuvor mit einem Spachtel von eingetrockneten Resten gesäubert hatte. Dann spannte er eine bereits grundierte Hartfaserplatte in die Halterung der Staffelei, etwa im Format 80 x 100 cm, korrigierte mehrfach Helenas Haltung, die im Halbprofil ihm gegenüber saß, etwa zwei Meter entfernt, und versuchte dann selbst, eine Position einzunehmen, die ihm bequem und der Aufgabe angemessen zu sein schien. Viel Zeit nahm danach die Wahl eines geeigneten Pinsels in Anspruch. Aus Gläsern, alten Vasen und anderen Behältnissen zog er mehrere reichlich abgenutzte Exemplare heraus und verglich sie miteinander, indem er mit der Kuppe seines Daumens, abschätzend und liebevoll zugleich, über die eingetrockneten Borsten strich. Jede Phase dieser recht umständlich und übertrieben anmutenden Vorbereitungen begleitete Pablo mit angestrengt zusammengekniffenen Augen und einem gelegentlichen lauten Schmatzen, gerade so, als müsse er die Qualität seiner Entscheidungen geschmacklich überprüfen und absichern. Endlich, zwanzig Minuten oder noch mehr waren inzwischen vergangen, schien der Maestro zum ersten Pinselstrich bereit zu sein. Aber erst nachdem er Helenas Kopf- und Körperhaltung durch vage Handzeichen mehrfach umdirigiert und korrigiert hatte und ein Stück von der Staffelei abgerückt war, so daß er sie, leicht nach vorne gebeugt und mit weit ausgestreckter Hand, gerade so eben noch mit dem Pinsel erreichen konnte, begann er zögernd mit der Arbeit. Für Mario war es außerordentlich spannend, dabei zuzusehen, wie sich Künstler und Leinwand zunächst feindlich lauernd gegeneinander abgrenzten. Ja, es glich einer Kampfsituation! Auf der einen Seite ein noch unberührtes, strahlend weißes Rechteck, das unangetastet bleiben wollte und seine Identität stumm verteidigte, in der Gegenposition die Entschlossenheit eines großen Künstlers. Es war der uralte Kampf zwischen Unschuld und gestaltendem Willen. Dann endlich, nach langen Minuten des Zögerns und Abwägens, führte Pablo den Pinsel mit kräftigen, sicheren Bewegungen über die Malfläche und begann damit, sie seiner Vorstellung zu unterwerfen. Erste weiträumige Strukturen und Verknüpfungen entstanden, ähnlich jenem Vorgang, den man beobachten kann, wenn Spinnen ein neues Netz anlegen.

Die Partie war damit eröffnet. Pablo stand dann auf, ließ den Pinsel einfach zu Boden fallen. Er wirkte noch erschöpfter als zuvor, schlurfte eine Zeitlang in weiten Kreisen durch sein Atelier, stürzte beinahe über den hochgewölbten Saum einer abgetretenen Orientbrücke und ließ sich schließlich schwer atmend auf ein Sofa fallen. Nach einer Weile sagte er: »Das Schlimmste von allem ist das Sterben, nicht der Tod.« Danach, wie zuvor, erneut absolutes Schweigen. Es war beklemmend. Helena stand leise auf und ging zum Fenster, Mario duckte sich in seinen Sessel und genoß im Halbdunkel des ihm zugewiesenen Platzes den Vorteil, diese mehr als sonderbare Szenerie aus einer gewissen Distanz heraus beobachten zu dürfen. Dann plötzlich leise Schritte auf dem Boden, die Tür zum Atelier wurde geöffnet. Eine junge, sehr schlanke Frau trat grußlos ein, und während sie an einer Espressomaschine hantierte, stellte Mario fasziniert fest, daß es mit ihrer Ankunft deutlich heller im Raum geworden war. Kein Zweifel, es konnte sich keineswegs um eine Sinnestäuschung handeln. Andererseits bot sich nicht die geringste Erklärung für dieses Phänomen an. Nachdem der Kaffee durchgelaufen war, ging die Frau hinüber zu Pablo, setzte sich für einen kurzen Moment neben ihn, strich mit liebevoller Geste über sein Haar, verschwand wieder und mit ihr dieses unwirkliche Licht. Mario fühlte sich mehr als unwohl, wäre am liebsten aufgestanden und davongelaufen, der Frau hinterher. Aber er war dazu nicht fähig, hockte wie paralysiert in seiner Ecke.

Schließlich hob Pablo den Bann auf, der über allen lastete. »Machen wir Schluß für heute«, sagte er, »ich fühle mich nicht wohl.« Dann ging er zu Helena, besprach einen neuen Termin mit ihr und forderte seine Gäste mit einer Handbewegung zum Gehen auf. Als Mario schon fast an der Tür war und sich noch einmal umsah, um dem Maler einen Abschiedsgruß zuzunikken, winkte ihn dieser zu sich heran. Erstmals schien er Helenas Begleiter bewußt wahrgenommen zu haben. Als sie sich gegenüberstanden, sah er dem Deutschen lange prüfend in die Augen, legte ihm schließlich seine Hand väterlich auf die Schulter und sagte in aufmunterndem Ton: »Kommen Sie mal wieder, aber bitte nur, falls Ihnen wirklich danach ist. Egal wann, es kann auch nachts sein, weil ich nie schlafe. Also?« Mario nickte irritiert, und sie trennten sich dann mit einem festen Händedruck. Unten, zurück auf dem Campo San Polo, standen Helena und Mario eine Weile beisammen, unschlüssig, verlegen und ohne zunächst miteinander zu reden.

»Er ist in der Tat ein sehr merkwürdiger Mensch«, meinte Mario schließlich.

»Stimmt«, pflichtete sie ihm bei. »Es gibt keine einheitlichen Meinungen über ihn, nur total gegensätzliche. Als Künstler genießt er jedoch uneingeschränkten Respekt, bei Freunden und Feinden gleichermaßen.«

»Warum hat er Feinde?«

»Wer hat sie nicht?« wich sie aus.

»Ich würde gerne etwas essen«, sagte Mario dann, um die Peinlichkeit ihrer einsilbigen Stehparty zu beenden. Zudem hatte er tatsächlich Appetit, genauer gesagt: riesigen Hunger! »Können Sie mir etwas empfehlen, oder würden Sie vielleicht auch mitkommen? Aber bitte nicht schon wieder *Harry's Bar,* mir ist das einfach zu teuer.«

»Also gut, gehen wir zusammen«, entschied Helena, »ich habe da eine gute Idee.« Dann hakte sie sich spontan bei ihm ein, was Mario freudig überrascht zur Kenntnis nahm, und sie folgten dem allabendlich anschwellenden Menschenstrom durch die Calle Cavalli, ließen sich wie Schwemmholz bis zur Rialtobrücke mittreiben und nahmen dann einen Weg durch weniger belebte Gassen. Gelegentlich, sofern es die Situation zuließ, hüpften sie ausgelassen wie Jungverliebte nach dem Rhythmus einer spontan erfundenen Melodie durch den sonnigen Nachmittag, bis sie, fußmüde und auch sonst erschöpft, im *Le Bistrot* landeten, in der Calle dei Fabbri, wenige Schritte vom Markusplatz entfernt. Das Lokal, es duckte sich ins Souterrain des Hauses, erwies sich als glückliche Wahl. Die Innenausstattung, eine Mischung aus französischen und venezianischen Stilelementen, stand, wie beide empfanden, in wohltuendem Kontrast zum spröden Charme von *Harry's Bar.* Die freundliche Bedienung wies ihnen einen der letzten freien Tische an, und aus einem überraschend reichhaltigen Angebot der Speisekarte wählten sie dann in Ruhe und mit Bedacht aus. Die anschließende Mahlzeit nahmen sie schweigsam ein, unterbrochen nur durch flüchtige Augenkontakte und gelegentliche, scheinbar zufällige Berührungen, die jedoch in Wahrheit ihrer beider Bedürfnis nach mehr Nähe signalisierten. Wie die Nadel eines Kompasses zitterte der eine um die Anziehungskraft des anderen.

»Ist Ihnen vorhin nicht auch etwas äußerst Ungewöhnliches aufgefallen, ich meine im Atelier, bei diesem Pablo?« drängte es Mario, sie zu fragen.

»Nicht, daß ich wüßte ...« Helenas Antwort kam sehr zögernd und in einer Art, die darauf schließen ließ, daß sie wenig Interesse daran hatte, dieses Thema zu vertiefen.

»Mir aber schon! Wer war eigentlich diese junge Frau ...«

»Eine Amerikanerin«, schnitt sie ihm das Wort ab. »Nun gut, sie hat eine gewisse Ausstrahlung, wie viele andere Menschen übrigens auch. Was ist daran so beeindruckend?« Ihre Stimme klang gereizt, und unüberhörbar war ebenfalls, daß eine Spur von Eifersucht mit im Spiel war. Mario nahm es mit Befriedigung zur Kenntnis und forschte unbeirrt weiter.

»Mir ist etwas aufgefallen, was auch Sie keinesfalls übersehen haben dürften.«

»Und das wäre?« Helenas Halspartie wurde von einer leichten Röte überflammt.

»Als diese ...«

»Sie heißt Susan, falls es wichtig für Sie ist.«

»Danke! Also, als diese Susan ins Atelier kam, da wurde es irgendwie heller im Raum. Ein Phänomen, das sofort wieder verschwand, nachdem sie gegangen war. Das sollte Ihnen wirklich nicht aufgefallen sein? Nun, vielleicht habe ich mich ja doch durch irgend etwas täuschen lassen, oder etwa nicht?«

»Nun gut, Sie haben recht«, gestand Helena widerstrebend ein. »Dieser merkwürdige Effekt, der natürlich auch mir nicht entgangen ist, tritt jedesmal auf, wenn Susan einen Raum betritt. Pablo behauptet, daß sie sich *verströmt*. So oder ähnlich drückt er es immer aus.«

»Wie bitte?«

»Ganz einfach, sie löst sich in Licht auf. Sehr langsam zwar, jedoch unaufhaltsam. Bis sie irgendwann mal stirbt. Zugegeben, es klingt absurd, andererseits leuchtet es mir auch ein. Nach Pablos Auffassung besteht jede Materie, also auch der menschliche Körper, aus extrem verdichtetem, gefangengehaltenem Licht. Und wenn sich dieses Licht, aus welchen Gründen auch immer, wieder befreien und verstrahlen kann, dann muß der Körper sich allmählich auflösen. Logisch, nicht wahr? Ähnlich wie etwa bei einem Klumpen Uran, der auch irgendwann mal nicht mehr vorhanden ist, weil er sich in radioaktive Schwingungen verwandelt hat.«

»Demnach sollte man sich vor dieser Susan in acht nehmen, vielleicht ist sie sogar noch radioaktiv«, spottete Mario.

»Erwarten Sie dazu keine weiteren Erklärungen von mir, denn ich kann und werde sie Ihnen nicht geben. Außerdem ist auch mir diese ganze Angelegenheit mehr als unheimlich. Am besten, Sie unterhalten sich mal mit Pablo selbst darüber. Im übrigen: Schluß jetzt damit, wenn ich bitten darf.«

Mario fügte sich ihrem Wunsch, weil er spürte, daß im Moment nicht der richtige Zeitpunkt für weitere Fragen war. Er rief nach der Bedienung, zahlte, und sie nahmen den nächsten Vaporetto zum Lido. Dort bot er an, sie noch bis zu ihrem Hotel zu begleiten, und weil beide unfähig waren, dem anderen Gefühle oder gar geheime Wünsche anzuvertrauen, langweilten sie sich während der wenigen Minuten ihres kurzen Heimwegs mit banalen Verlegenheitsdialogen. Bald darauf und viel früher als es beiden recht war, standen sie bereits vor der breit ausladenden, marmornen Freitreppe von Helenas Nobelherberge, die im Licht zweier schmiedeeiserner Laternen den wenigen späten Gästen chamoisfarben entgegenleuchtete. Hier und da in ausladenden Steinschalen niedrige Bougainvilleen, die eingefangenes Sonnenlicht in die aufkommende Nacht zurückglühten, und über allem ein letztes zartes und zugleich leuchtendes Blau am Abendhimmel. Diese Stimmung erinnerte Mario ein wenig an ein Bild von Magritte, das er so sehr schätzte. Es gehörte zu Peggy Guggenheims berühmter Sammlung, und er nahm sich vor, ihrem Museum am Canal Grande gleich am nächsten Tag einen Besuch abzustatten.

Die beiden traten ein wenig zur Seite ins Halbdunkel, schweigend und unschlüssig. Ihre Sprachlosigkeit verbündete sich mit der Schwüle des Abends zu einem Druck, der von Sekunde zu Sekunde unerträglicher wurde. Schließlich tastete Mario nach ihrer Hand, und da Helena es zuließ, zog er sie zu sich heran, zunächst sehr behutsam, aber schon bald immer fester, fordernder. In sanften Wellen ging ein Zittern durch ihren sportlichen Körper, als er zunächst seine Hand ohne Drängen über ihren Nacken ins volle Haar führte und sie anschließend leidenschaftlich auf den Mund küßte. Ermutigt durch ihr Einverständnis und Entgegenkommen entschloß er sich dazu, die letzte Bastion ihrer bereits brüchigen Abwehr zu stürmen.

»Du bist ein total verwirrendes Geheimnis für mich«, schmeichelte er sich mit leiser Stimme bei ihr ein.

»Oh, wie wunderschön«, strahlte sie ihn an, »also belassen wir es am besten dabei. Denn nichts ist bekanntlich langweiliger als ein ausgefülltes Kreuzworträtsel.«

»Das mag schon sein. Trotzdem würde ich gerne mit dir ...«

»... ins Bett natürlich, fast hätte ich es mir denken können. Es ist übrigens noch nicht so sehr lange her, da hättest du dir für dieses Angebot eine kräftige Ohrfeige eingehandelt!«

»Also, was ist?«

»Ich bin verheiratet, seit fünfundzwanzig Jahren«, wich sie aus, »und außerdem könnte ich deine Mutter sein.«

»Zwei wirklich schlagende Argumente!« attestierte ihr Mario amüsiert. »Aber was hieltest du davon, der Kontrolle des Verstandes, die uns so oft den Weg versperrt, einfach mal davonzulaufen und etwas zuzulassen, was Freude macht und wunderschön sein kann? Unser Kopf ist ein Gedanken- und Gefühlsgefängnis, dessen Mauern eingerissen werden müssen. Also befreien wir mal endlich unsere ungelebten Wünsche durch eine großzügige Amnestie! Zum Beispiel vorhin, in diesem Lokal, da hätte ich dir am liebsten ...« Er hielt inne, weil er fürchtete, sich zu weit vorzuwagen.

»Rede ruhig weiter«, ermutigte sie ihn. »Es ist schon spannend, wie du allmählich aus der Reserve kommst und dabei bist, deinerseits der Kontrolle des Verstandes davonzulaufen. Also lauf jetzt mal ganz schnell. Kann es denn für ein gestandenes Weibsbild wie mich etwas Interessanteres geben als die Phantasien und Wünsche eines gutaussehenden jungen Mannes?«

Mario überhörte ihren Zynismus, zog sie noch dichter zu sich heran und flüsterte ihr zu: »Vorhin, als wir zu Abend aßen, überkam mich ein Bedürfnis oder auch Trieb, den ich übrigens als völlig normal empfand. Nämlich dir zunächst deine edle Textilhülle vom Leib zu reißen, dann zwei oder auch drei dieser herrlich stabilen Tische zusammenzurücken und dich anschließend, ohne Rücksicht auf die Umstände ...«

»Donnerwetter, junger Freund, was Männer doch für außergewöhnliche Begehrlichkeiten entwickeln können! Und das alles mitten im Lokal vor den Augen wildfremder, anständiger Leute. Was hat dich denn eigentlich von diesem kühnen Lustspiel abgehalten?« Ehe Mario auf ihre völlig unerwartete Reaktion eingehen konnte, löste sie sich durch eine geschickte Wendung aus seinen Armen, sprang fröhlich, fast schon ausgelassen und mit jugendlichem Elan die Freitreppe zum Hotel hinauf und verschwand im Halbdunkel der vorgelagerten Kolonnade. An der Rezeption ließ sie sich ihren Zimmerschlüssel aushändigen, fragte nach Post und eventuellen Telefonaten, auf die sie so sehnsüchtig wartete. Aber vergeblich, wie schon an den Tagen zuvor. Zurück auf ihrem Zimmer, beherrscht von widersprüchlichen Gefühlen, die sich zugleich aus Enttäuschung, Trauer und einer kaum gewagten Glücksempfindung nährten, sah sie davon ab, das Licht einzuschalten. Zunächst entkleidete sie sich völlig, aber nicht mit der gewohnheitsmäßigen, allabendlichen Routine. Vielmehr ein wenig scheu zunächst, aber neugierig auf sich selbst. Sehr bewußt wandte sie dann ihre Aufmerksamkeit der Nacktheit des eigenen Körpers zu, erforschte ihn tastend und mit wachsender Zustimmung, ja narzißtischer Verliebtheit, so, wie es ihr noch nie im Leben passiert war. Dann ging sie zur halb geöffneten Balkontür, drückte die beiden Flügel ganz zur Seite, schlug den Vorhang zurück und blickte hinaus. Der Atem des Meeres ging sanft streichelnd über ihre Haut, erregte und durchdrang sie und strömte als belebende Energie in ihr Innerstes ein. Er könnte jetzt bei mir sein, dachte sie. Warum eigentlich versage ich es mir? Und wie lange noch?

Soeben war der Mond aufgegangen und hatte eine hauchdünne Folie aus Silberlicht über die abendliche Stille gezogen. Von weit draußen zitterten Lichter durch die Nacht zu ihr herüber, und am Horizont schnitt ein auslaufender Tanker eine lange Narbe in die stille See. In wenigen Tagen würde Vollmond sein, wie damals, vor genau fünfundzwanzig Jahren, als sie zusammen mit Konstantin im *Des Bains*, im selben Zimmer wie jetzt, auf ihrer Hochzeitsreise die erste Nacht verbrachte. Noch vor einer Woche hatte ihr Mann ganz fest versprochen, seine Vortragsreise durch die Staaten zu unterbrechen und für ein Wochenende nach Venedig zu kommen, um bei ihr zu sein und das Jubiläum miteinander zu feiern. Und vielleicht ließe sich dann wenigstens eine Spur jener einst so völlig unbelasteten Verliebtheit von neuem heraufbeschwören, mit der beide einmal auf gemeinsame Ziele zugehen wollten. Natürlich hatte sich vieles zwischen ihnen längst geändert, und in den zurückliegenden Jahren war es Helena immer wieder schmerzlich bewußt geworden, daß sich nichts im

Leben wiederholen oder gar festhalten ließ. Schon gar nicht kostbare wie seltene Momente uneingeschränkten Glücks. Aber immer noch liebte sie ihren Mann und er sie wohl auch. Jedoch war es möglicherweise eher eine Liebe zu längst Vergangenem, gemeinsam Erlebtem als ein auf Gegenwärtiges und Zukünftiges gerichtetes Gefühl, das sie miteinander verband.

Kühl einströmende Nachtwinde ließen sie leicht frösteln. Aber, um den Fluß ihrer Gedanken und Wachträumereien nicht zu stören, verharrte sie noch minutenlang in der eingenommenen Stellung. Dann wurde es ihr zu kalt. Sie lehnte die Balkontür wieder an, zog die schweren Vorhänge zu, tastete in völliger Dunkelheit zu ihrem Bett und streckte sich auf das komfortable Nachtlager, dessen üppig bemessene Ausdehnung ihr wie eine Bestrafung vorkam. Seit langem hatte sie sich nicht mehr so einsam gefühlt. Während ihr Bewußtsein noch eine Weile lang auf dem schmalen Grat zwischen Wachsein und Schlaf balancierte, meinte sie, auf ihrer Haut die sanften Kräfte des zunehmenden Mondes zu spüren, von deren Magie sie sich seit ihrer Jugend gleichermaßen angezogen wie bedroht fühlte. Es lag weit zurück, sie mochte damals vierzehn oder auch etwas älter gewesen sein, da hatte sie sich während eines Schulausflugs ins Tessin von einer Zigeunerin aus der Hand lesen lassen. Von den zahlreichen, eher verworrenen Weissagungen war Helena nur eine einzige, fast düstere Prophezeiung in Erinnerung geblieben, und merkwürdigerweise mußte sie an diesem Abend auf dem Lido nach langer Zeit wieder einmal daran zurückdenken. »Eines Nachts«, hatte das alte

Weib orakelt, »wenn der Mond voll ist und sich im nahen Meer spiegelt, dann wirst du, voller Lust und mit Blumen geschmückt, aus der Zeit in die Ewigkeit gehen. Zwei Männer werden dich beweinen. Ein noch sehr junger, den ich ganz nahe bei dir sehe, und ein älterer.« Vor Jahren, als romantischer Teenager, hatte sie sich an diesem Ausspruch immer wieder aufs neue berauscht. Jetzt, seitdem sie den jungen Deutschen kennengelernt hatte, machte er ihr zum ersten Mal Angst.

Als sie endlich einschlafen konnte, war Mitternacht längst vorbei, und Mario, der noch immer keine Ruhe finden konnte, quälte sich damit ab, ein paar Gedanken in sein Tagebuch zu übertragen:

Schon wieder eine neue Erfahrung gemacht: Nicht jede Frau ist leicht zu haben, was eigentlich durchaus reizvoll ist. Helenas Widerstand, wohl nur vorgetäuscht (Angst?), macht mich verrückt nach ihr. Hoffe, daß sie sich bereits sehnsüchtig auf ihre Kapitulation freut. Fühle ich mich noch zu unsicher, um diese Bastion eidgenössischer Tugendhaftigkeit zu überrennen? Ein Typ Frau, für den mir noch Vergleichsmöglichkeiten fehlen. Also nicht ungeduldig werden, Augen offenhalten, Fallen stellen und den richtigen Moment abwarten. In drei Tagen kommt ihr Mann, es könnte knapp werden. Vielleicht sollte ich es zunächst einmal mit dieser Susan versuchen. Dürfte auch sehr reizvoll sein, obwohl mir das Mädchen etwas unheimlich ist. Sie verströmt sich, sagt Helena. Nur Verrückte um mich herum.

Pablo, ein Wrack. Jedenfalls äußerlich. Alte Bäume sind schön, zerfallende Palazzi auch und selbst ster-

bende Blumen, Rosen vor allem. Warum wird der Mensch so hart vom Alter bestraft?

Sehr auffallend: Venezianer sind immer in Eile, jedenfalls die jüngeren. Man muß aufpassen, in den engen Gassen nicht überrannt zu werden. Auffallend viele von ihnen tragen schwarze Sonnenbrillen mit dunklen Gläsern und machen grimmige Gesichter. – Werde ab morgen meine Finanzen noch besser einteilen müssen. Diese Stadt ist ein Taschendieb, der darauf abgerichtet ist, jede Geldbörse blitzschnell und auf elegante Weise zu leeren. Wenn ich nicht aufpasse, bin ich bald pleite und muß zurück. Helena stinkt nach Geld, typisch Schweiz.

Nachdem Mario seine kurze Niederschrift noch einmal überflogen und mit einigen Korrekturen versehen hatte, kam ihm spontan der Gedanke, Pablo zu nächtlicher Stunde noch einen Besuch abzustatten. Schließlich hatte der Maler ihn dazu ermuntert, und wer weiß, vielleicht würde er sogar Susan, dieses merkwürdige Lichtwesen, bei ihm antreffen. Also zog er sich wieder an und ging hinaus in die Nacht, die ihn mit kühlen, vom Meer gewürzten Winden angenehm belebte und wieder auffrischte. Der Vaporetto, er verkehrte zu dieser Zeit nur noch jede halbe Stunde, ließ lange auf sich warten.

5. Kapitel

Am nächsten Morgen, später als üblich, erwachte Helena mit tränenmüden Augen. Über Nacht mußte sie also geweint haben, aber sie wußte nichts mehr davon. Auch konnte sie sich an keinerlei Träume erinnern. Da sie bereits in weniger als einer Stunde mit Pablo verabredet war, kleidete sie sich schnell an, verzichtete auf das Frühstück und ließ sich mit einem Taxiboot zum Campo San Polo bringen. Der Maler war diesmal in einer besseren Verfassung, aber offensichtlich immer noch sehr geschwächt.

»Letztes Mal hast du mir überhaupt nicht gefallen«, begann Helena sehr behutsam, denn sie wußte, daß ihm jede Form von Mitleid zuwider war. »War irgend etwas Besonderes?«

»Im Gegenteil, der Tod ist schließlich das Natürlichste von der Welt.«

»Was für ein Tod?«

»Leonid Kinskey ist gestorben. Ich habe erst jetzt davon erfahren, nach mehr als einem halben Jahr. Herzschlag, fünfundneunzig ist er geworden. Bis dahin habe ich zwar noch etwas Zeit, aber bereits in meinem Alter empfindet man jedes morgendliche Aufwachen als Hinrichtungsaufschub, als vorläufigen

Triumph über das Sterben. Überhaupt besteht das Leben ja ausschließlich aus Vorläufigkeiten. Der Tod allein ist endgültig.«

»Das sehe ich sehr viel anders als du, und wenn ich mich an frühere Gespräche mit dir erinnere, dann hattest du mal eine völlig entgegengesetzte Meinung zu diesem Thema.«

»Meinungen sind bekanntlich sehr schwankend, weil sie immer Ausdruck eines Nichtwissens sind. Je weniger ein Mensch wirklich weiß, um so mehr klammert er sich an Meinungen. Im Moment ist mir die Vorstellung, daß der Tod etwas Endgültiges sei, die angenehmste von allen. Denn, wenn ich mal ein wenig mit der Sprache jonglieren darf, dann ist doch nur jenes, was bis ans Ende gültig ist, das eigentlich Vollkommene, Vollendete. Als Künstler fasziniert mich diese Sichtweise natürlich. Aber vielleicht bin ich bereits in einer Stunde oder erst morgen wieder völlig anderer Ansicht.«

Weil es Helena im Moment keineswegs danach war, sich auf eine dieser von Pablo so geliebten, endlosen philosophischen Diskussionen einzulassen, kam sie zum Ausgangspunkt ihres Gesprächs zurück. »Wer war denn dieser verstorbene Kinskey eigentlich, kanntest du ihn?«

»Er spielte den Barkeeper Sascha in *Casablanca*. Kurz nach dem Krieg lernten wir uns in Paris kennen, als wir uns gegenseitig die Weiber ausspannten. Ich habe jetzt keinen Freund verloren, nein, das nicht, sondern lediglich die kostbare Erinnerung an eine sehr intensiv gelebte Zeit. Aber gerade so etwas kann besonders weh tun, weil man ja in meinem Alter fast ausschließlich von Konserven leben muß. Erinnerungen sind wie Konserven, bald habe ich sie alle aufgebraucht. Und was ernährt mich danach? Meine Zukunft war gestern. Heute und morgen lebe ich von der Vergangenheit.«

»Du gefällst mir überhaupt nicht mehr. Letztes Jahr warst du noch ausgesprochen optimistisch, fast übermütig und voll neuer Pläne.«

»Das Problem ist mein Körper, die zerschlissene Hülle. Mein Geist ist so wach und frisch wie lange nicht mehr. Aber wer kann es einem jungen Wein schon verübeln, wenn er sich in brüchigen Schläuchen nicht wohl fühlt und allmählich umkippt und sauer wird?«

»Dein Körper braucht endlich wieder mehr Schlaf!«

»Seit Jahren schon schlafe ich überhaupt nicht mehr, wie du weißt. Ich will und brauche das nicht. Der Tod soll mich bei vollem Bewußtsein erwischen, am besten während der Arbeit. Ich will ihn sehen, wenn er kommt, will ihm in die Augen blicken. Jeden Moment erwarte ich ihn, es ist zum Verrücktwerden. Manchmal denke ich, eine direkte Begegnung mit mir könnte dem strengen Herrn irgendwie peinlich sein, und er hat mich aus diesem Grund bisher noch nicht aufgesucht. Vielleicht läßt er ja auch mit sich reden, und ich kann ihm noch eine Stunde, einen Tag oder auch mehr abschwatzen. Nachts, im Schlaf, hätte ich nicht die geringste Chance gegen ihn, wäre sein Opfer.«

»Das bist du über kurz oder lang sowieso. Zunächst einmal wäre es wirklich viel gescheiter, dich endlich mal einem Arzt anzuvertrauen, anstatt auf einen derart fragwürdigen Handel mit dem Sensenmann zu warten. Bitte, laß dich mal gründlich durchchecken, am besten gleich morgen«, bettelte Helena.

»Quatsch!« wehrte Pablo brüsk ab. »Jeder Mensch stirbt sowieso irgendwann, das ist Naturgesetz. Da brauche ich keinen Arzt, der diesen Vorgang beschleunigt oder, schlimmer noch, hinauszögert.« Mit einer schroffen Handbewegung erklärte er dieses Thema für abgeschlossen und machte sich dann sehr konzentriert an die Arbeit. Er kam gut voran an diesem frühen Nachmittag, und als er Pinsel und Palette schließlich zur Seite legte und von der Staffelei abrückte, da hatten sich bislang noch zusammenhanglose Konturen, Farbspiele und fragmentarische Bildelemente bereits zu einer Aussage verdichtet, aus deren Zentrum Helenas Persönlichkeit unverkennbar hervortrat. Eine Weile lang überprüfte der Maler das Ergebnis mit kritisch abschätzenden Blicken, wobei er mal das eine, dann das andere Auge zukniff oder völlig schloß, und in seinen Gesichtszügen spiegelten sich abwechselnd Zustimmung, Ablehnung sowie auch Skepsis gegenüber dem Erreichten. Alles in allem schien er jedoch nicht unzufrieden zu sein, winkte sein Modell zu sich heran, und Helena betrachtete das noch unvollkommene Porträt. Stumm, zurückhaltend und anfänglich fast ein wenig erschreckt oder, richtiger ausgedrückt, verwundert, fast verlegen. Aber nicht etwa deswegen, weil es ihr mißfiel, ganz im Gegenteil. Vielmehr war es ein Erstaunen darüber, daß bereits im noch unfertigen Bild Facetten ihrer Persönlichkeit aufleuchteten, derer sie sich kaum jemals wirklich bewußt gewesen war. Kein Zweifel,

Pablo war dabei, sanft, aber ohne Pardon, einen Vorhang beiseite zu ziehen, um einen Schattenbereich ihrer Persönlichkeit auszuleuchten, den sie lieber für alle Zeiten im Dämmerschlaf des Halbdunkels belassen hätte. Aus dem plötzlichen Bedürfnis heraus, ihr Herz von einer bedrückenden Enge befreien zu müssen, atmete sie mehrmals tief durch.

»Woran reibst du dich?« wollte er wissen, obwohl ihm völlig klar war, was in ihr vorging.

»Das da«, empört wies sie auf die Staffelei, »ist schon jetzt eine ziemliche Indiskretion. Wenn du so weitermachst, dann werde ich das fertige Bild niemals aufhängen können. Und überhaupt, derart erotisch bin ich nun wirklich nicht, und schon gar nicht kann ich nachvollziehen, daß ...«

»O doch«, widersprach er dem nicht ganz zu Ende geführten Satz. »Du bist voller ungelebter, streng disziplinierter Wünsche und Sehnsüchte, die du mit einer Gefühlspanzerung umgeben hast. Es erschreckt dich offensichtlich, daß ich dich so darstelle wie du bist.«

»Wie kommst du deinen Modellen eigentlich auf die Schliche? Letztes Jahr, als du Konstantin gemalt hast, war es ähnlich. Anfangs hatte ich große Schwierigkeiten mit deiner Arbeit, weil du meinen Mann, diesen berühmten und gefeierten Wissenschaftler, genaugenommen als Kind gemalt hast, was einem allerdings erst nach längerem Betrachten auffällt. Zunächst war ich wütend darüber, bis ich mir schließlich eingestehen mußte, daß du recht hattest. In gewisser Hinsicht ist er tatsächlich ein Kind geblieben.«

»Ein gutes Porträt«, begann Pablo ihr zu erklären, »durchläuft drei Gestaltungsphasen. Während der ersten geht es darum, die äußerlichen Proportionen, das Erscheinungsbild der betreffenden Person, möglichst genau zu erfassen. Damit habe ich dann zwar das Formale im Griff, aber es fehlt noch das Inhaltliche, man mag es Seele nennen. Diese zweite Dimension muß hinzugefügt werden, denn die Form allein sagt wenig aus. Man sollte auf jeden Fall die geistigen Kräfte spüren, durch die sie hervorgebracht und ausgeprägt wurde.« Erst nach einer minutenlangen Pause des Nachdenkens fuhr er fort: »Sicherlich ist dir aufgefallen, daß ich dich während der Sitzungen oftmals sehr lange angesehen habe.«

»Stimmt, es macht mich immer ein wenig verlegen«.

»Dabei geht es mir im wahrsten Sinne des Wortes darum, dich zu durchschauen, um hinter jene Fassade zu sehen, mit der wir uns alle schützen. Es ist wie eine Art Meditation. Ich forsche nach dem Menschen hinter dem Menschen, nach seinem Schatten also. Den muß ich als letztes, vielleicht wichtigstes Element mit in das Bild einbringen.«

Helena nickte, und beide schwiegen eine Weile. »Eigentlich merkwürdig«, meinte sie dann nachdenklich, »warum lassen sich manche Menschen heutzutage, im Zeitalter der Fotografie, eigentlich noch porträtieren? Sicherlich in erster Linie aus Eitelkeit, oder?«

»Da bin ich mir nicht sicher«, schränkte Pablo ein, »obwohl sich diese Erklärung natürlich anbietet, und sie mag auch gar nicht mal so falsch sein. Nach meinen Erfahrungen steht allerdings ein anderes Motiv im Vordergrund. Es hängt mit unserer Sterblichkeit und der Angst vieler Menschen zusammen, nach ihrem Tod in Vergessenheit zu geraten. Überlege mal,

Fotos von Verstorbenen kannst du in irgendwelchen Schubladen verkramen, notfalls sogar wegwerfen. Niemand würde Anstoß daran nehmen. Ein teures, großformatiges Ölbild dagegen wird natürlich aufgehängt, jedenfalls in aller Regel. So bleibt der Verblichene stets präsent, und das hat etwas mit Machtausübung über den Tod hinaus zu tun. Der Tote rächt sich förmlich an seinen Nachkommen. Täglich müssen sie ihm in die Augen sehen und stehen ihrerseits ständig unter Beobachtung. Schrecklich, ich würde niemandem zumuten, ein Porträt von mir an die Wand zu hängen. Natürlich gibt es noch viele andere Gründe dafür, sich malen zu lassen. In diesem Zusammenhang ist mir im Laufe vieler Jahre etwas sehr Merkwürdiges aufgefallen.« Pablo zögerte einen Moment, bevor er dann seinen Gedanken zu Ende führte: »Auffallend viele jener Menschen, die sich von mir porträtieren ließen, starben wenige Wochen oder sogar Tage nach der Fertigstellung des Bildes. Ich habe nie eine plausible Erklärung für dieses Phänomen gefunden. Vielleicht, denke ich mir heute, haben manche von uns so eine Ahnung, daß sie bald von der Welt müssen. Und vielleicht entsteht dadurch unbewußt das Bedürfnis in ihnen, sich schnell noch für die Nachwelt verewigen zu lassen. Womit wir dann allerdings wieder bei dem bereits erörterten Thema wären.«

Helena war durch Pablos Gedankengänge spürbar irritiert. Vor allem bedrückte, ja ängstigte sie die Erfahrung des Malers, wonach viele seiner Modelle nach Abschluß der Sitzungen im Atelier nicht mehr lange lebten. Dann, um das Thema zu wechseln, fragte sie nach Susan: »Wie geht es ihr eigentlich, war sie heute schon hier?«

»Nein«, und nach kurzem Zögern fügte er hinzu, »sie ist mit dem Deutschen unterwegs, wollten wohl zusammen ins Guggenheim-Museum und anschließend nach San Michele, wenn ich nicht irre.«

»Zur Friedhofsinsel?«

»Ja, Gräber ansehen, warum nicht? San Michele ist einen Besuch wert, viele berühmte Persönlichkeiten aus aller Welt liegen dort begraben, nicht nur Venezianer. Ezra Pound zum Beispiel und Strawinski. In früheren Zeiten wurden die Verstorbenen in Trauergondeln dorthin gerudert, die mit vergoldeten Engeln geschmückt waren. Heute ist die Toteninsel längst von Grabmälern überfüllt, so daß dort nur noch äußerst selten Bestattungen stattfinden. Strawinski gehört mit zu den Letzten, denen man dort noch einen Platz zugestanden hat. Als der Komponist 1971 in New York starb, erfüllte man ihm einen Herzenswunsch und überführte ihn nach hier. Überhaupt ist die Geschichte der Serenissima immer sehr eng mit dem Leben großer Komponisten verknüpft gewesen. Ausgerechnet an einem Märztag im Jahr 1678, als in Venedig die Erde bebte, wurde Vivaldi hier geboren. Sein Gesundheitszustand war damals derart besorgniserregend, daß er sofort einer Nottaufe unterzogen wurde. Auch Richard Wagner wurde durch diese Stadt inspiriert. Sein letztes Lebensjahr verbrachte er in einem Seitenflügel des Palazzo Vendramin-Calergi am Canal Grande, wo er den zweiten Akt zum *Tristan* komponierte. Oder denk an Gustav Mahlers 5. Symphonie, von der Thomas Mann wahrscheinlich zu seiner Novelle *Tod in Venedig* angeregt wurde ...« Als Pablo bewußt wurde, daß ihm Helena längst nicht mehr zuhörte, weil sie mit ganz anderen Gedanken beschäftigt war, schwieg er verärgert.

»Ausgerechnet Gräber ansehen«, bemerkte sie mißbilligend, »jetzt verstehe ich überhaupt nichts mehr!« Helenas Tonfall ließ auf äußerste Verärgerung schließen. »Wieso haben die sich eigentlich miteinander verabredet? Die beiden kennen sich doch noch gar nicht.«

»Frag sie am besten selbst, warum erregst du dich so? Etwa eifersüchtig?«

»Warum sollte ich?«

»Ganz meiner Meinung, die beiden passen auch besser zusammen, vom Alter her und vielleicht auch sonst.« Pablo konnte sich diese kleine Boshaftigkeit nicht verkneifen. Da ihm aber Helena in ihrer Betroffenheit sofort wieder leid tat, erläuterte er ihr die näheren Umstände in beschwichtigendem Ton. »Es entwickelte sich alles eher zufällig, dieser Mario war nämlich letzte Nacht bei mir. Er schien sehr unter Spannung zu stehen und hatte offensichtlich das Bedürfnis, noch ein wenig zu reden, sich jemandem anzuvertrauen. Überraschend kam auch Susan etwas später dazu, da haben sich die beiden wohl ein wenig angefreundet und für heute verabredet. Denk dir nichts weiter dabei.«

»Wurde etwa auch über mich gesprochen?« fragte Helena lauernd.

»Unter anderem.«

»Bitte was?«

»Eigentlich nichts von Bedeutung. Übrigens würde

es mich interessieren, ob ihr inzwischen bereits miteinander ...«

»Nein!«

»Ich habe Mario auch ausdrücklich davor gewarnt.«

»Was maßt du dir eigentlich an in deiner selbsternannten Herrlichkeit?« schrie sie ihn an. »Ich weiß sehr genau, wie weit ich in gewissen Situationen gehen kann, darf oder möglicherweise sogar will. In der Rolle des Moralisten und Aufpassers wirkst gerade du wenig überzeugend, fast schon lächerlich!« Erregt ging sie, mit beiden Händen temperamentvoll gestikulierend, einige Schritte auf den Maler zu. Aber dabei handelte es sich lediglich um eine für Pablo durchschaubare Gebärde, die sie als tarnende Maske über ihre innere Zerrissenheit zog. War sie sich doch weniger denn je im klaren darüber, wie weit sie eigentlich das durchaus verlockende Spiel mit Mario vorantreiben durfte. Fest stand auf jeden Fall, daß die zwischen ihnen aufgestaute Spannung jetzt sehr schnell auf eine Entladung zulaufen mußte, so oder so, denn in drei Tagen würde Konstantin bei ihr sein. Jetzt ging es für sie einzig und allein um die Frage, ob sie ihrem Mann zuliebe wieder einmal gehorsam ins Glied der verhaßten, weil bigotten Ehrbarkeit zurücktreten sollte, noch dazu in einem Moment, wo eine jüngere, attraktive Rivalin bereits auf dem Sprung war, ihr den Rang streitig zu machen. Wäre es nicht allerhöchste Zeit, dachte sie trotzig, daß ich mich endlich einmal zulasse, bedingungslos und ohne schlechtes Gewissen? Eine unmittelbar bevorstehende Eskalation ihrer Auseinandersetzung mit Pablo wurde nur dadurch vermieden, daß in diesem Moment jemand an die Tür klopfte, dezent und zugleich doch fordernd.

»Ach ja, ich habe eine Verabredung, Besuch von der Polizei«, erläuterte Pablo. Und weil ihm irgendwie danach war, Helena erneut ein wenig zu reizen und zu verunsichern, fügte er rasch hinzu: »Ein gewisser Commissario Benedetti, Mordkommission, wenn ich mich recht erinnere.«

»Hat das etwas Bestimmtes zu bedeuten?« forschte sie.

»Würdest du mir denn einen Mord zutrauen?« Für einen Moment war Helena durch diese sehr direkte Frage verwirrt. Schließlich stimmte sie ihm wortlos nickend zu, während sie jedoch gleichzeitig »nein, selbstverständlich nicht«, sagte. »Andererseits«, räumte sie dann ein, »habe ich schon immer das Gefühl gehabt, daß du prinzipiell zu allem fähig wärst. Ich kenne niemanden, der in sich derart tief gespalten ist wie du. Manchmal ängstigt mich das.«

»Mach dir keine Sorgen«, beruhigte er sie. »Beim Besuch dieses Signore geht es lediglich um einen neuen Auftrag. Ich soll seine Mutter malen, den legendären Opernstar Norina Benedetti. Sie wird in Kürze fünfundsechzig, leider singt sie schon seit Jahren nicht mehr. Hatte mal einen tragischen Unfall während der Opernfestspiele in Verona. Stell dir vor, eine Wespe flog ihr in den Mund und ...«

Es klopfte abermals, deutlich ungeduldiger und fordernder als zuvor. Pablo ging zur Tür und ließ den Commissario eintreten. Kurze Begrüßung, man machte sich miteinander bekannt und füllte zunächst ein paar Minuten mit dem Austausch belangloser Artigkeiten.

Da Helena spürte, daß ihre weitere Anwesenheit zu diesem Zeitpunkt unerwünscht war, vereinbarte sie schnell einen Termin für die nächste Sitzung und verabschiedete sich danach bewußt distanziert und wortkarg von Pablo. Dem Commissario gegenüber, der ihr gleich nach seinem Eintreten als erfreulich sympathische Erscheinung mit außergewöhnlicher Ausstrahlung aufgefallen war, gab sie sich dagegen betont gesprächig und aufgeschlossen. Sie hatte noch ein längeres, sehr temperamentvoll geführtes Gespräch mit ihm, in das sie Pablo nicht mit einbezog. Abschließend ließ sie sich von dem Beamten zur Tür bringen.

»Schade, daß wir uns nur sehr flüchtig kennenlernen konnten«, bedauerte Benedetti, »aber dafür werden mir diese wenigen Minuten sicherlich in bester Erinnerung bleiben. Und wer weiß«, fügte er augenzwinkernd hinzu, »vielleicht sieht man sich ja irgendwann mal wieder.«

»Dabei müßte dann der Zufall allerdings kräftig mitmischen«, meinte Helena. »Schließlich bin ich nur gelegentlich und immer nur für wenige Tage in Ihrer ebenso schönen wie geheimnisvollen Stadt. Also lassen wir es einfach mal darauf ankommen!« Als sich die beiden dann mit einem fast innigen Händedruck trennten, so, wie das eigentlich nur gute alte Freunde tun, überkam Helena eine seltsame Ahnung, mehr noch, es war schon eher eine Vision. Für den Bruchteil einer Sekunde sah sie sich in ihrem Hotelbett liegen, fast nackt und von üppig duftenden Blumen umgeben, während der Commissario am Kopfende neben ihr stand, beide Hände auf dem Rücken verschränkt, und nachdenklich auf sie herabsah.

Nachdem Helena gegangen war, wandte sich Benedetti dem Maler zu. Dieser hatte sich inzwischen, bokkig und offensichtlich verstört, in einen dämmrigen Winkel seines weitläufigen Ateliers zurückgezogen, wo er gereizt und unkonzentriert in einem Stapel verblichener Kunstzeitschriften kramte.

»Tut mir leid, Signore, wenn ich eben vielleicht ein wenig unhöflich war. Aber ich muß gestehen, gleich beim ersten Anblick dieser Frau fühlte ich mich geradezu magisch von ihr angezogen. Der außergewöhnliche Reiz ihrer Erscheinung scheint mir übrigens darauf zu beruhen, daß sich durch sie selten gewordene Tugenden in vollkommener Weise ausdrücken: Ernst, Würde und jener Hauch subtiler Erotik, den man etwa in gewissen Porträts junger Mädchen findet, die von Leonardo stammen. Mir ist da vor allem eine Rötelzeichnung in Erinnerung, die ich irgendwann mal in Florenz gesehen habe.«

»Ihr Talent zu lyrischer Ausdrucksfähigkeit ist beachtenswert«, spottete Pablo, während er schrittweise aus seinem Schmollwinkel hervorkam. »Vielleicht aber sollten wir jetzt zunächst einmal über den Grund Ihres Besuchs sprechen. Wenn ich Sie gestern am Telefon richtig verstanden habe, dann geht es darum, daß sich Ihre verehrte Mutter von mir porträtieren lassen will.«

»Genauso ist es. Ein durchaus erfreulicher Anlaß übrigens, wenn ich daran denke, daß ich Sie vor einigen Jahren in meiner Eigenschaft als Commissario aufsuchen mußte. Noch dazu aus Gründen, die ...«

»Ich erinnere mich sehr gut«, schnitt ihm Pablo das Wort ab, und es war seine Absicht, ihr Gespräch von einem Thema abzulenken, das ihm wenig gelegen kam. Aber Benedetti blieb auf höfliche Weise hartnäkkig.

»Gerieten Sie doch damals in einen schrecklichen Verdacht! Irrtümlicherweise, wie sich gottlob sehr bald herausstellte, denn die Angelegenheit war mir außerordentlich peinlich. Wer vernimmt schon gerne Venedigs berühmten Porträtisten, noch dazu, wenn es offensichtlich um Mord geht. Andererseits, wie Sie vielleicht wissen, ist bis heute nach wie vor völlig ungeklärt, um wen es sich bei der Frauenleiche handelte, die man hier oben unter den Dächern dieses weitläufigen Doppelhauses fand.«

»Ich nehme an, die Akte wurde inzwischen längst und für immer geschlossen?« erkundigte sich Pablo.

»Sagen wir vorläufig«, schränkte der Commissario ein. »Manchmal spielt einem ja der Zufall sogar nach langer Zeit noch das entscheidende, fehlende Teilchen zu, und ein bis dahin unvollkommenes Puzzle läßt sich dann letztlich doch noch zu einem aussagekräftigen Bild ergänzen. Aber lassen wir das. Heute bin ich aus rein privaten Gründen hier, und ich hoffe sehr, daß ich Sie für das Anliegen meiner Mutter gewinnen kann. Übrigens, darf ich mich hier mal ein wenig umsehen? Dieses kreative Chaos, in das sich die meisten Künstler zurückziehen, hat schon immer eine ungeheure Anziehungskraft auf mich ausgeübt.« Ohne Pablos Einverständnis abgewartet zu haben, machte Benedetti dann einen Rundgang durch das weitläufige Atelier. Die wachsamen, mißtrauisch blickenden Augen des Malers folgten ihm auf Schritt und Tritt. Schließlich hatte der Commissario seine Inspektion beendet und stand Pablo wieder gegenüber. »Ihre Behausung gleicht einem Museum, Sie haben da manch schönes Stück zusammengetragen«, schwärmte Benedetti. »Besonders gefällt mir auch diese hervorragend erhaltene alte Schreibmaschine. Sie könnte gut hundert Jahre alt sein, oder irre ich mich da?«

»Gut geschätzt«, bestätigte Pablo geschmeichelt. »Eine uralte Remington, sie ist noch immer voll funktionsfähig. Ich habe sie von meinem Großvater geerbt. Er war ein recht erfolgreicher Schriftsteller und schrieb seine ersten Romane auf diesem Monstrum. Es stammt aus dem Jahr 1877. Damals baute man in Amerika erstmals Schreibmaschinen in Serie.«

»Remington, merkwürdig!« Leise und nachdenklich sprach der Commissario diese beiden Worte mehrmals vor sich hin.

»Was ist?« Pablo schien eine Spur verunsichert zu sein.

»Mir fällt da etwas Interessantes ein«, erklärte sich Benedetti. »Wenn ich mich recht entsinne, dann stellte die Firma Remington damals außer Nähmaschinen, Schreibmaschinen und anderen Geräten auch Gewehre und Pistolen her.«

»Mag sein. Was ist interessant daran?«

»Gute Frage, es war wohl nicht mehr als ein Gedankenblitz, eine sicherlich bedeutungslose Assoziation. Nichts weiter. Ich will Sie jetzt auch nicht länger aufhalten, und es wäre schön, wenn wir zu einer Vereinbarung kämen.«

»Für wen ist das Porträt eigentlich gedacht?«

»Auftraggeber ist die Direktion der Mailänder Scala,

die Honorarfrage dürfte also großzügig geregelt werden. Im Foyer jener Oper, wo meine Mutter ihre größten künstlerischen Triumphe feierte, soll das Bild an ihrem fünfundsechzigsten Geburtstag seinen Platz finden. Im Rahmen eines Festaktes, wie das so üblich ist. Auf jeden Fall sollten auch Sie dabei sein. Wann könnten Sie mit der Arbeit anfangen? Wie ich sehe, sind Sie momentan noch mit einem anderen Auftrag beschäftigt.« Benedetti wies zur Staffelei, wo Helenas Bild darauf wartete, durch Hinzufügung letzter Details und Korrekturen zu einem vollendeten Kunstwerk zusammenzuwachsen.

»Die Signora könnte gern in vier oder fünf Tagen zur ersten Sitzung kommen«, schlug Pablo vor. »Am besten vormittags, dann sind die Lichtverhältnisse hier im Atelier am günstigsten.«

»Da ergibt sich leider ein kleines Problem«, wandte der Commissario ein. »Meine Mutter legt nämlich allergrößten Wert darauf, in ihrer vertrauten Umgebung gemalt zu werden. Genauer gesagt, im Musikzimmer ihres Hauses, am Flügel sitzend oder auch lehnend. Es wäre also unumgänglich, daß Sie freundlicherweise ...«

»Mein Atelier verlasse ich nur noch zu sehr seltenen Anlässen, das halte ich übrigens schon seit Jahren so«, schaltete Pablo sich ein. »Das Venedig von heute ist mir absolut zuwider, eine Hure, die sich an den Tourismus verkauft hat! Ich verspüre nicht die geringste Lust dazu, in einem Bordell spazierenzugehen. Im übrigen ist die Stadt eine ekelhafte, riesige Taubenaufzuchtstation. Sie sehen, Signore, als Künstler bin ich schon aus ästhetischen Gründen zum freiwilligen

Hausarrest gezwungen, von meiner Gicht und anderen Übeln des Alters einmal abgesehen.«

»Was hält Sie denn eigentlich nach wie vor in Venedig?«

»Wohin sollte ich noch mit bald achtzig Jahren, etwa zurück nach La Palma, in meine eigentliche Heimat? Unmöglich! Auch diese Kanareninsel, man muß sie zu den schönsten auf der ganzen Welt zählen, wird ja inzwischen vom Kolonialismus der Reiseveranstalter systematisch zerstört. Zynischerweise hat man in diesem Zusammenhang den bigotten Begriff vom ›sanften Tourismus‹ geprägt. Aber was macht es schon für einen Unterschied, ob man sanft oder brutal umgebracht wird? Der Tod ist in beiden Fällen die letzte Konsequenz. Glauben Sie mir, Signore, sobald der erste Jet auf einem paradiesischen Fleckchen Erde gelandet ist und die erste Kiste Coca Cola ausgeladen wurde, ist es für immer vorbei mit der Unschuld. Das Urteil wurde gefällt und muß dann nur noch vollstreckt werden. Rettung gibt es keine mehr, allenfalls ein wenig Aufschub. Das ist wie bei einer Infektion durch das Aids-Virus. – Aber kommen wir zurück auf den eigentlichen Zweck Ihres Besuchs. Für mich bleibt es also dabei, daß die Signora bereit sein müßte, zu mir ins Atelier zu kommen. Wenn ich mich recht entsinne, dann wohnen Sie doch ganz in der Nähe ...«

»... in der *Ramo Cimesin.*«

»Na bitte, kaum mehr als ein kleiner Spaziergang von wenigen Minuten. Ihrer Mutter wäre das durchaus zuzumuten.«

»Auch für Sie wären es nur wenige Minuten Fußweg«, konterte Benedetti leicht verärgert. Aber im selben Augenblick wurde ihm bewußt, daß diese Art der Argumentation wenig geeignet sein würde, das Blatt zu seinen Gunsten zu wenden. Daher entschloß er sich zu einer anderen Strategie.

»Verstehen Sie bitte, Signore«, schmeichelte er mit seiner warmen Baritonstimme, »seit ihrem tragischen Unglück lebt meine Mutter fast ausschließlich in der Erinnerung an vergangene Zeiten. Nach wie vor sieht sie sich als die gefeierte Primadonna von einst, der niemand einen Wunsch abschlagen mochte. Zugegeben, das ist natürlich eine reichlich überzogene Einstellung, dennoch kann ich sie irgendwo verstehen. Vielleicht überdenken Sie Ihre Haltung noch einmal. Übrigens würden Sie auch mir persönlich einen großen Gefallen tun, wenn Sie zu uns ins Haus kommen könnten.«

Jedoch ließ der Maler sich nicht umstimmen. Vielleicht hat er heute einen schlechten Tag, dachte Benedetti, und da in der Sache keine Eile geboten war, nahm er sich vor, das Gespräch vorerst abzubrechen, um eine weitere Verhärtung der Fronten zu vermeiden. In ein paar Tagen würde er dann erneut versuchen, die Angelegenheit im Sinne seiner Mutter zu regeln. Die beiden verabschiedeten sich mit einer frostig-freundlichen Geste, so wie es Politiker vor laufenden Kameras zu tun pflegen, nachdem sie sich zuvor hinter verschlossenen Türen die Unversöhnlichkeit ihrer Standpunkte verdeutlicht haben.

Zurück auf dem Campo San Polo stellte sich der Commissario mit hochgezogener Nase und weit ausgestreckten Armen der reinigenden Frische einer aufkommenden nördlichen Brise entgegen, denn der süßliche Verwesungsgeruch vom Dachboden haftete noch immer wie ein unsichtbares Spinnennetz an seiner Kleidung. Er ekelte sich und entschied sich dafür, seine Geruchs- und Geschmacksnerven mit einer Tasse Cappuccino zu versöhnen. Gleich an der Ecke zur Calle Cavalli bot sich eine Cafeteria an, und wenige Minuten später, während Benedetti nachdenklich mit einem *Baicoli-Bisquit* in der aufgeschäumten Milch seines Getränks herumstippte, kam ihm die Idee, sich unter Umständen noch einmal mit jener merkwürdigen Akte zu befassen, die sein Kollege Guardi vor einigen Jahren geschlossen hatte. Für immer, wie gewisse Personen damals meinten und wohl auch hofften. Sie war einer Frauenleiche gewidmet, die, bereits völlig mumifiziert, bei Ausbesserungsarbeiten auf dem Dachboden des Palazzo Soranzo entdeckt wurde, in einem offenen antiken Sarkophag, unter einer zentimeterdicken Schicht von Taubenkot verborgen, kaum mehr als zwanzig Meter vom Atelier des Malers entfernt. Falls der Commissario sich recht erinnerte, dann fand man bei der Toten, sozusagen als einzige Grabbeigabe, einen fast bis zur Unkenntlichkeit zersetzten Abschiedsbrief mit offenbar sehr poetischem Inhalt. Der Text, und dieser Umstand machte die Angelegenheit für Benedetti nachträglich interessant, war aller Wahrscheinlichkeit nach auf einer sehr altmodischen Schreibmaschine der Marke *Remington* geschrieben worden. Möglicherweise also mit jenem antiken Gerät, das noch immer im Atelier des Malers verstaubt herumstand. Weil jedoch zur damaligen Zeit niemand in Venedig als vermißt gemeldet war und erste, ebenso lustlos wie oberflächlich geführte Ermittlungen sogar den Verdacht nahelegten, geachtete Persönlichkeiten aus den Bereichen Politik, Wirtschaft oder gar Kirche könnten möglicherweise mit dem Vorfall in Verbindung gebracht werden, ließ man die Angelegenheit schließlich auf sich beruhen. Eine Verfahrensweise also, die nicht nur in Italien traditionell geschätzt wird, sondern auf die man überall in der Welt gern mal zurückgreift, wenn irgend jemand ein Interesse daran hat, daß eine unappetitliche Speise möglichst umgehend von der Menükarte gestrichen wird. Nach einigen Gedankenspielen und Überlegungen entschied sich der Commissario dann aber doch dazu, nicht erneut in dieser Angelegenheit tätig zu werden. Immerhin zählte es zu seinen Lebensgrundsätzen, möglichst niemanden im Schlaf zu stören, und diese Einstellung bezog sich ebenfalls auf gewisse Akten. Auch ihnen, so seine durchaus angreifbare These, sollte man ein Anrecht auf ewige Ruhe zugestehen, zumal dann, wenn sie seit so langer Zeit im Archiv des Präsidiums schlummerten und inzwischen selbst zur Leiche geworden waren.

Seinen Heimweg, der eigentlich nur wenige Minuten in Anspruch genommen hätte, dehnte der Commissario zu einem längeren Spaziergang durch das vorabendliche Venedig aus. Dabei überließ er sich völlig absichtslos den Gesetzmäßigkeiten der zu dieser Stunde noch einmal anschwellenden Menschenströme und gelangte auf diese Weise schließlich zur *Bar al Teatro*. Er war dort seit langem nicht mehr gewesen, obwohl er die unverwechselbare Atmosphäre dieses Treffpunktes im Herzen von San Marco schon immer als sehr reizvoll und belebend empfunden hatte, was zweifellos auf die Vielschichtigkeit seiner Gäste zurückzuführen war. Vor allem am späten Abend, wenn die Stadt bereits mit einem Bein zu Bett gegangen war und sich anschickte, das zweite schnell nachzuziehen, vergnügte sich hier noch immer ein buntes Völkchen an der marmornen Theke, die sich in Form eines mehrfach ausgebuchteten Halbrundes durch den weiten Raum schlängelte. Stets belebten hübsche junge Mädchen und Frauen aus den umliegenden Boutiquen die Szene, dazwischen Schauspieler vom Theater nebenan, Galeristen mit langen, mehrfach um den Hals geschlungenen Schals, blasse Intellektuelle, gescheiterte Lyriker, Kellner, Gondolieri und natürlich auch Touristen aus aller Herren Länder.

Nachdem Benedetti sich zunächst einen Cinzano erdrängelt hatte, fand er glücklicherweise seinen Lieblingsstehplatz noch unbesetzt, gleich rechts vom Eingang, in einer spitzwinklig zulaufenden Ecke neben dem kleinen Zeitungskiosk. Von hier aus konnte er, ohne selbst beachtet und angesprochen zu werden, jener ihm lieb gewordenen Beschäftigung nachgehen, die er im stillen mit dem Begriff *anschauende Menschenkunde* belegt hatte. Indes, so ganz ohne irgendeine Motivation war er an diesem Abend nun doch nicht in dieser Bar gestrandet. Vielmehr verband er mit seinem Besuch die Hoffnung, einen gewissen Pasquale anzutreffen, einen zwergwüchsigen Sarden, der hier gewöhnlich zu irgendeiner Abendstunde aufzutauchen pflegte. Pasquale, der von den Einwohnern des Viertels wegen seiner gesellig-drolligen Art gemocht und geachtet wurde, brachte sich mit Gelegenheitsarbeiten durch, vor allem als Tellerwäscher und Gemüseputzer in den umliegenden Hotels. Aber auch für Pablo, den Maler, war er von Zeit zu Zeit tätig, erledigte Besorgungen für ihn und ging ihm bei der einen oder anderen Verrichtung zur Hand. Diese Tatsache machte ihn für den Commissario interessant.

Die Natur hatte Pasquale, vielleicht als bescheidenen Ausgleich für seinen unübersehbaren Mangel an Größe, mit einem heiteren Gemüt ausgestattet, und es schien so, daß sich der stets modisch gekleidete kleine Mann im Laufe der Jahre mit diesem aufgezwungenen Tauschgeschäft zu arrangieren wußte. Eine andere Wunde dagegen, die ihm das Schicksal angeblich vor Jahren in Paris zugefügt hatte, war unverheilt geblieben. Und jeden, der an dieser tragischen Geschichte interessiert zu sein schien, machte Pasquale bereitwillig und temperamentvoll mit allen Einzelheiten vertraut. Es geschah demnach im Wohnwagen eines kleines Wanderzirkus', in einem Vergnügungspark am Ende der Rue Saint Jacques, bei dem der Sarde während der Sommermonate als »Hilfsclown« untergekommen war, wie er seine damalige Tätigkeit selbstironisch einstufte. Eines Nachts, er hatte sich bei nur angelehnter Tür zu Bett gelegt, sei eine hübsche junge Frau, offensichtlich stark angetrunken und daher desorientiert, zu ihm unter das dünne Laken gekrochen. Sie habe ihn damals nicht nur mit einer unvergeßlichen Nacht beglückt, sondern wiederholt auch Liebe und Treue geschworen – selbstverständlich für immer! Als der nächste Morgen kam und Pasquale aus einem wohlverdienten Tiefschlaf reichlich spät erwachte, war die Schönheit allerdings längst auf und davon. Aber ein Foto von sich hatte sie immerhin zurückgelassen, und der verschmähte Liebhaber bewahrte es seitdem wie eine Reliquie, die ihm gleichzeitig als Beweismittel diente, in seiner Brieftasche auf. Trotzdem sprachen nahezu alle Indizien gegen die Echtheit dieser Romanze, zumal Pasquale sehr unterschiedliche Versionen davon in Umlauf gebracht hatte. Nicht zuletzt konnte auch das Foto kaum etwas belegen, eher schon im Gegenteil, denn wer sich auf San Marco einigermaßen auskannte, den erinnerte es an eine gewisse Maria, die mal in einer kleinen Pension als Zimmermädchen gearbeitet hatte. Wie auch immer, niemand brachte es übers Herz, die Pariser Affäre näher zu hinterfragen oder gar als Phantasmagorie zu entlarven. Und allein darauf kam es schließlich an.

Während Benedetti vergeblich nach dem Sarden Ausschau hielt, was wegen des dichten Gedränges und der Größe des Gesuchten nicht einfach war, schob sich zwischen ihn und seinen Nachbarn, mit dem er wegen der Enge bereits auf Tuchfühlung stand, ein hochgewachsener und dabei ungewöhnlich schmaler Mann, der den Commissario spontan an ein Lesezeichen erinnerte. Nachdem der unerwünschte Eindringling seinen mit Rücksichtslosigkeit erzwungenen Platz durch dezentes Drängeln erweitert und gesichert hatte, wandte er sich Benedetti zu.

»Nett von ihnen, Signore, daß Sie ein wenig zur Seite gerückt sind. Rücksichtnahme und Entgegenkommen zählen sonst ja eher zu den seltenen Eigenschaften. Also nochmals molto grazie!«

»Da Ihre Raumansprüche äußerst bescheiden sind«, giftete der Commissario zurück, »habe ich mich nicht im geringsten einschränken müssen.« Und dann sah er sich das Lesezeichen näher an, dessen absolut flacher, unauffällig in Grau gekleideter und damit uninteressanter Körper in einen außergewöhnlichen Kopf einmündete, der, wenn man die fliehende Stirn und das schmallippig umrahmte kariöse Gebiß nicht in Rechnung stellte, von einer übergroßen Nase dominiert wurde. Dieses beeindruckend ausgeprägte Organ streckte sich wie ein nervös erigierter Sensor in den Raum. Es war schmal, mit blasser, großporiger Haut überzogen und an seinem kugelförmigen Ende infektiös gerötet. Während der Commissario noch belustigt darüber nachsann, wie erfinderisch die Natur doch sein konnte, wenn es ihr darum ging, immer wieder überraschend andersartige Variationen zum Thema Mensch hervorzubringen, wurde das Lesezeichen plötzlich von einem Niesanfall erschüttert, dessen Heftigkeit nicht nur den Verursacher selbst, sondern auch seine unmittelbare Nachbarschaft in schreckhafte Vibrationen versetzte.

»Keine Angst, Signori, es ist wirklich nichts Ansteckendes«, versicherte er beruhigend. »Nur eine schlechte Laune meiner Natur, wenn Sie so wollen. Und selten dauert es länger als fünf oder höchstens zehn Minuten.«

»Doch nur so kurz?« merkte Benedetti ironisch an und schlug demonstrativ den Kragen seines Popelinmantels hoch, während das menschliche Epizentrum neben ihm bereits die nächste Eruptionswelle hervorbrachte, was inzwischen mehrere Gäste dazu veranlaßte, sich in weniger betroffene Regionen des Lokals zu flüchten. Benedetti dagegen harrte aus, zwar angeekelt, zugleich jedoch durchaus belustigt und neugierig, denn schon immer hatte sein Interesse besonders ausgefallenen Exemplaren der wunderlichen Spezies Mensch gegolten. Aber erst nachdem sich die Nase seines Nachbarn zum letzten Mal empört und danach endgültig beruhigt hatte, eine knappe viertel Stunde mochte inzwischen vergangen sein, konnte es zwischen ihnen zu einem Gespräch kommen. Das Lesezeichen, es stellte sich als Antiquar Stefano Dodaro aus Padua vor, war für einige Tage nach Venedig gekommen, um den Nachlaß eines kürzlich verstorbenen Adeligen zu sichten und nach bibliophilen Kostbarkeiten zu durchsuchen.

»Alte Bücher sind meine große und einzige Liebe«, bekannte er mit Pathos. »Auch ihnen, einem Mann Ihrer Erscheinung und Ausstrahlung hat Amor, wie ich hoffen darf, bereits viel Gutes getan?«

»Gewiß, gewiß, wenngleich ich mich stets mehr für die jüngere Gegenwartsliteratur interessiert habe. Für noch ungelesene Erstausgaben zum Beispiel.«

»Ich verstehe, was Sie damit andeuten wollen, Signore. Jedoch ist es prinzipiell ohne Bedeutung, wen oder was wir zum Ziel unserer Begierde und Leidenschaften machen, ein schönes Buch oder eine anbetungswürdige Frau. Stets steht der wahrhaft Liebende dicht am Abgrund eines düsteren Schattens, der ihn zu vernichten droht.« Während das Lesezeichen diese gehaltvollen Sätze wie ein Mahnmal vor sich in den Raum stellte, bemerkte der Commissario nicht ohne innere Erregung, wie die großflächigen Nasenflügel des Antiquars feinschlägig zu vibrieren begannen, was nur als Hinweis auf einen erneuten, kurz bevorstehenden Niesanfall gedeutet werden konnte. So versuchte er, ihn durch eine Fortführung des Gesprächs abzulenken, um so das sich ankündigende Unheil vielleicht noch vermeiden zu können.

»Was kann es denn Bedrohliches geben, wenn man, wie Sie, ausschließlich in Bücher verliebt ist? Schließlich geht es dabei um tote Dinge, jedenfalls im physischen Sinn. Zu einer Gefahr kann Gedrucktes doch allenfalls erst dann werden, wenn man darin liest. Denn jeder Zuwachs an Erkenntnis, das ist bekannt, bringt uns zugleich ein Mehr an innerer Unruhe und Verzweiflung, jedenfalls unter anderem. Vielleicht wäre es daher besser für Sie, Ihre Nase nicht zwischen jeden Buchdeckel zu stecken, um wißbegierig den Inhalt zu beschnüffeln. Solange man sich ausschließlich dem äußerlich Anziehenden widmet, dem Formalen also, dürften keine allzu großen Probleme entstehen.«

»Sie sehen die Dinge völlig richtig, Signore«, freute sich der Antiquar. »Daher bin ich am Inhalt von Büchern auch noch niemals in irgendeiner Weise interessiert gewesen, ganz im Gegenteil! Alles Gedruckte halte ich für äußerst intrigant, ja destruktiv. Das klingt zwar verrückt, aber es ist so. Prinzipiell gibt es zwei Arten von Büchern, und jede davon ist mir suspekt. Die eine will uns lediglich unterhalten und ablenken, was gerade noch hingenommen werden kann, obwohl der Mensch sich durch ständige Ablenkung immer mehr von sich selbst entfernt. Entsetzlich, nicht wahr? Die Machwerke der zweiten Art, und das ist nun wirklich ungeheuer gefährlich, legen es sogar darauf an, den Menschen zu belehren, zu ändern und, was am schlimmsten ist, zu bessern.«

»Was ist so gefährlich daran?«

»Bücher sind Gedanken- und Ideengefängnisse. Sobald man zuläßt, daß ihre Tore geöffnet werden, entfliehen die Ideen aus ihnen und infizieren, einem tödlichen Virus vergleichbar, die gesamte Menschheit, wodurch nachweisbar zu allen Zeiten ungeheurer Schaden angerichtet wurde. Das liegt jedoch nicht daran, daß die entflohenen Ideen an sich bösartig wären, keineswegs! Vielmehr ist es so, daß sie, erst einmal in die Freiheit entkommen, sofort verändert und verfälscht, also vergewaltigt und mißbraucht werden. Dadurch mutieren sie schließlich von einer unbefleckten Idee zur explosiven Ideologie, und diese wiederum bildet dann den Ursprung allen menschlichen Übels. Denken Sie doch mal nach, Signore, entzündeten sich nicht alle großen Kriege der Geschichte an der Unversöhnlichkeit gegensätzlicher Überzeugungen? Sogar die Heilige Schrift, dieses großartigste aller Werke, hat letztlich mehr Unheil als Segen erzeugt. Immerhin wurden unter Berufung auf das göttliche Wort in den vergangenen zweitausend Jahren mindestens hundert Millionen Menschen auf schrecklichste Weise umgebracht. Das ist eine Tatsache. Der größte Holocaust aller Zeiten geschah demnach im Namen Gottes!«

»Sie sind also, falls ich das richtig verstanden habe, grundsätzlich dagegen, daß Gedrucktes auch der Allgemeinheit zugänglich gemacht und gelesen wird?«

»Richtig, von ganz wenigen Ausnahmen abgesehen.«

»Ich bin äußerst gespannt darauf, wenigstens eine oder auch zwei dieser Ausnahmen kennenzulernen.«

»Fahrpläne gehören etwa dazu, Signore, aber auch Gebrauchsanweisungen für technische Geräte. Diese sollten nicht nur gedruckt, sondern auch aufmerksam gelesen werden, denn sie können kein Unheil in der Welt anrichten, weil sie nicht unterhaltsamen oder ideellen Charakters sind. Ihre Aufgabe ist es lediglich, dem Menschen eine sinnvolle Hilfestellung zu geben.«

»Da bin ich nun völlig gegenteiliger Ansicht«, ereiferte sich der Commissario. »Mich haben derartige Anleitungen stets nachhaltig in die Irre geführt, und es ist mir noch nie gelungen, dank ihrer Hilfe auch nur einen Toaster in Betrieb zu nehmen, geschweige denn noch weitaus kompliziertere Geräte, wie etwa ein Handy. Daher halte ich Gebrauchsanweisungen für absolut überflüssig, ja gefährlich. Allerdings, da muß ich Ihnen recht geben, nach den bisherigen Erfahrungen lösen sie selten Kriege aus, allenfalls mal eine häusliche Auseinandersetzung. Aber lassen wir diese Wortspielereien.« Er blickte flüchtig auf seine Armbanduhr und fuhr dann fort: »Ihr offensichtlich recht kompliziertes Verhältnis zu Büchern bereitet mir noch immer erhebliche Verständnisschwierigkeiten. Es scheint mir eine sehr merkwürdige Liebe zu sein, die sich vor allem auf Vorurteile und Abneigung gründet.«

»Eher schon auf Vorsicht. Nun, die Probleme sind im Prinzip sehr einfacher Natur. Sie selbst sprachen gerade von der äußeren Attraktivität gewisser Dinge oder auch Erscheinungen sowie von der Gefahr, sich mit dem Inhalt derselben auseinanderzusetzen. Diese

Thematik ist schließlich jedem von uns geläufig, etwa im Zusammenhang mit einer sehr schönen Frau. Wir sollten uns ausschließlich an ihrem Anblick, an ihren Formen und Harmonien erfreuen, aber keinesfalls den Fehler machen, in einem solchen Buch, wenn Sie mir diesen Vergleich gestatten, zu blättern und zu versuchen, ins Wesenhafte vorzudringen.«

»Wenn ich Sie jetzt richtig verstanden habe, dann sollte beispielsweise ein Mann, sofern er sich nun mal durch eine Ehe binden möchte, am besten eine Gebrauchsanweisung heiraten, keinesfalls jedoch einen tiefgründigen Roman, um bei Ihrer bildhaften Ausdrucksweise zu bleiben?«

»Signore, es freut mich außerordentlich, ins Zentrum Ihres Verständnisses vorgedrungen zu sein«, triumphierte das Lesezeichen. »Und da Sie, wie ich bemerkt habe, bereits daran denken, sich auf den Heimweg zu machen, möchte ich abschließend auf meine unglückliche Liebe zurückkommen, die seit meiner frühesten Kindheit allen schönen, vor allem alten und bibliophilen Druckerzeugnissen gegolten hat. Also ...«, er machte eine längere Pause, um die Aufmerksamkeit seines Gesprächspartners auf den Höhepunkt zu treiben, und fuhr dann fort, »also ich leide an einer therapeutisch nicht beeinflußbaren Bücherstauballergie!« Und gerade so, als bedürfte dieses Bekenntnis noch einer weiteren Vertiefung, steigerte sich der Antiquar erneut in einen dramatischen Niesanfall, der ihn für mehrere Minuten jeglicher Selbstkontrolle beraubte.

»Mamma mia, heilige Jungfrau Maria!« entfuhr es dem Commissario, der einerseits mit ehrlicher Anteilnahme, ja Betroffenheit auf den sich schüttelnden Dürrling starrte, aber gleichzeitig mit äußerster Selbstdisziplin zu verhindern suchte, in einen unkontrollierbaren Lachanfall auszubrechen. Nachdem sich der Geplagte endlich beruhigt hatte und wieder ansprechbar war, wollte Benedetti von ihm wissen, warum er sich denn in Gottes Namen bei dieser tragischen Veranlagung nicht längst einem anderen Beruf zugewandt habe, was doch zweifellos viel vernünftiger gewesen sei.

»Signore«, erregte sich der noch immer Erschöpfte, »Ihre Frage weckt völliges Unverständnis in mir, obwohl sie, das muß ich zugeben, direkt zu meinem Lebensproblem führt. Genau um diesen unlösbaren Konflikt geht es doch, daß ich die tief empfundene Liebe zu meinen mehr als fünfzigtausend Büchern nicht einer rationalen Entscheidung unterordnen kann. Wer wie ich wirklich liebt, der tut es bedingungslos und damit zwangsläufig gegen jede Vernunft. Wahre Liebe ist, wenn ich es einmal so pointiert ausdrücken darf, immer mit einem totalen Kontrollverlust verbunden. Alle anderen, ähnlichen Gemütszustände zähle ich in den Bereich der Liebeleien und Liebschaften, was es freilich auch geben muß. Außerdem«, fügte er deprimiert hinzu, »ließe sich mein Problem durch eine Trennung von den Büchern keineswegs lösen, nicht einmal mildern. Denn meine allergischen Reaktionen sind inzwischen so autonom und damit unberechenbar geworden, daß sie jederzeit auch ohne die Anwesenheit eines Buches ablaufen können. Allein schon der Gedanke an Gedrucktes setzt mein Vegetativum in einen Zustand höchster Erregung. Nun gut, lassen Sie mich, um das Thema abzuschließen, folgende letzte Frage an Sie richten: Würden Sie eine Frau, der Sie sich im Innersten Ihres Herzens verbunden fühlen, wegen einer Allergie verlassen? Signore, würden Sie das allen Ernstes in Erwägung ziehen?« Mit der Unerbittlichkeit eines strengen Beichtvaters blickte der Antiquar dem Commissario in die Augen.

»Ich bin nicht verheiratet«, wich Benedetti aus, und um nicht das Opfer einer noch weiter ausufernden Befragung zu werden, reichte er dem Lesezeichen kurz entschlossen die Hand zum Abschied, zahlte und ging hinaus in die Nacht. Auf seinem langen Heimweg durch die inzwischen weitgehend menschenleeren Gassen ließ er den amüsanten Abend noch einmal in Gedanken an sich vorbeiziehen. Eigentlich schön, dachte er, daß so liebenswert-tragisch Verrückte wie dieser Antiquar hier und da noch frei herumlaufen dürfen und nicht längst als Opfer hinter den Gitterfenstern einer psychiatrischen Anstalt verschwunden sind.

Auf dem Campo San Tomà, nur noch wenige Minuten von dem Haus seiner Mutter entfernt, dessen obere Etage er seit einigen Jahren bewohnte, machte Benedetti vor dem vergitterten Schaufenster eines Antiquariats halt. Während er die nur noch schwach ausgeleuchtete Dekoration betrachtete und sich vorzustellen versuchte, ob er wohl eine unglückliche Liebesbeziehung zu den ausgelegten Stahlstichen, Folianten und in feinstes Schweinsleder gebundenen Büchern haben könne, überfiel ihn plötzlich ein heftiger Niesreiz. Verschreckt wandte er sich ab, eilte nach Hause und legte sich, nachdem er zwei Romane von seinem Nachttisch entfernt hatte, erschöpft zu Bett.

Während Benedetti, Mitternacht war längst verstrichen, im Traum durch die hohen Gänge der ehrwürdigen Biblioteca Marciana am Markusplatz irrte, verfolgt und bedroht von der langen Nase des Lesezeichens, saß Helena immer noch an der *Colony Bar* ihres Hotels. Lustlos und deprimiert schlürfte sie bereits an ihrem fünften oder sechsten Cuba Libre und steuerte völlig bewußt und zugleich mit Selbstverachtung jenen durch Kontrollverlust gekennzeichneten Bewußtseinszustand an, den sie im Grunde ihres Herzens immer zutiefst verabscheut hatte. Aber in dieser Nacht war ihr danach, befreit von allen Fesseln der Selbstdisziplin, sich in ein selbstgeschaufeltes Loch fallen zu lassen. War doch während der zurückliegenden Tage und Stunden so gut wie alles total schiefgelaufen. Kein Anruf, kein Fax von Konstantin, ihrem Mann. In zwei Tagen waren sie verabredet und wollten ihren Hochzeitstag feiern. Hier, wo es für sie einmal begonnen hatte: in Venedig. Länger als eine Woche war er nun bereits abgetaucht in seine Welt, in der neben gelehrten Vorträgen, Ehrungen und den von Helena schon immer gehaßten wissenschaftlichen Symposien kein Platz für private oder gar intime Ansprüche reserviert war. Dazu die gespannte Atmosphäre bei Pablo, und, was sie wohl am meisten nervte, Mario schien sich ihr entzogen zu haben. Spät am Abend hatte sie, was ihr schwer genug gefallen war, im *Helvetia* nach ihm gefragt – vergeblich! Sie hatte es als

Verrat empfunden, aber mit welchem Recht eigentlich?

Die meisten Gäste der Bar waren inzwischen zu Bett gegangen. Verhalten gähnend und gelangweilt polierte Sergio, der Keeper, seit Minuten an einem längst streifenfrei getrockneten Sektglas. Wie Schachfiguren, die nach einem abgebrochenem Spiel ihre Bedeutung verloren hatten, gruppierten sich nur noch wenige Bettverweigerer um die Theke aus schwarzem Marmor. Helena gegenüber harrte eine mit viel kosmetischem Aufwand verjüngte Italienerin aus. Sie hatte ihre dürre Erscheinung durch ein großzügig zugeschnittenes, aggressiv rotes Kleid ein wenig aufgeblasen und benutzte im übrigen ihren Körper als Schaufenster, um eine mehr oder weniger geschmackvoll gestaltete Kollektion von schwerem Goldschmuck zu präsentieren. Schweigend und hastig rauchte sie ohne Pause stark parfümierte, filterlose Virginias. Wegen ihrer eng gestellten dunklen Augen, mit denen sie die weitgehend stumme Szene nervös kontrollierte, erinnerte sie an gewisse Kampfhunde, die mit vorgetäuschter Friedfertigkeit stets darauf lauern, sich irgendwo festbeißen zu können. Freilich mangelte es an lohnender Beute, denn abgesehen von einem jüngeren Liebespaar, das sich händchenhaltend seit mindestens einer Stunde wortlos und von allem entrückt ineinander verlächelt hatte, zählte nur noch ein älterer Herr zu dieser späten Runde. Er war erst vor kurzem als Letzter dazugekommen, offensichtlich um den Qualen einer schlaflosen Nacht zu entfliehen, und hatte seinen Pastakörper, direkt neben Helena, stöhnend über einen

Barhocker gestülpt. Hinter seinen schwammigen, wenig markierten Gesichtszügen, in die der Schöpfer spärlich bewimperte, gerötete Schweinsaugen eingebettet hatte, verbarg sich, wie bald erkennbar wurde, ein weinerliches, fast schon kindliches Gemüt, gepaart mit aufdringlich lauter Geschwätzigkeit und einer unüberhörbaren Vorliebe für Pathos und Sentimentalität. Seine Nackenpartie quoll feucht und wulstig über den zu eng geschnittenen Hemdkragen, und Helena fand, man könne sicherlich brauchbare Radiergummis aus seinem kräftigen Fleisch schneiden.

Der korrekt wie teuer gekleidete Herr, der bereits ein wenig angetrunken wirkte, kam aus Nürnberg und stellte sich Helena als Inhaber eines mittelständischen Unternehmens vor, in dem Kaffeemaschinen für Warenhausketten und Versandhäuser gefertigt wurden. Im übrigen war der erfolgreiche Mann zutiefst unglücklich, seiner jüngeren Frau wegen, die ihn zu Gunsten eines völlig wertlosen Habenichtses und lebensfremden Träumers, wie er es ausdrückte, vor kurzem verlassen hatte. Plötzlich, ohne jede Vorwarnung und selbstverständlich völlig grundlos. Natürlich, so prophezeite er ihr düster, würde sie zu Recht im Elend, in der Gosse landen. »Jeder Mensch ist nun mal sein eigener Teufel«, philosophierte er, »und vertreibt sich selbst aus dem Paradies. Und wie allgemein bekannt«, fügte er mit drohend erhobenem Zeigefinger hinzu, »es gibt bekanntlich kein Zurück dahin!« Da er diesen Satz für besonders gelungen, ja bedeutungsvoll hielt, machte er, um ihn auf die anderen Gäste nachwirken zu lassen, eine längere Pause. Etwas später bekannte er abschließend, inzwischen leiser geworden und mit gedämpfter Stimme, daß er jetzt, da es keine direkten Nachkommen, nicht einmal nahestehende Verwandte zu berücksichtigen gelte, nach Venedig gekommen sei, um sich von seinem sinnlos gewordenen Leben zu verabschieden.

»Und wie wollen Sie Abschied nehmen?« erkundigte sich Helena, die ihm eher belustigt als betroffen zugehört hatte.

»Selbstverständlich absolut ehrenhaft und ohne Rückfahrkarte«, beteuerte der offensichtlich zum allerletzten Entschlossene. »Bei Vollmond bin ich einst zur Welt gekommen, und übermorgen, wenn mein Schicksalsplanet wieder einmal unbeschattet leuchtend über dem Horizont aufsteigt, werde ich ihm auf seiner Bahn folgen. Aufsteigen, glänzen und danach untergehen, das ist der unabänderliche Lauf dieser Welt, meine verehrten Herrschaften. Der Mond hat es mich gelehrt!«

Zutiefst gerührt durch seine eigenen Worte und den Tränen nahe, sah sich der vermeintliche Selbstmordkandidat, auf tröstenden Zuspruch und Mitleid bedacht, im Kreis der wenigen Anwesenden um. Aber, was immer der Grund dafür war, seine persönliche Betroffenheit weckte bei den anderen nur sehr begrenzte Anteilnahme. Helena ging ironisch auf Distanz, und Sergio, in immer kürzeren Intervallen von Gähnanfällen geplagt, polierte nach wie vor am selben Glas herum. Nächtliche Lebensbeichten und Bekenntnisse dieser Art konnten ihn schon lange nicht mehr erreichen. In jeder Saison hatte der Barkeeper

Dutzende davon zu ertragen, seit mehr als fünfundzwanzig Jahren, und immer waren sie nach dem gleichen Strickmuster gefertigt. Nicht einmal das Liebespaar konnte der Parabel vom schicksalhaften Charakter des auf- und absteigenden Mondes Geschmack abgewinnen. Waren sie doch gerade erst damit beschäftigt, sich dem Beginn ihrer gemeinsamen Laufbahn zuzuwenden und nicht dem Ende derselben. Kein Wunder, daß die beiden durch die ernüchternden Erfahrungen des Kaffeemaschinenproduzenten in keiner Weise verschreckt oder irritiert wurden, ganz im Gegenteil. Noch inniger und schweigsamer trafen sich von nun an ihre Blicke, gerade so, als gelte es, eine prinzipiell auch für sie denkbare Lebenserfahrung durch eine stille Übereinkunft von vornherein für alle Zeiten auszuschließen.

Nur der Kampfhund zeigte ein gewisses Interesse am Elend des gehörnten Jämmerlings, zumal das Schicksal dieser Frau erst kürzlich, wenn auch unter etwas anderen Umständen, ebenfalls eine Trennung vom langjährigen Lebenspartner zugedacht hatte. Mit wachem Instinkt für die Realitäten des Lebens war sie daher vor allem jenen sehr offenherzigen Schilderungen des Nürnbergers gefolgt, die einen intimen Blick auf seine Vermögensverhältnisse zuließen. In diesem Zusammenhang maß sie dem glückhaften Umstand, daß der Unternehmer, wie mehrfach von ihm betont, praktisch ohne Anhang, also auch kinderlos sei, ganz besondere Bedeutung zu. Ferner hatte sich ihr die glaubhafte Versicherung des Mannes eingeprägt, wonach seine treulose Ehegefährtin aufgrund eines durchdacht aufgesetzten Ehevertrages mit keinerlei finanziellen Zuwendungen rechnen dürfe. Abgesehen von jenem weitläufigen Feriendomizil auf den Kanaren, wohin sie sich mit ihrem jugendlichen Taugenichts zurückgezogen hatte, um dort, wie er abfällig anmerkte, ein Zentrum für transpersonale Selbstanalyse zu gründen.

Nach Abwägung aller Fakten, die es natürlich noch zu hinterfragen und abzusichern galt, kam der Kampfhund schließlich zu der Bewertung, daß es unklug, ja leichtfertig sei, den gefährdeten reichen Mann in der bevorstehenden Vollmondnacht einfach so untergehen zu lassen, ohne vorher im Interesse beider Seiten einen Rettungsversuch unternommen zu haben. Allein schon die Vorstellung, ungeliebte Verwandte sehr entfernten Grades, möglicherweise sogar der Klerus oder letztlich doch die entlaufene Ehefrau könnte seine zweifellos millionenschwere Hinterlassenschaft an sich reißen, mußte Abscheu und Ekel erregen. So begann in diesem Moment ein Entschluß heranzureifen, den die Italienerin jedoch erst am nächsten Morgen umzusetzen gedachte. Weil sie aus Erfahrung wußte, daß man in gewissen Liebesangelegenheiten selten eine zweite Chance zugestanden bekommt, wollte sie nicht gleich jetzt in die Arena springen, wo sie gegen eine in jeder Weise dominante Helena hätte antreten müssen. Erst für den nächsten Tag war zielgerichtetes Handeln angesagt, wenn der Nürnberger, wie auch sie, den Vormittag am Rande des Swimmingpools im Schatten einer hohen Akazie zu verdösen pflegte. Dort hatte sie ihn während der letzten Tage bereits mehrfach beobachtet, wenn auch eher belustigt als mit begehrenden Blicken; denn wie er da so platschig hingestreckt zu ruhen pflegte auf einer der weißen Liegen, überwölbt von seinem Bauch, prall gefüllt wie ein Federsack, schweißbeperlt und gelegentlich mit seiner Tageszeitung vergeblich nach Fliegen schlagend, bot er keineswegs einen delikaten Anblick. Aber ihr war durchaus bewußt, daß man den Blickwinkel, unter dem die Welt betrachtet und bewertet werden mußte, immer wieder jenen Veränderungen und Notwendigkeiten anzupassen hatte, die allein das Leben selbst dem Einzelnen zudachte. Auch ihr eigener Erhaltungszustand, darüber war sie längst nicht mehr im Zweifel, ließ eindeutige Rückschlüsse zu. Sowohl auf ihr Alter als auch auf bald sechzig gelebte Jahre, in denen sie sich nur ungern und daher sehr selten etwas versagt hatte. Jetzt, das war einer ihrer Grundsätze, ging es nicht mehr darum, sich selbst noch zu belügen. Vielmehr galt vor allem, den auserwählten Partner immer wieder geschickt zu täuschen und dadurch an sich zu binden. Sie verabschiedete sich dann bald mit einem verbindlichen »Buona notte« von der kleinen Runde, streifte beim Verlassen der Bar das noch ahnungslose Opfer sanft mit ihrer mageren Schulter und ging hinauf aufs Zimmer. Da sich wenig später auch das Liebespaar aus seiner hypnotischen Entrückung löste und sich zurückzog, blieb Helena schließlich mit dem Nürnberger allein, der nach einigen Minuten gemeinsamen Schweigens damit begann, unbeholfen, aber in vorsichtig dosierten Einzelaktionen allmählich näher an sie heranzurükken, bis er endlich mit seinem rechten Knie den angestrebten Körperkontakt zu ihr aufnehmen konnte. Helena ließ ihn zunächst gewähren. Distanziert und mit der beruhigenden Gewißheit, dieses absurde Spiel jederzeit unter Kontrolle zu haben, verfolgte sie mit kühlem Interesse, wie sich der tapsige Kerl immer weiter vorwagte, letztlich erniedrigte, demütigte und fast der Lächerlichkeit preisgab. Die Rituale von Verliebten, das wurde ihr in diesen Augenblicken wieder einmal bewußt, sind nur für die jeweils Betroffenen schön und heilig. Aus dem Blickwinkel des unbeteiligten Zuschauers dagegen müssen sie zwangsläufig zu einer Farce verkommen. Wegen dieser aus ihrer Sicht kaum vermeidbaren Peinlichkeiten hatte sie schon immer im Leben eine Abneigung dagegen gehabt, sich intime Szenen in Filmen anzusehen. Es selbst tun, in Ordnung. Aber sonst wegsehen, das war ihr Motto.

Der Nürnberger jedoch ließ keinen Zweifel daran, daß er die Situation grundsätzlich anders einschätzte. Nachdem er sich mit seiner Beinarbcit bis an eine Grenze herangewagt hatte, wo Helena entschieden mit Widerstand reagierte, versuchte er zunächst, mit sentimentaler Verbalerotik Punkte wettzumachen. Vor allem strapazierte er wortreich das von ihm favorisierte Vollmond- und Selbstmordthema und schreckte in diesem Zusammenhang nicht einmal vor den abgegriffensten Gefühlsklischees zurück. Ganz im Gegenteil, ausgerechnet diese hielt er für besonders geglückte rhetorische Höhepunkte des Abends, die er ständig durch weitere zu ergänzen bestrebt war. So verstieg er sich noch zu der Erkenntnis, daß der Mensch selten durch das immer Angestrebte und schließlich Erreichte glücklicher werde, weil ihm der teuflische Trieb angeboren sei, stets neuen Zielen nachzujagen, anstatt sich mit dem Augenblicklichen zufriedenzugeben. Und dann folgte auch noch diese Einsicht, wonach die Stille des Alters in der Stille der Einsamkeit immer stiller werde. Abschließend bilanzierte er sein in vielerlei Hinsicht durchaus erfolgreiches und eingehend geschildertes Leben mit dem Satz: »Laut leben, das war immer meine Devise, zum Ende aber leise sterben! Leise, sehr leise.« Anschließend begann er tatsächlich ein wenig zu weinen, leise und ohne Scham.

Danach konnte ihn Helena endlich zum Aufbruch bewegen, indem sie den inzwischen stark Angetrunkenen kurzerhand kameradschaftlich unterhakte, vorsichtig vom Barhocker ablöste und ihn anschließend bis vor seine Zimmertür im ersten Stock begleitete. Dort, nach einer geschwisterlich harmlosen Umarmung, fragte der Unglückliche, ob er sie um etwas Ungewöhnliches bitten dürfe. Es gehe um einen Herzenswunsch, von dessen Erfüllung möglicherweise der weitere Verlauf seiner beklagenswerten, gefährdeten Existenz abhänge.

»Fragen Sie ruhig«, ermunterte ihn seine Begleiterin, obwohl sie durchaus ahnte, wohin die Reise gehen sollte. »Menschliches ist mir nicht fremd, sofern es sich in Grenzen hält.«

»Würden Sie die Freundlichkeit haben«, begann er daraufhin umständlich und formell, »mich aufs Zimmer zu begleiten und anschließend mit mir ins Bett zu gehen?« Er bat sie demütig und zugleich doch fordernd, auf jene Art also, wie man vielleicht einen Bekannten um einen dringend benötigten Überbrükkungskredit angehen würde. Und, als bedürfe es noch eines weiteren Anreizes für Helena, stellte er in Aussicht, sie vorher zu einer exzellenten Flasche Champagner einzuladen, die er, stets wohltemperiert, in seiner Minibar zur Verfügung halte. »Denn ich weiß«, fügte er kleinlaut hinzu, »daß Sie es keinesfalls aus Liebe tun könnten, allenfalls aus Mitleid, mit einem gewissen Ekel also. Aber der ließe sich, das habe auch ich gelegentlich erfahren, mit Bacchus' Hilfe auf jeden Fall mildern und vielleicht sogar ins schöne Gegenteil umkehren, denn ein klarer Kopf ist immer der Feind sinnlicher Exzesse. Wir müssen uns doch nicht wirklich lieben, nicht einmal mögen. Ich kenne Menschen, die hassen sich sogar, schlimmer noch, sie sind sich völlig gleichgültig, und trotzdem gehen sie zusammen ins Bett. Also, wo ist das Problem?«

Merkwürdig, zumindest für den Bruchteil einer Sekunde war Helena versucht, seinem grotesken Ansinnen nachzugeben und mit ihm durch die bereits halb geöffnete Tür ins dunkle Zimmer zu gehen. Freilich nicht aus Lust oder Begierde, und schon gar nicht aus Mitleid, dem ihrer Meinung nach schäbigsten, weil verlogensten aller menschlichen Ausreden und Motive. Nein, allein der Reiz des Ekels, ihre stets verdrängte, perfekt kontrollierte Sehnsucht nach erotischen Grenzerfahrungen war der Motor für ihren kurz aufflammenden Handlungsimpuls. Und ein weiteres Moment war sicherlich hinzugekommen: das uneingestandene Bedürfnis, sich an Konstantin und Mario zu rächen. Absolut lächerlich eigentlich, dachte sie. Gab es denn für eine solche Abrechnung, sofern sie überhaupt legitim und notwendig sein würde, weiß Gott nicht appetitlichere Lösungsmöglichkeiten?

Schnell hatte sie sich nach der ungewöhnlichen Offerte wieder im Griff, verabschiedete sich grußlos und rannte verwirrt in ihr Zimmer. Nachdem sie ihre Gedanken und Gefühle, die eigentlich überhaupt nichts mit dem Nürnberger zu tun hatten, wieder einigermaßen geordnet hatte, griff sie nach einem Notizblock und setzte eine kurze Nachricht an Mario auf:

Lieber Mario, nachts, schon sehr spät. Zwischen uns ist vieles unausgesprochen geblieben, die üblichen Mißverständnisse. Ich würde Dich daher heute gern noch einmal sehen (allerletzte Möglichkeit, morgen kommt Konstantin!). Werde zwar tagsüber viel unterwegs sein, aber wo ein Wille (Gefühl) ist ... Du weißt schon. Gegen Mittag bin ich bei Harry's, danach geht's zu Pablo, letzte Korrekturen am Bild. Abends könntest Du mich auf jeden Fall im Casino treffen. Vollmond!! Da spiele ich immer Roulette. Nicht ohne Krawatte kommen, sonst läßt man Dich nicht rein. Ciao, Helena

Nachdem sie den kurzen Text mehrfach überlesen und in einigen Details verändert hatte, couvertierte sie ihn, klingelte nach dem Boy und ordnete an, den Brief ohne Verzögerung durch ein Taxi zum *Helvetia* bringen zu lassen. Dann legte sie sich zu Bett.

Inzwischen war der Mond, der in dieser Nacht gesprächsweise so häufig beschworene nächtliche Freund, längst am Himmel aufgezogen. Erschöpft, fast ernst und bleicher als sonst, so erschien es Helena, die ihn durch einen schmalen Spalt zwischen den Vorhängen nachdenklich betrachtete, hatte er den Zenit seiner Laufbahn längst überschritten und war dabei, seine Identität in der bereits aufkommenden Morgendämmerung allmählich zu verlieren.

6. Kapitel

Mario hatte die Nacht mit Susan verbracht, auf Giudecca, wohin sich die junge Künstlerin vor Monaten zurückgezogen hatte, um hier, in relativer Abgeschiedenheit, an einem von Pablo angeregten Projekt mit dem geheimnisvollen Titel *Lebensspiegel* zu arbeiten. Eine sechsunddreißig Quadratmeter große Leinwand hatte sie in dreihundertsechzig unterschiedlich große, zumeist rechteckige Flächen aufgeteilt, von denen sie jeden Tag eine malerisch ausgestaltete, ihrer jeweils momentanen Stimmung entsprechend. Grundlage dieses Konzeptes war ferner, daß am Ende eines Jahres alle diese in sich eigenständigen und zuweilen äußerst andersartigen Einzelbilder sich zu einem harmonischen Gesamtkunstwerk ergänzen sollten. Es war geplant, den *Lebensspiegel* auf der nächsten Biennale auszustellen.

Susans Entscheidung, das in gewisser Hinsicht nicht unbedingt attraktive Giudecca für einige Zeit zum Mittelpunkt ihres Venedigaufenthaltes zu machen, war aus guten Gründen gefallen. Dieser vom Tourismus vernachlässigte schmale Inselstreifen hatte in früheren Jahrhunderten eine merkwürdige Doppelrolle gespielt. Einst waren hier aus der Stadt Verbannte zwangsweise angesiedelt worden, gleichzeitig jedoch diente damals das in wenigen Minuten mit dem Boot zu erreichende Eiland hitzegeplagten Patriziern, die sich hier, als sommerliche Fluchtburg genutzt, elegante Villen und großflächige Gärten anlegten. Diese frühere Pracht verfiel im Laufe der Zeit weitgehend. Nur wenige Sommerhäuser, Palazzi, Kirchen, insbesondere aber der verwunschene Rosengarten im Presbyterium von San Eufemia, erinnerten jetzt noch an den Glanz glücklicherer Tage. Zurückgeblieben war allein der melancholische Charme eines von der Geschichte stiefmütterlich vergessenen Fleckchens, der sich überall dort einstellt, wo sich Vergangenes für immer vom weiteren Lauf der Dinge verabschiedet hat. Zwar war um die Jahrhundertwende der vielleicht letzte Versuch unternommen worden, Giudecca neu zu beleben. Ein Italiener mit dem ausgefallenen Namen Stukky hatte sich dort, von dem nicht minder putzig heißenden hannoverschen Architekten Ernst Wullekopf, mehrere Mühlen im neugotischen Stil erbauen lassen. Später war dem Komplex auch noch eine Nudelfabrik angegliedert worden, die, bis zu ihrer endgültigen Schließung Mitte der fünfziger Jahre, zu den größten ihrer Art in Italien zählte. In einem noch halbwegs bewohnbaren Seitentrakt dieses weitgehend verfallenen Industriedenkmals, hoch oben unter dem Dach, hatte sich Susan ein großräumiges Atelier angemietet. Es war preiswert und bot von der Größe des Raumes und den Lichtverhältnissen her Möglichkeiten, die im eng verschachtelten Venedig allenfalls für einen Phantasiepreis zu haben gewesen wären. Zudem begeisterte und inspirierte sie immer wieder ihre phantastische Aussicht, die bei klarem Wetter weit über Venedig hinaus bis Udine und an den südlichen Rand der Dolomiten reichte.

Fast gleichzeitig an diesem Morgen erwachten Susan und Mario aus einem tiefen Schlaf, dem sie sich spät am Abend zuvor, durch Küsse und phantasievolle Berührungsspiele müde geworden, bedingungslos anvertraut hatten. Etwa so, wie man es von Kindern kennt, wenn sie sich durch ausgelassenes Toben irgendwann mal völlig erschöpft haben. Wahrscheinlich wurden sie durch jenen Sonnenstrahl geweckt, den ein geschliffenes venezianisches Glas auf der Fensterbank eingefangen, in die Farben des Regenbogens zerlegt und danach direkt über sie auf die weiß gekalkte Decke projiziert hatte. Noch immer ein wenig schläfrig, sahen sie sich zunächst schweigend in die Augen. Freundlich, aber auch leicht fremdelnd und eigentlich mit freudigem Erstaunen darüber, daß sie eine verwunschene Nacht miteinander verbracht hatten.

Plötzlich zuckte Mario verschreckt zusammen. »Was ist mit dir?« forschte Susan, wandte sich ihm besorgt zu und blickte verständnislos in die Augen des zu Tode Erschreckten.

»Da!« schrie Mario völlig außer sich und gleich danach nochmals: »Da!« Voller Ekel und offensichtlich von Panik befallen wies er zum Fußende ihres Bettes. Dort hatte es sich eine reichlich fette, chamoisfarbene, eher schon mittelbraune Taube auf dem Laken bequem gemacht und starrte die beiden, gelegentlich nickend und ihren Kopf ruckartig drehend, aus nachtschwarzen Perlaugen emotionslos an.

»Mein Gott, was soll denn dieses hysterische Theater, und noch dazu von einem Mann?« erregte sich Susan belustigt. »Bitte, beruhige dich jetzt mal ganz schnell! Eine Taube, nichts weiter. Sie ist eigentlich recht nett. Manchmal kommt sie nachts oder auch tagsüber durch eines der halboffenen Fenster und leistet mir ein wenig Gesellschaft. Ich habe ihr sogar schon einen Platz in meinem Lebensspiegel zugestanden. Zugegeben, sie schaut wirklich blöde aus. Wie alle Tauben, keine Frage. Aber hinter Dummheit kann sich, wie in diesem Fall, gelegentlich ein guter Charakter verbergen, wie übrigens bei manchen Menschen auch. Und sie hat nun mal etwas Gewinnendes, ja Liebenswertes.«

»Worin besteht ihr Liebreiz? Ich kann diesem Flugobjekt noch immer keine Sympathie entgegenbringen!«

»Sie heißt übrigens Piccione«, lenkte Susan ab. »Originell, nicht wahr?«

»Nicht zu fassen, dem armen Geschöpf bleibt aber auch nichts erspart!«

»Worüber erregst du dich denn?«

»Piccione bedeutet doch so viel wie ›Taube‹, nicht mehr und nicht weniger. Mir ist ziemlich unklar, worauf du hinauswillst.«

»Ich verstehe nicht, womit du Schwierigkeiten hast. Warum sollte eine Taube nicht Taube heißen, also Piccione?«

Beide amüsierten sich nun über die Wortspielerei, und Susan beugte sich dann vor, nahm den ungebetenen Gast behutsam mit den Händen auf und trug ihn zur Fensterbank, von wo aus der Vogel wenig später mit kräftigem Flügelschlag in den blauen Morgenhimmel davonflatterte. Susan sah ihm nach, blieb dann noch eine Weile am Fenster stehen und hantierte gedankenverloren mit dem venezianischen Glas, das, je nachdem wie sie es hielt und drehte, phantastische Licht- und Farbspiele auf ihren nackten sommerbraunen Körper reflektierte. Währenddessen betrachtete Mario sie mit wachem sinnlichem Interesse. Susan war keine Schönheit im landläufigen Sinn. Obwohl sie Anfang zwanzig sein mochte, hatte sie einen noch sehr jugendlich schlanken Körper mit dezent angedeuteten weiblichen Attributen. Der Reiz, den sie ausstrahlte, konnte nicht auf bestimmte vordergründige Auffälligkeiten zurückgeführt werden. Vielmehr beruhte er auf dem harmonischen Zusammenspiel vieler unaufdringlicher, verborgener Facetten, die sich niemandem aufdrängten. Stets schien sie auf eine geheimnisvolle Weise abwesend und gerade dadurch äußerst präsent zu sein. Diesem Entwurf eines ehemals gut gelaunten Schöpfergottes konnte man sich nur mit geduldigen, wachen Entdeckeraugen nähern. Für den flüchtigen Blick des Eiligen bot Susan wenig Interessantes.

»Pablo hat einmal etwas sehr Schönes gesagt«, unterbrach sie die Stille. »Möchtest du es vielleicht hören?« Ohne seine Antwort abzuwarten, fuhr sie sogleich fort: »Wenn Liebende sich finden, egal wann und wo auf dieser Welt, dann hat sie ein unsichtbarer Lichtstrahl zusammengeführt. Durch ihn waren sie schon immer miteinander verbunden, sie wußten es nur nicht. – Gefällt es dir?« Susan machte eine kurze Pause, um abzuwarten, ob und wie Mario reagieren würde. Da er stumm blieb, fügte sie nach einer Weile hinzu: »Ein anderes Mal verglich er Liebende mit zwei hauchdünnen Weingläsern. Bei jedem Anstoßen, meinte er, gibt es nur zwei Möglichkeiten: entweder es entsteht ein Wohlklang, oder sie zerbrechen!« Susan hatte diese wenigen Sätze leise und mit einer gewissen Andacht zum Fenster hinaus gesprochen, und eine Weile lang schien sie ihnen hinterherzublikken, gerade so, als habe sie sich nur ungern von ihnen getrennt.

»Aber manchmal«, meinte sie dann nachdenklich und fast ein wenig traurig, »vertritt er leider auch die schrecklichsten Ansichten, meistens total extrem und kompromißlos. Eigentlich immer dann, wenn er aus irgendeinem Grund selbst mal wieder völlig verzweifelt oder aufgebracht ist. Zugegeben, dann haut er einem auch viel dummes Zeug um die Ohren. Absichtlich, nur so, um zu provozieren. Er gefällt sich dann darin, mit finsterster Miene den Clown zu spielen und alle vor den Kopf zu stoßen. Man muß ihn eben kennen! Zum Leben an sich, zur Liebe, vor allem jedoch zu Frauen, hat er sicherlich ein völlig gebrochenes, zutiefst widersprüchliches Verhältnis. So hat er die Ehe immer wieder als Haftanstalt oder Gefühlsgefängnis bezeichnet, aus dem der Mensch sich unbedingt befreien müsse. Notfalls sogar durch Mord. Niemals, warnte er mich erst kürzlich wieder, dürfe eine große Liebe in eine Ehe einmünden. Wenn wahre Liebe überleben wolle, dann müsse sie unbedingt ins Exil gehen. Die Ehe dagegen sei nur für Menschen geeignet, die sich eigentlich nichts zu sagen hätten. Im übrigen sei sie nichts weiter als ein Papageienkäfig. Du sitzt dein Leben lang auf der Stange, lernst ein paar schwachsinnige Sätze nachzuplappern, mußt ab und zu Küßchen geben und darfst gelegentlich sogar mal durchs Zimmer fliegen. Trotzdem, meinte er dann wieder, sei die Liebe noch immer eine der angenehmsten Arten, sich um den Verstand zu bringen.

Ein anderes Mal erklärte er mir beschwörend, jede durch Heirat entstandene Verbindung sei nichts weiter als eine gesetzlich legitimierte und vom Staat sogar noch geförderte Form von Freiheitsberaubung. Sie diene keinesfalls der Entfaltung und dem Glück der Menschen, sondern ausschließlich deren Zerstörung und letztlich ihrer Unterwerfung. Denn kein Staat sei an innerlich freien, unzerstörten und damit unbequemen Individuen wirklich interessiert. Ganz im Gegenteil, nur ein gebrochener, durch Schicksalsschläge und Ängste gefügig gewordener Charakter sei für die Machtspiele der Politiker von Interesse. Im übrigen sieht er in unserer Demokratie nichts weiter als eine Quasselgesellschaft. Zwar dürfe jeder überall sein Maul aufreißen, aber nur einige wenige hätten, wie schon zu allen Zeiten, tatsächlich etwas zu sagen. Noch provozierender sind seine Ansichten über Kunst. Vor allem hat er eine Abneigung gegen Museen jeder Art, die er allesamt für Leichenschauhäuser der Geschichte hält, weil dort nur Gewesenes, also für ihn Totes ausgestellt wird. Sein größter Haß gilt dem Museum von Peggy Guggenheim, aber das ist eine sehr persönliche Geschichte. Noch immer will er sich an dieser Frau rächen, obwohl sie inzwischen seit fast zwanzig Jahren tot ist. Sicherlich erzählt er dir irgendwann mal davon.«

Mario hatte ihr, weil prinzipiell desinteressiert, ohne große Aufmerksamkeit zugehört. Befand er sich doch nach wie vor in jenem Zustand wohlig-schläfriger Morgenlüsternheit, wo dem Menschen nur wenig an tiefschürfenden Gesprächen gelegen ist. In ihm klangen alle in den zurückliegenden Stunden erregten Sinne noch immer wie ein stürmisch angeschlagener Ton nach. Daher beschäftigte ihn bereits seit einer Weile der verlockende Gedanke, wie er wohl die begehrenswerte Nackte wieder zurück zu sich ins Bett ziehen könne, ohne freilich deswegen aufstehen und seine bequeme Lage opfern zu müssen. Es hat viel Freude gemacht, dachte er, meine Gier nach ihr zu stillen. Aber leider hat die Sättigung nicht lange vorgehalten, ganz im Gegenteil, nun ist mein Appetit noch weitaus größer als zuvor! So versuchte er, sie durch zart angedeutete Gesten und stummen Blickkontakt zu einer Rückkehr aufs gemeinsame Lager zu bewegen. Aber vergebens. Susan hatte inzwischen bereits damit begonnen, sich den Notwendigkeiten des nicht mehr so ganz frischen Morgens zuzuwenden, denn ihr Tag war durch eine Reihe von Verabredungen und Pflichten bis zum Abend hin verplant. Vor allem hatte sie sich die Stunden des späten Vormittags stets und kompromißlos dafür vorbehalten, ihr künstlerisches Tagessoll am *Lebensspiegel* zu erfüllen. Zwar mangelte es ihr im Moment noch völlig an überzeugenden Inspirationen, mit denen sie ihre Arbeit an diesem Morgen hätte fortsetzen mögen, aber so war es eigentlich an jedem Tag. Sobald sie jedoch erst vor der riesigen Leinwand stand, dies war ihre Erfahrung, drängten sich ihr die Themen und Ideen geradezu auf, so daß sie häufig Schwierigkeiten damit hatte, sich auf eine bestimmte Idee festzulegen.

Still und konzentriert hantierte sie unterdessen in der kleinen Küche, und die Tatsache, nach langer Zeit wieder einmal in lieber Gesellschaft frühstücken zu können, stimmte sie froh. Als schließlich der belebende Duft von kräftigem Espresso und frisch gebackenen Crêpes nach nebenan ins Schlafzimmer zog, kam auch Mario endlich auf die Beine, warf sich locker ein weites Badehandtuch über, und dann frühstückten sie zusammen an einem gußeisernen Bistrotisch. Susan hatte ihn dicht ans Fenster gerückt, damit sie beide den herrlichen Ausblick auf die Lagune genießen konnten. Hinüber zur Basilika Santa Maria della Salute, zur Punta della Dogana mit ihrer goldprächtigen, in der Morgensonne glänzenden Weltkugel, und dann weiter bis hinter Murano, wo der Horizont allmählich an Schärfe verlor und mit dem aufsteigenden Dunst zu einer imaginären Begrenzung verschmolz.

Sie kamen erneut auf Pablo zu sprechen, auf seinen Sarkasmus, seine innere Zerrissenheit, und Mario ließ keinen Zweifel daran, daß ihn dieser Mensch ängstigte. »Der Maler hat ja wohl sehr großen Einfluß auf dich!« bemerkte er. Das klang einerseits besorgt, aber durchaus auch mißbilligend. »Von gewissen Leuten sollte man sich möglichst im Guten trennen, bevor irgend etwas passiert ist. Aus dem werde mal einer schlau. Für mich sind Pablos Ansichten übrigens nicht viel mehr als verbale Postwurfsendungen und damit weitgehend wertlos«, dozierte er wichtigtuerisch.

Susan überging diese unverhohlen angedeutete Kritik, strich sich ihr nachtwirres Haar aus dem Gesicht und entwaffnete ihn einfach mit einem wortlosen Lächeln. »Zieh dir seine Meinung nicht an wie einen Mantel, der für dich nicht zugeschnitten wurde«, fügte sie beschwichtigend hinzu, während sie für beide noch eine weitere Crêpe zubereitete. »Im übrigen scheint es fast so, daß du dich durch unbegründete Eifersüchteleien ein wenig lächerlich machen könntest.«

»Woher kommt er eigentlich? Aus Spanien wahrscheinlich, oder?« Gereizt nahm Mario den Gesprächsfaden von neuem auf.

»Um Gottes willen, sprich bitte nie so mit ihm. Er stammt von der Kanareninsel La Palma. Er ist ein Palmero!«

»Was macht den Unterschied?«

»Die Ureinwohner dieser und ihrer Nachbarinseln sind wahrscheinlich Nachkommen eines Berberstammes aus Nordafrika, viel mehr weiß man darüber nicht. Bis die Spanier als Eroberer kamen, lebten sie friedlich in großen Sippen zusammen und hatten eine sehr eigenständige, interessante Kultur entwickelt. Frauen waren beispielsweise als Priesterinnen und Medizinerinnen privilegiert. In der Ehe konnten sie, gleichberechtigt zum Mann, die Scheidung beantragen. Es gibt sogar Hinweise darauf, daß sie mehrere Ehemänner gleichzeitig haben durften, zumindest auf Fuerteventura. Und in der Religion galt die weibliche Gottheit ebensoviel wie die männliche. Paradiesische Zustände also, die es im heutigen Mutterland Spanien nie gegeben hat.«

Das Frühstück wurde nicht mehr allzu lange ausgedehnt, weil Susan unbarmherzig zum Aufbruch drängte. Denn sie war sich durchaus der reizvollen Gefahr bewußt, von den noch sehr wachen Erinnerungen an die gemeinsam verbrachte Nacht wieder eingeholt zu werden und der Versuchung zu erliegen, ihr stets gefährdetes Pflichtgefühl einem erneuten Rausch der Sinne zu opfern. Bevor Mario nach allerlei geschickt inszenierten Verzögerungen endlich zum Gehen bereit war, zeigte sie ihm noch ihren *Lebensspiegel*, an dem sie nun gleich weiterarbeiten wollte. Die riesige, durch ein stabiles Lattengerüst abgesicherte Leinwand war in einem vom Tageslicht durchfluteten Nachbarraum aufgestellt, in dem ein früherer Direktor des stillgelegten Komplexes einst Seidenraupen gezüchtet hatte. Letztlich erfolglos, weil den sensiblen Tierchen die aus der näheren Umgebung herbeigeschafften Maulbeerbaumblätter nie so recht schmecken wollten.

Mario, an sich nur durchschnittlich an darstellender Kunst interessiert, wurde von dem nahezu fertiggestellten Projekt auf Anhieb tief beeindruckt. In verschiedensten Techniken ausgeführt, waren bereits mehr als dreihundert in sich abgeschlossene Bildsegmente entstanden, in denen, einem Tagebuch vergleichbar, unterschiedlichste Gefühle, Stimmungen und Beobachtungen der jungen Künstlerin dargestellt waren. Die Vielfalt ihrer Ausdrucksmöglichkeiten hatte sie mit sicherem Gespür den jeweiligen Themen angepaßt. Da grenzten kräftig in Öl gemalte Miniaturen an sensible kleine Aquarelle, pastellfarbene Temperabilder fügten sich zwischen Collagen und andere Mischtechniken ein, und hier und dort verbargen sich, wie ein Juwel, melancholisch-unaufdringliche

Rötelskizzen zwischen grell popfarbenen, plakativen Flächen. Anhand der wenigen noch freigelassenen Rechtecke war leicht nachzurechnen, daß die Arbeit in gut einer Woche abgeschlossen sein mußte.

Susan, ein wenig abseits stehend, hatte Marios erste Reaktionen still und mit Genugtuung beobachtet. Nun forderte sie ihn auf, sich langsam rückwärtsgehend immer weiter von der Leinwand zu entfernen, was er dann auch tat. Dabei vollzog sich etwas völlig Unerwartetes, ja geradezu Magisches. Während sich seine Distanz zu dem Bild allmählich vergrößerte, verloren die vielen in sich abgeschlossenen, voneinander isolierten Einzeldarstellungen schließlich ihre Eigenständigkeit und fügten sich vor dem Auge des Betrachters nach und nach zu immer neuen, größeren Motivgruppen zusammen. Nachdem er den weiten Raum staunend durchquert hatte und, mit dem Rücken an die gegenüberliegende Wand angelehnt, sichtlich verwirrt, ja ungläubig auf dieses merkwürdige Phänomen starrte, stellte er fest, daß sich nunmehr sämtliche Bildelemente zu einer einzigen Aussage vereint hatten. Weil er glaubte, Opfer einer Sinnestäuschung geworden zu sein, ging er danach zögernd wieder auf Susans *Lebensspiegel* zu, und das von ihm vage Vermutete trat dann auch tatsächlich ein. Wie in einem rückwärts ablaufenden Film bildete sich alles wieder in die vorherigen Zustände zurück, bis zuletzt die Ausgangssituation völlig wiederhergestellt war: Mario stand vor einer riesigen Malwand mit mehr als dreihundert Einzelmotiven!

»Das ist ja phantastisch, der reine Wahnsinn«, entfuhr es ihm. Ratlos, beinahe schon geängstigt, blickte er zu Susan hinüber. »Natürlich war dies alles nicht so geplant, das hätte wohl auch kaum funktioniert«, meinte sie verlegen. »Irgendwie hat sich alles ganz von selbst so ergeben. Erwarte daher keine Erklärungen von mir, ich kann sie dir nicht geben. Wie du stehe auch ich vor einem Rätsel, dessen eigener Schöpfer ich bin. Völlig absurd, nicht wahr? Stell dir vor, du legst dir nach eigenen Plänen ein Labyrinth an und verläufst dich anschließend darin! So etwa sehe ich meine Situation. In diesem Zusammenhang fällt mir übrigens ein, daß es nicht weit von hier, im Park der Villa Pisani bei Padua, noch einen solchen Irrgarten gibt, sehr gepflegt und gut erhalten. Du solltest ihn dir unbedingt mal ansehen. Am besten gelangt man mit dem Schiff dorthin, das direkt von Venedig aus zwei- oder dreimal in der Woche die Brenta befährt. Es legt gleich neben der Piazetta an.«

»Basta jetzt, und nun sofort raus hier!« munterte sie den immer noch völlig verstörten Mario burschikos auf. »Abschließend nur noch ein letztes Wort zu diesem Bild. Inzwischen habe ich bereits eine Menge von ihm gelernt, und manchmal denke ich sogar, daß ich es nur deswegen habe malen müssen, weil es mir bestimmte Gesetzmäßigkeiten und Geheimnisse anvertrauen will. Es scheint eine Art Symbol für unser Leben an sich zu werden, das sich im Laufe der Jahre aus unzähligen Einzelbegebenheiten unterschiedlichster Qualität allmählich aufbaut. Für sich allein gesehen bilden sie alle mehr oder weniger in sich abgeschlossene, also eigenständige Episoden. Sobald man sie jedoch aus einer gewissen Distanz betrachtet, ich meine jetzt natürlich eine zeitliche und nicht die räumliche, dann wachsen sie zu einem völlig neuen, einzigen Lebensbild zusammen. Einheit als Endsumme von Vielfalt, so könnte man es vielleicht am besten ausdrücken. Ich weiß, es klingt alles ein wenig pathetisch und geschraubt, aber mir fällt zur Zeit nichts Besseres dazu ein.«

»Sehen wir uns heute abend wieder?« wollte Mario beim Abschied von ihr wissen.

»Warum triffst du dich nicht mit Helena? Du weißt doch, morgen wird ihr Mann nach Venedig kommen, und vorher würde sie dich bestimmt gern noch einmal sehen. Ich laufe dir schließlich nicht weg. Außerdem, das muß ich zugeben«, fügte sie verschmitzt lächelnd hinzu, »würde ich dich gern für ein recht ungewöhnliches Experiment mißbrauchen.«

»Raus mit der Sprache!«

»Pablo hat mal behauptet, ein Mann käme eher in den Besitz des Tresorschlüssels der Schweizer Nationalbank, als daß er seine Hand zwischen Helenas Schenkel führen dürfe. Also?«

Mario war einigermaßen verblüfft, und das um so mehr, als er der sensiblen Susan derartige Überlegungen niemals zugetraut hätte. »Nach unserer gemeinsamen Nacht habe ich wenig Verständnis für deine äußerst merkwürdige Empfehlung«, reagierte er verärgert. »Außerdem müßtest du bereits längst gespürt haben, daß es zwischen Helena und mir ganz erheblich geknistert hat. Es wäre demnach von vornherein ziemlich klar, wie dieses Experiment ausgehen würde. Stört dich das eigentlich gar nicht?«

»Warum sollte es?«

»Ich bedeute dir also nichts!«

»Typische Reaktion eines Mannes, der in Gedanken bereits sein Revier abgesteckt hat und mit Selbstverständlichkeit davon ausgeht, daß ich damit einverstanden bin. Belasten wir uns nicht bereits jetzt mit derart überflüssigen Spielchen. Sie führen nämlich letztlich genau zu jenem Papageienkäfig, von dem ich vorhin erzählt habe. Ich möchte niemals darin sitzen! Vorhin hast du zwar Pablos Gedanken ziemlich pauschal als geistige Postwurfsendungen abgetan, aber hinter allem, was er mit seinem sicherlich gewöhnungsbedürftigen Zynismus garniert, verbergen sich Erfahrungen und Einsichten, die man zunächst einfach mal zulassen sollte.«

Die Schärfe und Entschiedenheit, mit denen sie ihr Plädoyer vortrug, überraschten und beeindruckten Mario. Daher hielt er es für vernünftig, den Dialog nicht weiter eskalieren zu lassen. Susan sah es offensichtlich genauso, denn sie umarmte ihn jetzt zärtlich. »Komm, mein bunter Vogel, schön brav Küßchen, Küßchen, und ab in die Lüfte! Morgen oder auch danach würde ich mich sehr über deinen Anruf freuen.«

Den restlichen Tag verbrachte Mario im Wechselbad seiner aufgewühlten Stimmungen, die ihn rastlos durch die Stadt trieben wie einen Hund, der von seinem Herrn ausgesetzt worden war. Mal verfiel er zweifelnd in kurze Phasen tiefster Depression, dann wieder steigerte er sich in derart euphorische Glücksgefühle hinein, daß er mitten auf der Straße zu singen oder zu hüpfen begann und an sich halten mußte, um nicht dem nächsten jungen Mädchen um den Hals zu fallen. So verging die Zeit bis zum Abend in jenem rauschartigen Zustand närrischer Verrücktheit, von dem nur ganz frisch Verliebte befallen werden können.

Gegen Abend ging er ins *Helvetia* zurück. Zusammen mit dem Zimmerschlüssel überreichte ihm der Portier Helenas Brief. »Für Sie, Signore. Er wurde letzte Nacht hier abgegeben, schien wohl außerordentlich dringend zu sein. Ich hoffe, daß es nichts Unangenehmes für Sie ist.« Mario dankte, ging hinauf in sein Zimmer, legte sich erst einmal aufs Bett und brachte ein wenig Ordnung in seine wirre Gedankenwelt. Danach las er die wenigen Zeilen, zunächst ohne große Emotionen. Zu sehr war er in Erinnerung an die zurückliegende Nacht noch auf Susan fixiert. Weil er zum Ruhen zu abgeschlagen war, Trägheit ihn andererseits daran hinderte, einen Entschluß zu fassen, ging er einige Minuten lang lustlos in seinem schmalen Touristenkäfig auf und ab. Schließlich griff er nochmals nach Helenas Brief, der wie eine stumme Versuchung auf dem kleinen Beistelltisch lag. Zweifellos, es war ein Angebot. Warum eigentlich sollte er sich nicht darauf einlassen? Hatte ihn doch Susan selbst erst vor wenigen Stunden geradezu ermuntert, also legitimiert, diesen Abend mit der schönen Schweizerin zu verbringen. Ihr schien also gleichgültig zu sein, wo und wie immer ein solches Rendezvous enden würde. Oder hatte ihm Susan vielleicht lediglich eine Falle gestellt, um gleich anfangs zu überprüfen, wie verläßlich er in gewisser Hinsicht sein würde? Verflucht, dachte er, welchem Glücklichen mag es jemals vergönnt sein, sich mit den Weibern auszukennen!

Währenddessen war der Mond voll geworden, die aufkommende Silberlichtnacht hatte Land wie Meer mit ihrem melancholischen Charme verzaubert. In den engen Höfen und Gärten vor Marios Fenster nistete noch die letzte Glut des ausgeklungenen Tages, und aus allen Ecken und Winkeln tönte das monotone Liebeswerben der Zikaden. Weniger aus wohlüberlegtem Beschluß, sondern vielmehr einem inzwischen erwachten, fordernden Trieb gehorchend, machte er sich nach letzten Bedenken auf den Weg zum Casino. Während des kurzen Spaziergangs entlang der Strandpromenade fand er Helenas Idee, sich zum Abschluß am Rouletetisch zu treffen, nicht nur sehr originell, sondern ihrer beider Situation durchaus angemessen. Dort, wo im schnellen Rhythmus allabendlich nicht nur über Verlust oder Gewinn, sondern gelegentlich sogar über Leben und Tod entschieden wurde, war jetzt ihr Spiel zu machen. Noch konnte er freilich nicht ahnen, welch schicksalhafte Bedeutung das häufig zitierte »Rien ne va plus!« der Croupiers schon bald für sie beide haben würde.

Er entdeckte Helena an einem der hinteren Spieltische, im eng umgrenzten, magischen Lichtkreis einer tief nach unten gezogenen Lampe. Sie trug ein körpernahes, ärmellos geschnittenes Kleid aus feingeripptem schwarzen Samt. Als einziges schlichtes Schmuckstück rahmte ein schmaler silberner Haarreif die Blässe ihres ernsten Gesichts. Sie wirkte müde, teilnahmslos, auch schien sie vor kurzem geweint zu haben. Ohne jede Nervosität, eher schon gelangweilt, spielte sie mit einem Stapel hochwertiger Jetons, die sie, ähnlich wie beim Mischen eines Kartenspiels, zwischen ihren schönen Händen immer wieder umschichtete. Vorsichtig, fast scheu und über viele kleine Umwege näherte sich Mario ihr allmählich durch das dichtgedrängte Publikum, bis er zuletzt direkt hinter Helena stand. Nach wie vor unbemerkt von ihr, wie er meinte.

Wegen irgendwelcher Differenzen zwischen dem Croupier und einem im Gesicht hochrot gefleckten, verzweifelt gestikulierenden Herrn, über die der Saalchef gerade entschied, war das Spiel für einen Moment unterbrochen worden. Der Schiedsspruch endete mit einem Hausverbot für den Gast, denn es schien sich herausgestellt zu haben, daß er noch schnell einen Chip plaziert hatte, nachdem die Kugel bereits ihre Endposition im Kessel erreicht hatte. Während er von zwei energischen, strammen Aufsichtspersonen in die Mitte genommen und hinausgeführt wurde, beklagte der Ertappte, durch dieses ihm zugefügte Unrecht nun für alle Zeiten erledigt zu sein. Daher bleibe ihm nichts als die Wahl, noch in dieser Nacht von der Welt gehen zu müssen. Trotz seiner drei noch unmündigen Kinder und einer schwerkranken Frau, wie er theatralisch hinzufügte.

»Faites vos jeux!« forderte der Croupier die Gäste gleich danach mit routinierter Gelassenheit wieder auf. Wie alle übrigen Anwesenden war auch er von diesem Zwischenfall völlig unberührt geblieben. Die Runde um das Tableau, die wegen der erzwungenen Pause bereits unter ernsten Entzugserscheinungen zu leiden schien und wie eine Meute nervöser Jagdhunde dem nächsten Einsatz entgegenfieberte, setzte hoch und leidenschaftlich, wohl um der aufgestauten

Sucht endlich Erleichterung zu verschaffen. Helena dagegen hielt sich zurück, pausierte auch während der folgenden Minuten und leerte unterdessen ihr Cocktailglas, aus dem sie mit sinnlich geschürzten Lippen nachdenklich eine giftgrüne Flüssigkeit in sich hineinsog. Danach beteiligte sie sich wieder, plazierte ihre Stücke allerdings derart wahllos, ja riskant, daß jeder am Tisch davon ausgehen mußte, sie wolle vorsätzlich und möglichst schnell ihr gesamtes Hab und Gut zum Teufel jagen. Als sich jedoch ihre Gewinne trotz allen Leichtsinns immer höher vor ihr auftürmten, von gelegentlichen kleinen Verlusten abgesehen, erweiterte Helena ihre ohnehin schon selbstmörderische Spielweise um immer groteskere Varianten. So setzte sie ganz bewußt immer höhere Summen auf genau jene Farbe, Zahl oder Kombinationen, die soeben gerade gewonnen hatten – und Fortuna belohnte sie nach wie vor noch großzügig für ihre Dreistigkeit! Zuletzt ging sie dazu über, nur noch *plein* zu spielen und mit dem höchstzulässigen Einsatz abwechselnd auf Zero oder Acht zu gehen. Allen bekannten Gesetzmäßigkeiten der Wahrscheinlichkeitsrechnung zum Trotz blieb sie weiterhin auf Erfolgskurs.

Inzwischen war das Unvorstellbare bis zu den anderen Tischen weitergetuschelt worden, und, als gelte es, an einer Marienerscheinung teilhaben zu dürfen, gruppierte sich schließlich ein dichter Kreis von Hasadeuren um Helena und das Tableau, an dem derart magische Dinge geschahen. Mit einer Mischung aus religiöser Andacht und neidischem Staunen verfolgten sie den weiteren Lauf der Kugel, die sich dem Willen einer geheimnisvollen Schönheit unterzuordnen schien. Bald schon versuchten erste Spekulanten von Helenas Glückssträhne zu profitieren. Nachdem sie zuvor den weiteren Verlauf der Dinge kritisch verfolgt und dabei vergeblich versucht hatten, einem geheimnisvollen Erfolgssystem auf die Spur zu kommen, gingen einige von ihnen einfach dazu über, ihre verwegene Spielweise zu kopieren. Sobald Helena das Spiel gemacht hatte, plazierten auch sie hohe Einsätze auf die von ihr favorisierte Zahl. Zur allgemeinen Überraschung ging diese simple Rechnung aber nicht auf, denn von nun entschied sich das Schicksal jedesmal für eine andere Zahl. So verloren die meisten dieser Trittbrettfahrer schnell hohe Summen und letztendlich auch die Lust daran, noch weiterhin mitzuhalten. Mehrere hatten sich für diesen Abend sogar ruiniert, und einer von ihnen, den es besonders hart getroffen hatte, verstieg sich halblaut zu allerlei düsteren Vermutungen. An diesem Tisch könne es keineswegs mit rechten Dingen zugehen, orakelte er, und es sei ein ungeheurer Skandal, daß der Saalchef nicht längst eingegriffen und dem Spuk ein Ende gemacht hätte. »Diese Frau da«, rief er dann laut in die belustigte Runde und wies dabei auf Helena, »steckt mit dem Teufel höchstpersönlich unter einer Decke! Wo sind wir denn hier eigentlich?« Danach wurde der enttäuschte Glücksritter von diskret herbeigeeilten Ordnungspersonen aus dem Saal geführt.

Helena schien diese burleske Einlage gar nicht wahrgenommen zu haben. In aller Ruhe widmete sie sich dem Problem, die hoch vor ihr aufgestapelten Jetons in einer billigen Falttasche aus Plastikfolie unterzubringen, die ihr eine Mitspielerin angeboten hatte. »Hier, nehmen Sie das«, sagte sie. »Gestern erst habe ich darin ein kleines Blumengesteck zum Grab meines Mannes getragen. Wie schnell sich doch die Verhältnisse im Leben manchmal ändern können.« Helena dankte der Frau mit einem freundlichen Nicken. Nachdem sie den größten Teil ihres Gewinns endlich untergebracht und die Tasche sich zu einer weit fortgeschrittenen Schwangerschaft ausgewölbt hatte, war ein ansehnlicher Rest ihrer reichlichen Ernte noch immer nicht verstaut. Nach kurzem Zögern deutete sie dem Croupier an, daß dieser »für die Angestellten« gedacht sei. Blitzschnell, mit artistischer Eleganz, brachte der Mann die Beute mit seinem Râteau in Sicherheit, beförderte sie in den Tronc und dankte danach emotionslos mit einer knappen Geste. Gerade so, als habe er lediglich Almosen kassiert. Dabei hätte man mit der verschenkten Summe sicherlich eine komfortable Weltreise finanzieren können. Die Umherstehenden, vor allem Verlierer und Geizhälse, verfolgten diese verschwenderische Geste mit Kopfschütteln und mißbilligendem Geraune.

Helena stand danach auf und ging, von Mario unauffällig gefolgt, zur Kasse, wo sie ihre Jetons in Schweizer Franken zurücktauschte. Angesichts der ungewöhnlich hohen Summe, die es auszuzahlen galt, nahm der edel livrierte Bedienstete Haltung an. Andächtig und mit jener tiefen Ergriffenheit, zu der Menschen eigentlich nur beim Anblick größerer Geldsummen oder während einer Prozession fähig sind, wickelte er das Geschäft fingerfertig und mit bigotter

Diskretion ab. Ein peinliches Ritual, das Banker überall auf der Welt dem Mammon zu schulden glauben.

Beim Hinausgehen endlich drehte sie sich nach Mario um, von dessen Anwesenheit sie freilich längst wußte. Waren doch die prunkvollen Räumlichkeiten des Casinos überall mit großen Spiegeln ausgestattet, in die man nur hineinzuschauen brauchte.

»Also doch du, wie schön eigentlich!« meinte sie nachdenklich, ging zögernd auf Mario zu und fiel ihm leise weinend in seine hilflos entgegengestreckten Arme. Sehr sanft, ein wenig taumelnd und orientierungslos, wie man es von großen Schneeflocken kennt. Sie schien stark angetrunken zu sein, hakte sich dann bei ihm ein und über einen längeren Umweg am Strand entlang kamen sie erst spät in der Nacht zum Hotel. An der Rezeption wurde ihr zunächst ein längeres Fax ausgehändigt, das sie, ohne erkennbar beeindruckt zu sein, flüchtig durchlas. Danach zerknüllte sie den dünnen Papierstreifen und beförderte ihn mit gut gezieltem Wurf in einen Abfallkorb hinter dem Tresen. Anschließend führte sie ein längeres, in leisem Tonfall gehaltenes Gespräch mit dem Portier, in dessen Verlauf der zuvorkommende Mann sein Bedauern über die von ihr erörterte Situation ausdrückte, indem er sich kopfschüttelnd mehrfach vor Helena verbeugte. Währenddessen genoß ihr Begleiter, ein wenig abseits an eine der roséfarbenen Marmorsäulen gelehnt und gelegentlich von dem Bediensteten kritisch ins Auge gefaßt, das luxuriöse Ambiente der ungewohnten Umgebung. Dann endlich, das Gespräch zwischen den beiden schien wenig Erfreuliches gebracht zu haben, wurde der Zimmerschlüssel ausgehändigt, und die Nachtschwärmer entfernten sich gemeinsam. Der verständnisvolle Blick des Portiers begleitete sie wohlwollend, bis beide im Halbdunkel hinter dem ersten Treppenabsatz verschwanden. Mamma mia, dachte der Mann bei sich, wie so oft in all den Jahren habe ich schon derart ungleiche Pärchen verliebt nach oben gehen sehen. Warten wir mal ab, wie sie morgen wieder nach unten kommen.

In ihrem Zimmer schleuderte Helena als erstes ihre mit Banknoten prall gefüllte Tasche achtlos aufs Bett, öffnete danach die Flügeltür zum Balkon, riß die Vorhänge energisch beiseite und ging zunächst längere Zeit nachdenklich auf und ab. Ihre Suite war geschmackvoll, großzügig, aber ohne Übertreibungen im Stil der Belle Epoque eingerichtet. Mario hatte sich, angelehnt an einen zierlichen Schreibsekretär, in die äußerste Ecke des weitläufigen Raumes zurückgezogen. Völlig im ungewissen darüber, wie sich ihr weiteres Zusammensein wohl entwickeln würde, folgte er den Bewegungen dieser rätselhaften Frau. Sie erinnerte ihn an gekäfigte Raubkatzen im Zoo, die, von tausend Gitterstäben umstellt, endlich zum befreienden Sprung bereit sein möchten.

Nach endlosen Momenten bedrückenden Schweigens hatte es den Anschein, daß in Helena ein Entschluß herangereift war. Sie wirkte auf einmal gewandelt, um vieles gelöster, fast heiter, ging dann zum Telefon und gab beim Service eine Bestellung auf. Wenig später schon servierte ihnen der Nachtkellner im edel angebeulten Kühler, auf den die feuchtschwüle Nacht einen Mantel aus matt schimmernden

Wasserperlen gehaucht hatte, die georderte Flasche Champagner. Dazu drei Gläser auf einem ovalen Silbertablett. Sie wies ihn an, einzuschenken, wonach er sich leise wieder zurückzog.

»Nun komm schon«, meinte Helena dann aufmunternd und ging mit dem Tablett auf Mario zu. »Laß uns zusammen darauf anstoßen. Wenn ich schon fremdgehe, zum ersten Mal in meinem Leben, dann soll es ein Fest werden! Außerdem«, sie blickte auf ihre Armbanduhr, »ich bin gerade fünfzig geworden.«

»Aha, gratuliere«, sagte Mario, dem so schnell wirklich nichts Gescheiteres einfiel. »Aber warum hast du für drei Personen einschenken lassen, erwartest du etwa noch einen Überraschungsgast, wie man es aus ermüdenden Talkshows kennt?« Ihre Antwort bestand darin, daß sie einen der Sektkelche aufnahm, damit zum geöffneten Fenster ging und ihn hinaus in die Nacht schleuderte. Gedämpft zerklirrte er auf dem Kies eines Gartenweges.

»Ein Glas zuviel, ein Mann zuwenig«, meinte sie dann lakonisch und schien sich über ihren Einfall zu amüsieren. »Es war für Konstantin gedacht. Selbstverständlich nur symbolisch, denn der Herr hat abgesagt, für immer, wenn man so will. In allerletzter Minute und mit sehr lieben, einschmeichelnden Worten. Das war stets eine Spezialität von ihm. Verstehst du jetzt? Also keine Ängste, wir werden ganz für uns bleiben, den langen Rest dieser nur noch kurzen Nacht, die schon bald vorbei sein wird. Wenn ich nicht irre, dann habe ich unten im Garten bereits die erste Amsel gehört.«

Mario hatte vorerst Schwierigkeiten damit, sich auf

eine Situation einzustellen, in der ihn Helena mit bisher völlig unbekannten Facetten ihres ohnehin schon rätselhaften Charakters konfrontierte. Nun gut, dachte er, zwar mußte sie nach wie vor als angetrunken gelten, aber trotzdem: Was für ein Stück ging hier eigentlich über die Bühne, und welche Rolle war ihm darin zugedacht? Inszenierte sie eine Komödie oder etwa ein Drama? Wollte sie ihm eine Falle stellen, oder ging es um ein erotisches Scheingefecht, um irgendeine Laune von ihr?

»Du hast vorhin eine phantastische Summe gewonnen«, bemerkte Mario. Er sagte es nur so dahin, sehr sachlich, um das Schweigen zu brechen.

»Du kennst doch den Spruch: Glück im Spiel ... – Übrigens, du kannst das Geld gerne haben, denn ich werde es nicht mehr brauchen.« Damit ging sie zum Bett, zerrte das sperrige Notenbündel aus ihrer Handtasche und reichte es Mario. Da dieser beide Hände hinter seinem Rücken verschränkte und trotz ihres Zuredens in dieser abwehrenden Haltung verharrte, deponierte sie das kleine Vermögen schließlich neben ihm auf dem Sekretär.

»Du hast also kein Glück in der Liebe?« fragte Mario vorsichtig nach.

»Mag sein, vielleicht auch nicht. Es läuft auf die Frage hinaus, wie man diese Begriffe für sich selbst definiert. Auf jeden Fall waren wir mal sehr verliebt und anfangs natürlich auch total verrückt nacheinander, was sicherlich zweierlei Paar Schuhe sind. Heute achte ich Konstantin und er mich wohl auch, für vieles werde ich ihm immer sehr dankbar sein. Inzwischen habe ich mich daran gewöhnt, mit schönen Erinnerungen zu leben, die uns für immer miteinander verbinden. Wie heißt es doch so sinnig: Wenn der Klee bitter schmeckt, dann frißt der Hase auch Gras! Was früher einmal zwischen uns war, liegt jedenfalls längst auf der Intensivstation. Das wird noch so lange gutgehen, bis einer von uns die Apparate abschaltet, die Schläuche kappt. Aber was soll's, jede Liebe flieht wohl irgendwann mal ins Exil, muß scheitern. Es fragt sich nur, auf welchem Niveau. Heute haben wir unser Zusammenleben weitgehend auf wirklich nette Handy- und Mailboxkontakte reduziert, denn mein Mann ist viel unterwegs. Gefühle haben Schweigepflicht. Im übrigen«, fügte sie unüberhörbar verbittert hinzu, »lebe ich in einer sehr komfortablen Vollkaskobeziehung. Jedes nur denkbare Risiko ist abgedeckt, von einer gewissen Selbstbeteiligung allerdings abgesehen.«

»Worin besteht sie?«

»Bei emotionalen Schadensfällen bin ich natürlich Selbstzahler. Das kann ja wohl auch nicht anders sein.«

»Woran stirbt eine Liebe?«

»Schwer zu sagen, in aller Regel jedenfalls nicht an den sogenannten großen Themen, wozu ich etwa weltanschauliche Differenzen zähle. Nein, die Banalitäten des Alltäglichen sind es, die den Menschen zu schaffen machen. Hinzu kommt in vielen Beziehungen das Problem der ständigen Nähe und die lächerliche Angst davor, sie verlieren zu können. Ich glaube, daß es vor allem darum gehen muß, zwischen unseren ständig sich abwechselnden Bedürfnissen nach Nähe und Distanz eine gute Balance zu halten, was außerordentlich schwierig ist. Wird jedoch die eine oder andere Seite überbetont, wie man es bei nahezu allen Partnerschaften beobachten kann, dann ist das Scheitern vorprogrammiert.« Helena machte jetzt eine Pause und schien nachdenklich zu überprüfen, inwieweit sie ihren eigenen Äußerungen trauen mochte. Längeres Schweigen. In einem traurigen Tonfall fügte sie dann hinzu, nachdem sie mit ihren schönen Händen eine Geste von Hilflosigkeit und Resignation in die Stille gestellt hatte: »Aber wer weiß schon etwas Genaues über all diese Dinge? Vielleicht besteht die Kunst des Zusammenlebens schlicht und einfach nur darin, mit einem liebgewordenen Irrtum möglichst lange glücklich sein zu können.«

»Wie stirbt eine Liebe?«

»Sehr langsam und im Anfang völlig unauffällig«, begann sie nach einem Moment des Nachdenkens. »Die ersten Anzeichen nimmt man selten ernst. Zum Beispiel werden die Küsse morgens und abends allmählich immer flüchtiger. Schließlich empfindet man sie sogar als unangenehm und verzichtet schließlich ganz auf sie. Ähnlich ist es mit Berührungen und anderen Zärtlichkeiten, die eines Tages als unerwünschte Belästigungen empfunden, dann vermieden und zuletzt abgewehrt werden. Etwa so, wie man nach einer Fliege schlägt, die sich einem ständig ins Gesicht setzen will, während man gemütlich entspannt im Sessel sitzt, liest und nicht gestört werden möchte. Vor einigen Jahren zum Beispiel habe ich zufällig einmal im Spiegel beobachtet, wie sich Konstantin hastig und leicht angeekelt mit dem Handrücken über seinen Mund wischte, nachdem wir uns leidenschaftlich

– wie ich meinte! – eine Weile lang geküßt hatten. Das war ein ungeheurer Schock für mich. Als mein Mann später gegangen war, zerschlug ich den Spiegel und bestrafte ihn dafür, daß er mir die Wahrheit gesagt hatte.«

Pause. Dann fuhr sie fort: »Wenn man die Liebe zwischen Menschen mit zwei dünnwandigen Sektkelchen vergleicht, dann bekamen unsere damals einen feinen Sprung. Zwar taugen sie nach wie vor dazu, um aus ihnen zu trinken. Aber wenn man sie aneinander stößt, dann ergibt es keinen hellen, klaren Klang mehr. Wenn eine Liebe stirbt, dann ist es ähnlich wie bei Krebs. Erst in der Endphase wird einem bewußt, daß nichts mehr zu retten ist – aus und für immer vorbei! Ich will hier zwar keine Schuld verteilen, aber der kometenhafte berufliche Aufstieg meines Mannes hat sicherlich viel zu unserer Entfremdung beigetragen. Vor allem auch die Thematik, mit der er sich beschäftigt. Wenn ein Wissenschaftler immer mehr dem Wahn verfällt, den allerletzten Lebensgeheimnissen dicht auf der Spur zu sein, dann steht er irgendwann an einem schicksalhaften Scheideweg. Entweder wird der Betreffende demütig, weil er begreift, daß alles Existierende Ausdruck eines genial vollkommenen schöpferischen Plans ist, den man zwar bewundernd akzeptieren, jedoch nicht nachbessern sollte. Andernfalls, wenn sein eitles, durch Erfolge inzwischen aufgeblasenes Ego diese Haltung nicht mehr zulassen kann, wird er der Versuchung erliegen, sich zum Nebenschöpfer aufzuspielen. Mein Gefühl sagt mir, daß die Menschheit inzwischen auf eine wissenschaftlich abgesicherte Erkenntniskatastrophe zusteuert, um es einmal sehr zynisch auszudrücken. Ich mag mich irren – hoffentlich!«

»Du scheinst sehr religiös zu sein?«

»Ich bin es in letzter Zeit erst geworden, früher war ich katholisch.«

»Den Unterschied verstehe ich nicht!«

»Sehr einfach. Alle Konfessionen, und zwar ohne jede Ausnahme, sind von Menschen errichtete Unterdrückungssysteme, mit dem Ziel, die Gläubigen für sehr durchschaubare eigennützige Machtspiele zu mißbrauchen. Das funktioniert nach einem ebenso einfachen wie wirkungsvollen Prinzip. Man nutzt und schürt unsere Angst vor dem Sterben und täuscht vor, über jene Zeit, die möglicherweise danach kommen mag, irgend etwas Tröstliches zu wissen. In Wahrheit jedoch weiß man, von recht abenteuerlichen Phantasien und Hypothesen einmal abgesehen, absolut gar nichts. Gäbe es weder Tod noch Leid und unsere dadurch entstehende Furcht, dann könnten alle Priester für immer ihren Hut nehmen. Das Gefährliche an Konfessionen und ähnlichen Systemen ist, daß sie den Suchenden eine vorgedachte, dogmatische Ideologie liefern und erwarten, daß diese kritiklos akzeptiert, also geglaubt wird. Will man jedoch religiös werden, was für mich bedeutet, den wahren Mysterien unserer Existenz wenigstens einen kleinen Schritt weit näherzukommen, dann muß man sich von der geistigen Bevormundung durch die Kirchen befreien. Religiosität ist nun mal ohne innere Freiheit nicht möglich. Jede Konfession aber ist ein Glaubens- und Gedankengefängnis.«

»Wo du derart viel Schatten siehst«, wandte Mario

ein, »da müßte es nach allen Naturgesetzen auch ein großes Licht geben!« Ihm kam diese theologische Diskussion eher ungelegen, jedenfalls zu dieser Nachtstunde, die er weitaus lieber und möglichst gleich mit sehr viel weltlicheren Themen ausgefüllt hätte.

»Natürlich gab und gibt es dieses Licht, von dem du sprichst, und allein schon Venedig mit seinen Kirchen und Kunstschätzen ist ein Beispiel dafür. Denn fast alles, was hier in Jahrhunderten entstand, ist auch Ausdruck einer konfessionell gebundenen Religiosität. Andererseits sollten wir uns nach zweitausend Jahren Christentum endlich offen eingestehen, daß im Namen Gottes weltweit mindestens fünfzig Millionen Menschen auf grausamste Weise umgebracht wurden. Den größten Holocaust aller Zeiten richtete demnach die Kirche an. Die Jahrtausendwende wäre daher ein guter Anlaß gewesen, in einer zentralen Feier der Opfer des Christentums zu gedenken. Am besten in Rom vor der Peterskirche oder auf dem Campo dei Fiori, wo die Inquisitoren den Philosophen Giordano Bruno öffentlich verbrannten, weil er sich mutig und mit Recht gegen eine Irrlehre der Kirchenlehre stellte.«

Helena schwieg erschöpft, ihr schlanker Hals war flammendrot und fleckig angelaufen. Danach längeres Schweigen zwischen den beiden, ab und zu stießen sie auf ihre Sprachlosigkeit an. In kurzen Abständen leerte Helena hastig Glas um Glas, wodurch sie widersprüchlicherweise allmählich wieder völlig nüchtern wurde, jedenfalls hatte es den Anschein. Eine zweite Flasche Champagner wurde geordert und bald darauf eine weitere. Und irgendwann mußte jener Satz fallen, der stets dann als letzte taktische Waffe zum Einsatz kommt, wenn Verliebte alle inneren Widerstände und Zweifel längst aufgegeben haben und inzwischen nur noch danach fiebern, sich bedingungslos ihren Sehnsüchten hingeben zu dürfen: »Es ist wohl besser«, sagte Helena trocken, »wenn du jetzt endlich gehst.«

»Und falls ich bleibe?«

»Das werden wir schon sehen!« Damit ging sie zur Tür, öffnete sie einen schmalen Spalt weit und forderte ihn mit einer nahezu überzeugenden Geste auf, den Raum zu verlassen. Aber Mario blieb und wollte bleiben, was er dadurch unterstrich, daß er es sich in einem Sessel bequem machte und eine Zigarette anzündete. Die erste seit seiner Ankunft in Venedig; denn eigentlich hatte er die Reise mit dem Vorsatz verknüpft, dem Nikotin wieder einmal ade zu sagen.

»Gewonnen, jedenfalls fürs erste. Respekt, Respekt!« lobte ihn Helena anerkennend und begann damit, sich ihm langsam in immer enger gezogenen Kreisen zu nähern, bis sie schließlich direkt vor ihm stand.

»Zieh mich jetzt bitte aus! Wer ein Feuer entzündet, der muß es auch löschen!« forderte sie. Es klang wie ein Befehl, sehr selbstbewußt und entschlossen. Dabei war völlig klar, daß sie lediglich versuchte, letzte Bedenken und Unsicherheiten hinter diesem betont forschen Auftreten zu verbergen. Auch ging es ihr darum, die Situation in ein Ritual einzukleiden und sie dadurch in gewisser Weise zu heiligen und letztlich zu legitimieren.

»Eva hat Adam verführt, nicht umgekehrt«, konterte Mario, dem das Spiel gefiel.

»Sieh mal einer an, dem Herrn fehlt es wohl an Mut, vielleicht sogar an Erfahrung? Dabei hätte ich wetten mögen, daß du mit Herausforderungen wie dieser nicht die geringsten Schwierigkeiten haben würdest. Wie man sich doch irren kann. Vielleicht sollten wir dich erst einmal in eine Männergruppe schicken, damit du mental ein wenig aufgebaut wirst«, empfahl sie ihm.

Mario ging auf ihren Spott nicht ein. »Du möchtest also lieber Opfer als Täter sein?«

»Beides abwechselnd und auch zugleich. Allerdings muß einer von uns die Partie eröffnen und den ersten Zug machen, so ist das nun mal bei jedem Spiel!«

»Vorsicht, ich bin ein Versager, und ein schlechter Verlierer obendrein«, warnte er.

»Das macht die Angelegenheit um so reizvoller. Ich bin nämlich mit einem Erfolgsmenschen verheiratet und liebe Kontraste. Also?«

Da stand sie nun vor ihm, diese hochkarätige Venusfalle, und er wartete begierig darauf, hineinzutappen. Aber wie wohl am besten? Hatte er doch mit Frauen vom Typ Helena noch keinerlei Erfahrungen machen können, vom Altersunterschied einmal ganz abgesehen. Und natürlich war da auch diese verdammte Männerangst vor einem Fehlstart, die ihn noch immer ein wenig zögern ließ.

It's now or never, dachte er, machte sich Mut damit, stand auf, ging auf sie zu und mit einer längeren, immer fester klammernden Umarmung gewöhnten sie ihre Körper allmählich aneinander. Das uralte Menschheitsspiel nahm seinen Lauf. Anfängliche Abwehr verwandelte sich zu Hingabe, letzte Ängste wurden Opfer ihrer erwachenden Lüsternheit. Danach erste Küsse. Anfangs äußerst behutsam, ja zögernd vortastend, als könnten sie sich gegenseitig verletzen, schon bald jedoch immer fordernder und leidenschaftlicher. Helenas Lippen waren fest und doch anschmiegsam, wie er es liebte, und blühten nach und nach immer üppiger zu einer blaß veilchenfarbenen Versuchung auf. Verführerischer, ja lüsterner konnte sich durch Begierde bekehrte Keuschheit kaum darstellen.

Mario führte nun seine Hände, mit denen er bisher ihren Kopf zärtlich umfaßt hatte, über ihren Rücken, ertastete dort die Knopfleiste ihres Kleides und öffnete sie, wobei ihm Helena durch aufmunternde Gesten entgegenkam. Nachdem er ihr das Oberteil über beide Schultern gestreift hatte, trat sie einen Schritt von ihm zurück und entledigte sich der edlen Hülle durch geschickte Schwingungen ihrer Hüften. Leise raschelnd glitt sie an ihrem schlanken Körper nach unten auf den Boden.

Wie so ganz anders als zu Haus liebt es sich doch im Hotel, und noch dazu beim ersten Mal mit einem fremden jungen Mann, dachte Helena, nachdem sich beide ausgiebig benascht und mit phantasievollen Spielen fürs erste erschöpft hatten. Er hielt ein Knie noch immer sanft zwischen ihre Oberschenkel gedrückt, sie umklammerte ihn wie ein spätes Geschenk, das es festzuhalten galt, wenn auch vielleicht nur für den kurzen Rest dieser einmaligen Nacht. Während in ihren entspannten Körpern die vorerst gestillte Leidenschaft noch hin und wieder nachbebte, küßten und streichelten sie sich allmählich müde und schliefen dann für eine Weile ein. Als Mario nach kurzem Tiefschlaf wieder zu sich kam und nach ihr sah, lag Helena bereits wieder wach. Mit Augen, geheimnisvoll wie dunkle Schattenteiche, blickte sie ihn stumm forschend an. Sie wirkte sehr entspannt, aber ernst. Nach einer Weile richtete sie sich im Bett auf und erbat sich eine Zigarette von ihm. Dieses Bedürfnis entsprach zwar in keiner Weise ihren üblichen Gewohnheiten, rauchte sie doch allenfalls bei gesellschaftlichen Anlässen und nur dann, wenn man sie zudringlich darum gebeten hatte. Aber gelegentlich gab es schon mal gewisse Stimmungen, in denen ihr eine Zigarette half, Gedanken und Gefühle besser zu ordnen.

»Worüber denkst du nach?« Mario spürte, daß sie nach Rechtfertigungen suchte, um die entstandene Situation voll bejahen und genießen zu können, anstatt ihr mit Schuldgefühlen ausgeliefert zu sein.

»Ich bin nicht etwa spießig, nein, überhaupt nicht. Auch geht es nicht darum, daß ich gerade mit einem anderen Mann geschlafen habe, übrigens zum ersten Mal in meinem Leben. Eigentlich hätte ich es schon längst tun sollen.« Nachdenklich zögernd versuchte Helena nun, ihren sehr komplexen inneren Konflikt, für den sie selbst vor fünfundzwanzig Jahren die Voraussetzungen geschaffen hatte, mit möglichst treffenden Worten und Bildern zu beschreiben. »Es ist nun mal so«, begann sie etwas unsicher, »eine abgefeuerte Kugel fängt man nie wieder ein, völlig in Ordnung! Danach bleiben dann allerdings diese beiden Fragen zurück: Warum hast du geschossen, und wen wolltest du treffen? Im Grunde genommen liegen die Dinge sehr einfach, ich habe mich selbst getroffen, weil ich wortbrüchig geworden bin.«

»Wenn ich dich richtig verstehe, dann hast du also deinem Mann irgendwann mal, vor vielen Jahren wahrscheinlich, das Versprechen gegeben ...«

»Falsch gedacht! Konstantin habe ich in dieser Hinsicht niemals etwas versprochen. Es geht um etwas völlig anderes, wahrscheinlich kannst du es nicht verstehen. Auf unserer Hochzeitsreise, vor genau fünfundzwanzig Jahren, in diesem Hotel, im selben Zimmer und Bett sogar, habe ich ausschließlich mir selbst das stille Versprechen gegeben, meinen Mann niemals zu betrügen. Natürlich gab es eine Reihe sehr unterschiedlicher Gründe dafür. Ausschlaggebend jedoch waren Erfahrungen, die mich schon während meiner Kindheit und Jugend immer wieder sehr erschreckt haben. Nach und nach wurde mir nämlich schmerzlich bewußt, daß es im Leben überhaupt nichts Dauerhaftes gibt. Auf jeder Ebene, wohin du auch siehst, findest du ausschließlich Instabilität und den ständigen Wechsel.«

»Das ist nun mal ein Naturgesetz, und es macht wenig Sinn, dagegen anzurennen.«

»Akzeptiert, und genau genommen machen ja die ständigen Veränderungen unser Dasein überhaupt erst interessant. Aber damals hatte ich nun mal die fixe Idee, in meinem Leben müsse es wenigstens einen einzigen, absolut verläßlichen Pol geben. Weil man anderen Menschen und den sogenannten Umständen erfahrungsgemäß wenig vertrauen kann, vermittelte dieses mir selbst gegebene Versprechen die Illusion, von nun an und für alle Zeiten gäbe es für mich etwas unangreifbar Beständiges, absolut Verläßliches auf dieser Welt. Da nur ich allein und niemand sonst das erwähnte Versprechen gefährden oder gar brechen konnte und ich mich selbstherrlich für den ersehnten Fels in der Brandung hielt, hatte ich mir damit eine winzige Insel von Ewigkeit erschaffen. Natürlich war das alles eine Selbsttäuschung, wie sich sehr schnell herausstellen mußte, aber das konnte ich mir lange Zeit nicht eingestehen. Vielmehr verrannte ich mich hartnäckig und immer verbissener in den Irrtum, meine Insel existiere nach wie vor, obwohl sie längst untergegangen war. Inzwischen weiß ich, wie gefährlich und destruktiv es ist, sich mit unsinnigen Gelübden zu foltern, die keinerlei Bezug zur Wahrheit haben. Der Zölibat ist ein Beispiel dafür, wohin es führen kann, wenn man sich einer lebensfremden Idee verpflichtet. Nach meinen Erfahrungen müssen auch Versprechen, die man sich selbst gegeben hat und die man für heilig hält, unter gewissen Umständen gebrochen werden. Nur um einem toten Prinzip zu dienen, habe ich viele Jahre vertan. Letzten Endes unglücklich, total blockiert, aber stets ungeheuer stolz darauf, mir selbst treu geblieben zu sein.«

Helena war inzwischen aufgestanden, zur offenen Balkontür gegangen und blickte hinaus. Voll, fast behäbig, hing der Mond dicht über dem Horizont, geheimnisvoll umschleiert von einem Chiffontuch aus Dunstfäden, die der aufkommende neue Tag zu spinnen begann. Morgenmüde schwappte die Meeresdünung leise klatschend an Land, wo sich das auflaufende Wasser im sandigen Grund des Strandes schnell wieder verlor. Als ihr schließlich kühl wurde, verschwand Helena fröstelnd für einen Moment im Bad, kam anschließend zurück zu Mario ins Bett und kuschelte sich an.

»Eigentlich müßte ich Konstantin dankbar dafür sein, daß er im letzten Moment absagte«, nahm sie das unterbrochene Gespräch wieder auf. »Damit hat er mir immerhin jene Waffe zugespielt, mit der ich mich endlich befreien konnte: Rache aufgrund tiefer Enttäuschung, eine äußerst explosive Mischung!«

»Er ist sicherlich ein ziemlich erfolgreicher Geschäftsmann?«

»Viel schlimmer, Wissenschaftler, noch dazu Humangenetiker. Wenn alles nach Plan verläuft, wie bisher immer in seinem Leben, dann wird man ihn demnächst im Pantheon der Nobelpreisträger begrüßen.«

»Na toll, was gibt es daran auszusetzen?«

»Die meisten hochkarätigen Wissenschaftler sind Kind gebliebene, autistische Egozentriker. Einseitig auf eine glänzende internationale Karriere fixiert, forschen sie hemmungslos drauflos, stülpen sich gegenseitig Ehrendoktorhüte auf ihre schlauen Köpfe oder lassen sich bei ihren Symposien die nächste Verdienstmedaille umhängen. Vor krankhaftem Ehrgeiz und aus Sucht nach öffentlicher Anerkennung verdrängen viele von ihnen völlig, daß sie für alle denkbaren Folgen ihrer an sich bewundernswerten Leistungen eigentlich die volle Verantwortung übernehmen müßten. Weil aber ein noch halbwegs funktionierendes Gewissen den edlen Erkenntnisdrang nur behindern würde, leisten sich immer weniger Forscher den Luxus dieser Kontrollinstanz. Vor allem die Genetiker spielen erschreckend unbekümmert Schach mit den

Elementarteilchen des Lebens, etwa so, wie sich Kleinkinder mit Legosteinen oder Bauklötzen ihre eigene Welt zusammensetzen. In ihrem Machtrausch erheben sie sich zu Titanen und meinen, die Schöpfung durch Eingriffe korrigieren, also verbessern zu müssen. Mit Pflanzen- und Tierexperimenten hat alles einmal angefangen, inzwischen ist längst der Mensch zum Mittelpunkt ihrer intellektuellen Pokerspiele geworden. Genau betrachtet ist doch die Humangenetik in vielen Bereichen nichts anderes als eine ethisch aufgewertete Form des Rassismus. Vieles daran erinnert mich sehr an die Vorstellungen der Nazis mit ihren Ordensburgen. Was aus bestimmten Gründen nicht sein darf oder soll, wird einfach weggezüchtet und durch andere, wünschenswertere Eigenschaften ergänzt. Ja, wir stehen am Beginn eines rassistischen Zeitalters von gigantischen Ausmaßen, und niemand begreift wirklich, was sich da bereits in aller Stille unter dem Deckmäntelchen edlen Forscherdranges getan hat. Keine Massendemonstrationen gegen eine entmenschlichte Welt aus der Retorte, keine weltweiten Proteste von jenen selbsternannten Moralaposteln, die sich sonst bei jeder Gelegenheit lautstark zu Wort melden, keine Lichterketten für mehr Verantwortung im Umgang mit diesem Thema – nichts dergleichen! Bei ihren gefährlichen Spielchen haben die Wissenschaftler inzwischen jeglichen Kontakt zu den wirklich entscheidenden Fragestellungen verloren.«

»Welche wären es deiner Meinung nach?«

»Macht es denn einen Sinn«, erregte sie sich, »den Menschen, wie die gesamte Schöpfung, immer exakter als das Zusammenspiel bestimmter physikalischchemischer Faktoren zu definieren, um sich letztlich eingestehen zu müssen, den eigentlichen Geheimnissen unserer Existenz keinen einzigen Schritt nähergekommen zu sein? Was ist eigentlich Liebe, habe ich Konstantin kürzlich gefragt. Was ist Glück, Zufriedenheit? Gibt es einen Gott? Und der Tod, kannst du ihn mir beschreiben, außer vielleicht durch abstrakte chemische Formeln? Das alles interessiert mich durchaus. Er aber hat nur mit den Achseln gezuckt, schien sogar verwundert, fast erschreckt darüber zu sein, weil ich über so etwas nachdenke. Glücks- und Liebesgefühle, meinte er dann, seien möglicherweise die Folge eines momentanen Realitätsverlustes, dessen Ursache man selbstverständlich auch irgendwann genetisch begründen könne. Das sind doch erschreckend ärmliche Einsichten auf dem Höhepunkt einer erfolgreichen wissenschaftlichen Laufbahn, findest du nicht auch?«

Mario war an einer weiteren Vertiefung dieser Themen wenig gelegen, jedenfalls für den Moment. In Helenas unmittelbarer Nähe, zumal mit zärtlichem Hautkontakt zu ihrem von neuem aufglühenden Körper, schien es ihm mehr als absurd zu sein, noch länger über die sogenannten letzten Dinge des Lebens nachzudenken. Sein Interesse galt vielmehr der Frage, wie sich die Kopflastigkeit ihres Gesprächs wohl am geschicktesten wieder ins Gegenteil umkehren ließe.

»Du denkst entschieden zu viel nach«, bemängelte er und fügte faunisch hinzu: »Vor allem der Zeitpunkt ist schlecht gewählt.« Damit zog er sie erneut zu sich heran, und gerade so, als habe sie längst darauf gewartet, kam sie ihm in jeder Weise entgegen, und gemeinsam genossen sie das seltene Glück des Augenblicks. Temperamentvoller als zuvor pflückten sie sich ihre Küsse wie Blüten von den Lippen, tauschten neu erfundene Zärtlichkeiten aus, gefielen sich abwechselnd als Wolf oder Lamm, bedienten, forderten und verwöhnten sich, verschmolzen immer wieder für Bruchteile von Sekunden miteinander, bis sie zuletzt völlig erschöpft in jenes kostbare Alleinsein zurückfielen, aus dem der Mensch sich stets nur für kurze Glücksmomente befreien kann.

Irgendwann gegen Morgen wurde Mario durch Geräusche aufgeschreckt, die ihm nicht vertraut waren. Für einen Moment glaubte er, es sei jemand bei ihnen im Zimmer, dann wieder schien es so, als ob nebenan vorsichtig herumgetastet würde. War vielleicht Helenas Mann überraschend angekommen? Aber dann hielt er alles für eine Täuschung, die wohl auf seine ungewohnte Umgebung zurückgeführt werden konnte, und sein anfänglicher Impuls, der Sache auf den Grund gehen zu wollen, wurde bereits kurz darauf von jenem Bedürfnis nach absoluter Teilnahmslosigkeit erstickt, der selig Berauschte hartnäckig daran hindern kann, sich einer realen Situation zu stellen. Bevor er danach schnell wieder einschlief, tastete er noch liebevoll nach Helenas Körper. Weil dieser sich ungewöhnlich kühl anfühlte, deckte er seine Geliebte, die teilweise völlig entblößt neben ihm lag, fürsorglich zu.

Die Sonne stand bereits hoch und heiter über Meer und Inseln, als Mario durch wiederholtes diskretes Klopfen an die Tür erwachte. Er warf sich ein großes Badehandtuch über, öffnete und stellte erleichtert fest, daß lediglich das Frühstück serviert werden sollte, übrigens vom selben Kellner, der sie in der Nacht zuvor mehrfach mit Champagner verwöhnt hatte.

Er wies ihn an, den Teewagen gleich im Flur abzustellen. Danach entschädigte er den Mann, dem nach prüfenden Blicken durch die halb geöffnete Zimmertür eine gewisse Mißbilligung anzusehen war, mit einem großzügig bemessenen Trinkgeld. Einigermaßen versöhnt entfernte er sich unter halbherzigen Verbeugungen, war jedoch schon kurz darauf zurück, um Mario noch ein üppig arrangiertes Blumengesteck aus weißen Lilien und frischen Palmenblättern zu überreichen. »Für die Signora natürlich, unser heutiges Geburtstagskind! Professore Schuler hat den Strauß für sie bestellt.« Und dann, beim Hinausgehen, drehte sich der Bedienstete noch einmal um und fügte fast feindselig hinzu: »Übrigens ein sehr achtenswerter Herr, der Professore! Gerade eben habe ich in den Nachrichten gehört, daß er einen Nobelpreis bekommen soll.«

Zurück im Zimmer stellte Mario fest, daß Helena keineswegs so ruhig dalag, weil sie schlief. Seine Geliebte *konnte* sich nicht mehr bewegen; sie war nicht mehr unter den Lebenden. Er setzte sich zu ihr auf die Bettkante, ergriff dann ungläubig zögernd ihre bereits kühle, aber noch nicht erstarrte Hand. So blieb er für eine Weile bei der Toten. Völlig emotionslos zunächst, jedoch zutiefst verwundert und nachdenklich forschte er in ihren entseelten Augen vergeblich nach einer Antwort oder Botschaft, versuchte immer wieder verzweifelt, sich an Einzelheiten der zurückliegenden Nacht zu erinnern. Zwar drängten sich ihm im schnellen Wechsel wirre Bildsequenzen auf, bedrohliche ebenso wie solche von erhabener Schönheit, aber er war nicht in der Lage, aus diesen Bruchstücken der Erinnerung eine klare Vorstellung von dem Geschehenen zusammenzufügen. So verstrichen endlose Sekunden oder Minuten, vielleicht war es sogar eine Stunde oder mehr – er vermochte es nicht zu beurteilen; denn die Zeit schien eingestürzt zu sein.

Allmählich entließ ihn der Schock aus seiner Umklammerung. Entsetzen fiel danach über ihn her und füllte ihn aus bis an den Rand seines Bewußtseins. Jetzt erst wurde ihm wirklich klar, daß Helena tot war. »Ja, sie ist tot«, sagte er mehrmals laut vor sich hin, gerade so, als bedürfe ausgerechnet der Tod, das Endgültigste von allem, einer solchen Bestätigung. Trotzdem überkam ihn plötzlich die Vorstellung oder auch Hoffnung, Helena müsse nach wie vor im Zimmer anwesend sein. Irgendwie, irgendwo, wer konnte das wissen? Immerhin, da lag sie doch, sogar schöner und gegenwärtiger denn je, wie er fand. Sollte sie dennoch auf alle Zeiten unerreichbar für ihn bleiben? Einfach weg? Empört sträubte sich Mario mit all seinen Gefühlen gegen das unfaßbar Absolute, rebellierte gegen das Gesetz von Leben und Tod. So, wie das nur Menschen tun können, die bisher keine Erfahrungen mit dem Sterben gemacht hatten.

Er sprang auf, schloß hastig die hohe Flügeltür zum Balkon sowie zwei weitere halb geöffnete Fenster und setzte sich danach wieder zu Helena. Erwartungsvoll blickte er ihr eine Weile lang ins Gesicht, in der Hoffnung, dort noch letzte Anzeichen für verbliebenes Leben entdecken zu können. »Falls du immer noch hier sein solltest«, sprach er die Leblose an, »dann kannst du jetzt noch zurück. Bitte!« Nachdem er diesen Satz mehrfach wiederholt hatte, eindringlich wie ein flehend Betender, wurde ihm die Lächerlichkeit seiner verzweifelten Bemühungen schließlich bewußt. Die nüchterne Erkenntnis, daß er nunmehr zu schnellem Handeln aufgefordert war, setzte sich durch.

Zunächst schob er den Körper der Toten behutsam in die Mitte des breiten Bettes und schloß danach Helenas Augen, was gerade noch so eben gelang, denn erste Anzeichen der einsetzenden Leichenstarre machten sich im Kopfbereich der Verstorbenen bereits bemerkbar. Anschließend richtete er ihre Hände und Arme am schlanken Körper aus, bedeckte sie liebevoll mit dem Oberbett, das hier und da leichte Blutspuren aufwies, und schmückte die Leiche zuletzt mit jenen Lilien und Palmenzweigen, die Konstantin seiner Frau zum fünfzigsten Geburtstag, der gleichzeitig beider Hochzeitstag war, zugedacht hatte. Danach kleidete er sich rasch an, nahm das Geldbündel an sich und verließ den Raum.

Aus Kriminalfilmen und Romanen war Mario geläufig, daß große Hotels stets über verborgene Wendeltreppen und Nebenausgänge verfügen, man mußte sich nur auskennen. Am Westende des endlos langen Flures wurde er schließlich fündig. Hinter einer unauffälligen, schmalen Tür führte eine enge Treppe hinab ins Parterre, und im Anschluß daran gelangte er, ohne Aufsehen zu erregen, über eine außen am Gebäude angebrachte, bequeme Feuerleiter neben der Freiterrasse des Restaurants in die Gartenanlagen.

Wenige Minuten später war er zurück im *Helvetia,* trug eilig seine wenigen Sachen zusammen, packte, zahlte und verließ das Hotel. Mit einem Taxiboot ließ er sich nach San Marco übersetzen.

7. Kapitel

Helenas Leiche wurde erst am frühen Abend von einer Bediensteten entdeckt, die routinemäßig von Zimmer zu Zimmer ging, um überall noch einmal nach dem Rechten zu sehen und dabei die Betten der Gäste aufzuschlagen. Von Panik ergriffen, stürzte die junge Frau kreischend nach unten in die Empfangshalle, wurde jedoch nicht sofort zum Direktor vorgelassen, weil sie unfähig war, sich zusammenhängend und glaubhaft über ihre Entdeckung zu äußern. So hielt man ihren dramatischen Auftritt für einen hysterischen Anfall, dessen Opfer sie, aus welchen Gründen auch immer, geworden war. Nun, das würde bald wieder vorübergehen. Da man jedoch befürchtete, daß jene heiter-festlich gestimmte Hochzeitsgesellschaft irritiert werden könnte, die sich kurz zuvor in der *Colony Bar* um perlende Champagnergläser und edelste Cocktails gruppiert hatte, führte man die immer noch wirr Schreiende in einen entlegenen Personalraum. Unter der Wirkung eines starken Beruhigungsmittels, das man nach hastigem Suchen in einem schlecht sortierten, nahezu schon ausgeplünderten Arzneimittelschrank fand, kam die Frau allmählich zur Besinnung und konnte dann eine Schilderung des schrecklichen Ereignisses geben.

In Begleitung zweier Kollegen von der Spurensicherung, des Polizeiarztes und seines engsten Mitarbeiters Ernesto Guardi traf Benedetti wenig später auf dem Lido ein. Wie immer bei derartigen Vorkommnissen bestand er darauf, bis auf weiteres mit dem Opfer allein gelassen zu werden. Trotz dieser Anweisung folgte ihm zunächst der zitternd erregte und um absolute Diskretion bemühte Hoteldirektor, der ihn ununterbrochen mit der absolut sinnlosen Frage nervte, ob man ihm denn irgendwie dabei helfen könne, diese äußerst peinliche Angelegenheit, womit er natürlich die Leiche meinte, möglichst unauffällig und elegant aus der Welt zu schaffen.

»Am wirkungsvollsten können Sie mir im Moment helfen«, beschied ihm der Commissario schroff, »indem Sie sich möglichst schnell wieder nach unten begeben.« Wie zuvor auch seine Kollegen wies er ihn unmißverständlich an, sich vorläufig strikt aus der Angelegenheit herauszuhalten. Diese Art des Vorgehens zählte zu seinen sehr persönlichen Eigenheiten, die, weil allgemein unüblich, nicht sonderlich beliebt waren. So wie eigentlich jedes menschliche Verhalten auf eine gewisse Ablehnung, ja Feindschaft stößt, wenn es nicht dem Geschmack der Mehrheit entspricht.

Im Zimmer der Toten öffnete der Commissario umgehend alle Fenster, denn der welkend sterbende Lilienstrauß hatte mit seinem verströmenden Duft den Raum bis zu jener Intensität hin angefüllt, wo angenehme Empfindungen in Ekel umschlagen müssen. Hinzu kam, daß die Klimaanlage wohl seit vielen Stunden außer Betrieb war. So hatte sich, als Folge eines strahlenden Sonnentages, die Hitze in der Abgeschlossenheit einnisten können, und für empfindliche Nasen waren bereits erste feinste Spuren jenes bittersüßen Geruchs auszumachen, mit dem Verstorbene sich von der Welt zu verabschieden pflegen. Benedetti nahm in einem der Sessel Platz und ließ, ohne sein Interesse auf irgend etwas Bestimmtes zu richten, die Umgebung zunächst eine Weile lang auf sich einwirken. Diese Art und Weise, sich auf eine neue berufliche Herausforderung einzustimmen, nannte er *meditatives Ermitteln.* Manchmal kamen ihm dabei Visionen über den möglichen Hergang einer Tat, die sich anschließend in der einen oder anderen Weise verwerten ließen. Er war der Überzeugung, daß gewisse Ereignisse, wie etwa der Tod, sich über das Atmosphärische jenes Ortes mitteilen können, an dem sie gerade stattgefunden hatten. Vorausgesetzt freilich, man verfügte über entsprechend sensitive Antennen, um die feinen, noch irgendwie anwesenden Signale auffangen und richtig bewerten zu können. Daher haßte er das seiner Meinung nach plumpe Vorgehen fast aller seiner Kollegen. Am Tatort angekommen, begannen sie umgehend mit ihren hektischen, zumeist unüberlegten Recherchen, zerstörten dadurch wichtige Beweismittel oder übersahen sie, standen einander wichtigtuerisch im Wege und wurden dadurch selbst zum größten Hindernis für eine schnelle Aufklärung.

Nachdem sich Benedetti von der stummen und

dennoch zu ihm sprechenden Situation hatte inspirieren lassen, machte er einen kurzen Rundgang durch alle Räume. Hier wie dort fiel ihm Bedeutsames auf. Meist waren es zwar nur Nebensächlichkeiten, die andere in ihrem Ermittlungseifer gar nicht wahrgenommen hätten, aber der Commissario hatte im Laufe seiner Berufsjahre immer wieder die Erfahrung gemacht, daß vor allem die sehr leisen und kaum wahrnehmbaren Signale dem Suchenden dabei halfen, sich aus den Irrwegen eines Labyrinths zu befreien. In diesem Zusammenhang erregte auch eine achtlos zerknüllte Eintrittskarte zum Spielcasino sein Interesse. Sie war mit einem Datumsstempel für die vergangene Nacht versehen. Hatte die Signora etwa riskant gesetzt und hoch verloren? Natürlich konnte es auch genau umgekehrt gelaufen sein, und sie war als glückliche Gewinnerin ins Hotel zurückgekommen, möglicherweise in Begleitung eines Mannes, der sich dann beim Anblick ihres Geldsegens zu einer Dummheit mit Todesfolge hatte verleiten lassen. So etwas sollte ja schon irgendwo mal vorgekommen sein. Nun, diese Fragen würden sich noch am leichtesten beantworten lassen.

Auch einer eleganten Umhängetasche von Louis Vuitton widmete Benedetti seine Aufmerksamkeit. Er fand sie unter einem der Sessel, halb geöffnet, ganz offensichtlich in aller Eile durchsucht und anschließend achtlos weggeschleudert. Eine erste Inspektion ihres Inhalts verlief eher enttäuschend: die üblichen Familienfotos aus sogenannten glücklicheren Zeiten, ein Notizbuch voller Telefonnummern, Schminkutensilien, mehrere Sicherheitsschlüssel, Nasenspray sowie einige weitere Belanglosigkeiten. Interessant allein schien dem Commissario ein großformatiger brauner Briefumschlag mit verstärkter Rückwand zu sein. Jemand mußte ihn ohne Sorgfalt aufgerissen haben, allem Anschein nach in Hast. Er war ohne Inhalt, jedoch bereits frankiert und mit der Adresse einer Zürcher Anwaltskanzlei versehen. Benedetti nahm ihn an sich, wie auch das Notizbuch und ein Foto der Verstorbenen. Es zeigte sie an eine sterbende Zypresse gelehnt, die sich wie ein Ausrufungszeichen in den tiefblauen Sommerhimmel einer südlichen Landschaft emporreckte.

Auf einem Beistelltischchen, das seiner Aufmerksamkeit bisher entgangen war, fand Benedetti noch ein aufgeschlagenes Taschenbuch. Es handelte sich um eine gekürzte Ausgabe von Casanovas Autobiographie, die ein deutscher Taschenbuchverlag zum zweihundertsten Todestag des genialen venezianischen Abenteurers und Bonvivants unter dem Titel *Mein Leben* herausgebracht hatte. Eine Weile lang blätterte er aufmerksam in dem Buch, wobei sein Interesse auf einige Textstellen gelenkt wurde, die jemand mit Bleistift temperamentvoll angestrichen hatte. Schmunzeln mußte er zunächst über eine Passage, in der sich der stets am Abgrund des Scheiterns jonglierende Casanova einst unverblümt, wie es wohl stets seine Art gewesen war, über den Berufsstand der Anwälte und Mediziner äußerte: *Man behauptete, ich könne mein Glück nur machen, wenn ich Advokat und, was noch schlimmer ist, geistiger Advokat werde, weil man fand, ich hätte die Gabe der Rede. Aber das Prozessieren bringt mehr Familien an den Bettelstab, als es ernährt, und die Menschen, die von Ärzten um-*

gebracht werden, sind viel zahlreicher als diejenigen, die genesen. Notwendiger Schluß ist also, daß die Welt weit weniger unglücklich wäre ohne diese beiden Sippschaften. Einige Seiten weiter zitierte er mit einem mehrfach unterstrichenen Satz den Römer Seneca: *Jeder Geist, der sich um Zukünftiges sorgt, ist unglücklich.*

Während sich Benedetti durch diese und ähnlich zeitlose Einsichten des verblichenen Frauenheldes und Universalgenies auf geistreiche Art amüsiert fand, regten ihn andere seiner Reflexionen eher zum Nachdenken an: ... *denn ein Mensch im vorgerückten Alter kommt zu nichts mehr, weil das Glück ihn übersieht*, hieß es da nicht ohne Bitterkeit. Und an einer anderen Stelle argwöhnte Casanova: *Ich glaube, daß der größte Teil der Menschheit stirbt, ohne je nachgedacht zu haben.* Recht hat er wohl, dachte der Commissario und blätterte noch eine Weile lang in dem Buch herum. Im Zusammenhang mit dem mysteriösen Todesfall, den er aufzuklären hatte, schien ihm ein Ausspruch Casanovas von besonderer Bedeutung zu sein, den jemand mit rotem Filzstift auffällig eingekreist hatte: *Der Verstand hat keinen größeren Feind als das Herz!* Und rechts auf dem Seitenrand hatte ein Leser, wahrscheinlich Helena, die Umkehrung dieser Einsicht als Anmerkung hinzugefügt: *Das Herz hat keinen größeren Feind als den Verstand!*

Zuletzt sah sich Benedetti auch im luxuriös ausgestatteten Bad um, wo seine Aufmerksamkeit vor allem einem halb geleerten Wasserglas galt, auf dessen Grund sich ein hauchdünner, milchiger Film abgesetzt hatte. Sein ganz besonderes Interesse aber entzündete sich an jenen zwei Worten, die jemand mit blutrotem Lippenstift und offensichtlich zittriger Hand diagonal über eine der jadefarbenen Kacheln geschrieben hatte: *Ciao, Casanova!* Möglicherweise handelte es sich um einen letzten Abschiedsgruß, den die Tote ihrem geheimnisvollen letzten Gast zugedacht haben mochte. Eine derartige Geste machte allerdings nur dann Sinn, wenn die Schweizerin davon ausgegangen war, daß sie ihren Liebhaber am Morgen danach nicht wiedersehen würde – aus welchen Gründen auch immer.

Abschließend blieb der Commissario für eine Weile nachdenklich neben Helena stehen. Seltsam, dachte er beim Anblick der Lilienpracht, daß diese Blume im Christentum schon immer als ein Symbol für jene vollkommene und reine Liebe verehrt wurde, die es nur in der Vereinigung von Gott und Mensch geben könne. Mit einer Mischung aus Faszination und Betroffenheit nahm er danach von der schönen Frau Abschied, der er noch wenige Tage zuvor im Atelier des Malers zufällig begegnet war. Selten war ihm der Tod so schattenlos, fast heiter entgegengetreten wie hier. Mit Dankbarkeit und Genugtuung vermerkte er, daß Helena außerordentlich entspannt gestorben sein mußte. Noch nie hatte er eine derart glücklich erschöpfte Leiche gesehen.

Er ging zum Telefon, um seine Kollegen heraufzurufen. »Vieles weist darauf hin«, begann er ihnen zu erläutern, »daß Frau Schuler eines natürlichen, wenn auch unüblichen Todes gestorben ist, womit allerdings noch nichts über die Todesursache an sich ausgesagt ist. Die Klärung dieses meiner Ansicht nach eher nebensächlichen Punktes dürfte unserem Medico keine großen Schwierigkeiten bereiten. Wirklich interessant scheint mir dagegen die Frage zu sein, unter welchen Begleitbedingungen es zu diesem tragischen Ereignis kam. Es gibt zahlreiche, sehr eindeutige Hinweise dafür, wonach die Schweizerin ihre letzte Nacht nicht allein verbracht hat. Näheres wird eine Untersuchung der Leiche ergeben. Ferner scheint festzustehen«, Benedetti deutete auf die geleerten Champagnerflaschen, »daß man in fröhlicher, also gewaltfreier Stimmung zusammen war. Nichts, aber auch gar nichts weist auf irgendeine Auseinandersetzung hin. Ferner muß sich Frau Schulers nächtlicher Gast, dessen Identität ich auf jeden Fall schnellstens geklärt haben möchte, an diesem Vorfall hier weitgehend unschuldig fühlen. Er hat nämlich, wovon Sie sich selbst überzeugen können, in keiner Weise versucht, die reichlich hinterlassenen Spuren zu vertuschen. Was sein Alter und Aussehen betrifft, denke ich an einen ansehnlich gestalteten jungen Mann, so um die fünfundzwanzig.«

»Warum eigentlich kein Fünfundvierzigjähriger?« wandte Dottor Morelli ein. Der als eitel bekannte Polizeiarzt störte sich durchaus daran, daß Männern seiner Altersklasse gewisse Abenteuer offensichtlich nicht mehr zugetraut wurden.

»So glücklich und entspannt wie in diesem Fall«, entgegnete ihm Benedetti, »sterben Frauen nur in den Armen eines noch recht jugendlichen Liebhabers. Mit dieser Einschätzung möchte ich aber Ihre persönlichen Qualitäten keineswegs angezweifelt haben!«

»Sie haben natürlich mal wieder recht«, räumte Morelli ein, »wo der Gatte beginnt, da endet der Held!«

Alle mußten nun herzlich lachen, was angesichts der Tatsache, daß man sich um das Bett einer Toten gruppiert hatte, von den Anwesenden als peinlich empfunden wurde. Bevor sich der Commissario dann verabschiedete, wies er jedem seiner Kollegen exakt definierte Aufgabenbereiche zu, um das übliche Gerangel um Kompetenzen und den damit verbundenen Leerlauf von vornherein auf ein Minimum zu begrenzen. Und er machte deutlich, daß ihm vor allem an der schnellen Klärung einiger weniger Schlüsselfragen gelegen war. Welcher Art waren die Rückstände in dem Glas auf der Toilette? Was hatte es mit der Eintrittskarte zum Spielkasino auf sich, die er auf Helenas Nachttisch gefunden hatte, und welche Zigarettenmarke war am Abend zuvor geraucht worden? Nach den Resten im Aschenbecher zu urteilen, mußte es sich um eine filterlose, oval geformte Sorte handeln, die seines Wissens in Italien nicht im Handel war. Ferner ging es ihm darum, wann und unter welchen Umständen der imposante, fast noch schnittfrische Lilienstrauß aufs Zimmer gekommen war und wo sich Professor Schuler zu dem Zeitpunkt aufgehalten hatte, als seine Frau gestorben sein mußte.

Während der Commissario anschließend den Raum verließ, winkte er Morelli noch einmal zu sich heran. »Selbstverständlich benötigen wir auch den genetischen Fingerabdruck des nächtlichen Liebhabers«, ordnete er mit gedämpfter Stimme an. »Sicherlich wissen Sie, was ich damit meine ...«

»Fingerabdruck ist gut gesagt, geht schon in Ordnung.« Der Dottore grinste unverschämt, verkniff sich jedoch weitere Bemerkungen, weil er wußte, daß Benedetti auf Anzüglichkeiten jeglicher Art äußerst heftig reagieren konnte.

Unten, im Büro der Hoteldirektion, gab es anschließend noch ein längeres Gespräch mit den leitenden Angestellten, zu dem auch der Nachtportier, der Zimmerkellner und jenes Zimmermädchen hinzugezogen wurden, das Helena tot aufgefunden hatte. Alle wurden auf strengste Verschwiegenheit eingeschworen, vor allem was die Identität der Verstorbenen betraf. Schließlich ging es darum, einen soeben mit dem Nobelpreis ausgezeichneten Wissenschaftler vor der Meute sensationslüsterner Reporter zu schützen, die sich zweifellos wie ein Schwarm ausgehungerter Piranhas auf die delikate Affäre stürzen würden. Benedetti legte daher fest, daß er sich persönlich darum bemühen werde, den Ehemann der Toten mit dem bedauernswerten Vorfall vertraut zu machen. Zu diesem Zweck vertraute ihm der Hoteldirektor mehrere Telefonnummern an, unter denen der Professore möglicherweise erreicht werden konnte.

Im Verlauf der weiteren Erörterungen kamen zwar noch einige nützliche Details und Hinweise zur Sprache, aber merkwürdigerweise konnten weder der Portier noch sein Kollege vom Service, jene beiden Angestellten also, die als einzige Helenas Begleiter gesehen haben mußten, eine verwertbare Beschreibung von dem geheimnisvollen nächtlichen Galan geben. So mußte sich Benedetti zunächst mit der sehr allgemein gehaltenen Aussage begnügen, wonach Helena ihre letzte Nacht in Begleitung eines gutaussehenden, wahrscheinlich jüngeren Mannes verbracht haben mußte, der auf beide Augenzeugen einen durchaus sympathischen, eher zurückhaltenden Eindruck gemacht hatte.

»In gewissen delikaten Situationen verfügt unser geschultes Personal über die Fähigkeit, trotz aller gebotenen Aufmerksamkeit über bestimmte Gegebenheiten hinwegsehen zu können«, versuchte der Hoteldirektor dieses Defizit an Information umständlich zu entschuldigen. »Begreifen Sie bitte die unerhörte Peinlichkeit dieses Vorfalls! Familie Schuler kommt, wie schon die Eltern des Ehepaares, seit mehr als einem Vierteljahrhundert regelmäßig jedes Jahr in unser Haus. Zum ersten Mal übrigens, wenn ich mich recht erinnere, im Sommer 1970. Seinerzeit filmte Visconti hier im *Les Bains* Thomas Manns Novelle ›Der Tod in Venedig‹. Und stellen Sie sich vor, der große Regisseur wurde während der Dreharbeiten zufällig auf die unerhört attraktive, damals noch unverheiratete Helena aufmerksam und fügte speziell für sie mehrere kurze Szenen in den Film ein. Und nun dieses schreckliche Ende, ich kann es immer noch nicht fassen!«

»In der Tat eine ebenso tragische wie ungewöhnliche Geschichte«, gestand der Commissario nachdenklich. »Ich werde mir Viscontis Film daraufhin noch einmal ansehen, gelegentlich wiederholt das Fernsehen ihn ja. Im Moment wäre mir allerdings mehr damit gedient gewesen, wenn mir Ihre Angestellten mit etwas mehr Offenheit entgegenkommen könnten, bei allem Respekt vor dem gesellschaftlichen Status der Verstorbenen. Schweigen löst keine Probleme, vielmehr vergrößert es sie aller Erfahrung nach.«

Auf der Überfahrt nach San Marco sann der Commissario nochmals darüber nach, welche Bedeutung er diesem *Ciao, Casanova!* beimessen sollte. Hatte hier wirklich jemand bewußt vom Leben Abschied genommen, oder war dieser Gruß lediglich Ausdruck einer momentanen Stimmung, der keine allzu große Bedeutung zukam? Nun, man würde sehen. Zurück im Büro, widmete er sich zunächst der wenig reizvollen Aufgabe, sich seiner Pflicht als Botschafter des Todes zu entledigen. Nachdem er sich einen Moment lang gedanklich darauf eingestimmt hatte, mit welchen Worten die traurige Nachricht wohl am schonendsten zu übermitteln sei, griff er zum Telefonhörer und erwischte den Wissenschaftler ohne weitere Umstände auf dessen persönlicher Handynummer, die er Helenas Notizbuch entnommen hatte. Der Wissenschaftler meldete sich mit einer angenehm jugendlichen Stimme, heiter, aufgekratzt, ja beinahe jovial. Deutlich war herauszuhören, daß er sich aufgrund der ihm kurz zuvor erwiesenen Ehrung in allerbester Laune befand. Um so schwerer fiel es Benedetti anfangs, ihn mit den Ereignissen der letzten Nacht vertraut zu machen. Nachdem er dezent einfühlsam, wenn auch ohne den peinlichen Tonfall von professionellen Grabrednern, das Notwendige mit knappen Worten geschildert hatte, entstand eine längere Pause. Als der Commissario schon meinte, die Verbindung sei aus irgendwelchen Gründen unterbrochen worden, lebte das Gespräch endlich wieder auf. Erschreckend emotionslos bedankte sich der frischgebackene Witwer bei ihm für die übermittelte Information, wie er sich ausdrückte, und bat darum, die Überführung der Leiche nach Zürich zu veranlassen, sobald dies nach Abschluß der üblichen Formalitäten möglich sei. Im übrigen müsse er das Gespräch für den Moment leider beenden, wegen einer internationalen Pressekonferenz, aber selbstverständlich sollte man weiterhin engen Kontakt miteinander halten.

Während Benedetti anschließend nachdenklich zwei säurebindende Magentabletten zerkaute, um ein spontan aufgetretenes Sodbrennen in den Griff zu bekommen, schleppte sich Mario fußmüde, erschöpft und ohne konkrete Zielvorstellungen durch die engen Gassen, denen zur frühen Abendstunde noch einmal der Schweiß ausbrach. Den Tag hatte er vor allem mit Nachdenken verbracht, um sich Klarheit über die entstandene Situation und ihre möglichen Folgen zu verschaffen. Noch längst war ihm nicht wirklich greifbar, was in der verhängnisvollen Nacht mit Helena eigentlich geschehen war, als sie gemeinsam in jene Grenzbereiche der Leidenschaften taumelten, wo die Urtrennung zwischen dem Ich und Du, zwischen Mann und Frau, für kurze Glücksmomente aufgehoben zu sein schien. Ebenfalls war ihm rätselhaft, warum das Schicksal ausgerechnet ihn in ein Geschehen verstrickt hatte, aus dessen Fängen er sich nun nun möglichst umgehend wieder befreien mußte.

Bis in den späten Nachmittag hinein drückte er sich in entlegenen Vierteln herum, vor allem auf Santa Croce, wo es noch mäßig belebte Gassen und stille Campiellos mit Bänken im Schatten gab. Gegen Abend dann, bei einsetzender Dunkelheit, strich er eine Weile lang unentschlossen durch die weite Eingangshalle des Bahnhofs, so wie man es von Fremden kennt, die Heimweh nach einem lieben Menschen haben. Die Versuchung, sich einfach in einem der abfahrenden Fernzüge davonzumachen, war verlokkend. Jedoch der Wunsch, Susan um jeden Preis wiederzusehen, beherrschte ihn so mächtig, daß er sich endgültig zum Bleiben entschloß. Warum auch, dachte er trotzig, sollte ich eigentlich fliehen?

Als Mario kurz darauf von dem Verdacht geängstigt wurde, durch irgendeine Auffälligkeit das Interesse zweier Polizisten erregt zu haben, mischte er sich unter eine gerade ankommende größere Reisegesellschaft und gelangte in ihrem Schutz zum Fondamente San Lucia. Dort löste er sich wieder aus der Gruppe, folgte danach absichtslos mal diesem oder jenem Impuls und gelangte so zufällig ins ehemalige Judenviertel. Auf dem Campo del Ghetto Nuovo sah er sich zunächst ein wenig um. Hohe Häuserfronten, eine Mischung aus wenig gepflegter älterer Bausubstanz und Wohnhäusern neueren Datums, vermittelten ihm den Eindruck einer eher freudlosen, kaum belebten Enklave. Dem Auge des Venedigtouristen, das durch den Anblick erhabener Kunstschätze und architektonischer Meisterwerke längst verwöhnt und anspruchsvoll geworden war, bot sich hier nichts Spektakuläres. Allenfalls kamen immer mal wieder vereinzelte Besucher oder kleinere Reisegruppen hierher, um eine der fünf noch existierenden Synagogen zu besichtigen, auf der Suche nach Spuren, die von der Geschichte nahezu völlig verweht worden waren.

Mario schlenderte langsam über den fast menschenleeren Platz, hinüber zu dessen Nordseite, wo eine schlichte Mahnwand eindrucksvoll an das Schicksal der Juden erinnerte. Fast siebenhundert Jahre lang hatten sie, zusammen mit den übrigen Bürgern der Stadt, in einer merkwürdigen Symbiose gelebt. Mal schlecht, mal recht, aber zu keiner Zeit ernsthaft in ihrer Existenz bedroht. Zwar beargwöhnte man sie stets ihrer eigenwilligen Lebensweise und religiösen Rituale wegen, achtete und bewunderte jedoch andererseits, wie sie das Gedeihen der Serenissima zu allen Zeiten durch Handel, kulturelle Impulse und handwerklichen Fleiß nachhaltig gefördert hatten. Vor allem aber ihrem Talent zur Geldvermehrung war es zu verdanken, daß sie immer wieder vor Ausweisung und Verfolgung geschützt blieben. Nicht selten hatte Venedig in Kriegs- und Notzeiten sogar auf die finanzielle Unterstützung seiner Juden zurückgreifen müssen, die bis zum Jahr 1797, als Napoleon die Stadt besetzte, den ihnen zugewiesenen Wohnbezirk nur tagsüber verlassen durften, außer an christlichen Feiertagen. Der Korse hob als erster den Ghettozwang auf und ließ alle Tore einschlagen, durch die das jüdische Viertel nachts vom übrigen Venedig getrennt war. Erst als die Nazis kamen, wurde das in Jahrhunderten ausbalancierte Miteinander von Christen und Juden brutal beendet. Gemeinsam mit italienischen Faschisten durchkämmten Deutsche das Ghetto am 17. August 1944, trieben seine Bewohner zusammen und schafften sie weg.

Nachdenklich betrachtete Mario eine Weile lang jenes Relief, auf dem dargestellt war, wie die damals Deportierten, entkräftet und verschreckt aneinandergedrängt, aus überfüllten Güterwaggons herausquollen, direkt in die Arme jener Schergen, von denen sie mit drohend angelegten Gewehren bereits erwartet wurden. Während er noch betroffen darüber nachsann, was die Völker seit jener Zeit wohl dazugelernt haben mochten, trat ein älterer Herr zu ihm. Mit der Bemerkung, daß sie wohl Landsleute seien, drängte er sich als Gesprächspartner auf. »Prinzipiell halte ich zwar nicht viel von derartigen Versuchen, die Menschen bessern zu wollen«, begann er und wies mit einer eher mißbilligenden Handbewegung auf das Relief. »Denn während wir hier der Opfer von gestern gedenken, treibt man die Lämmer von morgen und übermorgen bereits wieder zu den Schlachtbänken. Andererseits«, fügte er dann fast versöhnlich hinzu, »die Venezianer haben sich immerhin um eine Lösung bemüht, mit der man einverstanden sein kann. Leise, schlicht und ohne Pathos wird hier einer schlimmen Zeit gedacht. Wie sind denn Ihre Ansichten dazu, wenn ich mal fragen darf?«

Schweigend zuckte Mario mit den Schultern, als könne er die ihm lästige Frage dadurch abschütteln. Es war ihm zuwider, auch noch im Urlaub mit einem Thema konfrontiert zu werden, das man seiner Meinung nach durch ständige, geradezu professionell angelegte Vermarktungsstrategien längst derartig mißbraucht hatte, daß er inzwischen fast allergisch auf jeden Versuch reagierte, Betroffenheit in ihm auslösen zu wollen. »Ich möchte Ihnen grundsätzlich zustimmen«, begann er vorsichtig, »es ist hier in der Tat sehr beeindruckend und ganz ohne Peinlichkeiten gelungen, an ein dunkles Kapitel jüngster Geschichte zu erinnern. Aber ehrlich gesagt habe ich Schwierigkeiten damit, mich tagtäglich mit dem Leid dieser Welt auseinandersetzen zu müssen. Wohin man auch sieht, ständig werden überall einzelne Menschen oder gewisse Gruppen umgebracht, verfolgt, diskriminiert und benachteiligt. Zu allen Zeiten war das so, nichts wird sich in Zukunft daran ändern. Halten Sie mich bitte nicht für oberflächlich, gleichgültig oder übertrieben egoistisch, aber noch bin ich zu jung, um ständig das Elend dieser Erde bejammern zu mögen. Zunächst will ich ohne Gewissensbisse die schönen Aspekte des Lebens genießen. Seine Schattenseiten werde ich sicherlich noch früher als erwünscht zur Kenntnis nehmen müssen. Und wenn ich abschließend noch einmal kurz auf Ihre Frage von vorhin zurückkommen darf«, meinte Mario, indem er sich erneut dem Relief zuwandte, »ich finde, daß wir in Deutschland einiges davon lernen könnten.«

»Wie meinen Sie das?«

»Schauen Sie doch bitte mal nach Berlin, wo ja auch ein Mahnmal errichtet werden soll. Seit mehr als zehn Jahren wird nun schon in einer unerträglich beschämenden Dauerdiskussion darum gestritten, wie man wohl am repräsentativsten und der Würde unserer neuen Bundeshauptstadt angemessen der Judenverfolgung gedenken könne. Erst waren die Nazis perfekt im Töten, jetzt wollen wir unangreifbar gründlich und für jeden überzeugend im Gedenken sein. Die neurotische Angst unserer Politiker, bei der Verwirklichung dieses seit langem überfälligen Projektes auch nur den geringsten Fehler zu machen und dadurch irgendeine Gruppierung zu empören, wird alle Initiativen noch für längere Zeit lähmen. Einigkeit scheint es bis heute nur in einem Punkt zu geben: Das geplante Mahnmal muß möglichst gigantische Ausmaße haben, eine Weltgedenkstättenattraktion sozusagen, was natürlich auch dem Fremdenverkehr nützen würde. Sicherlich gibt es bereits jetzt genug Leute in unserer neuen Hauptstadt, die auf einen profitablen Gedenkstättentourismus spekulieren. Unser Hang zum Perfektionismus war schon zu allen Zeiten beängstigend, und jetzt, in Berlin, kann er sich wieder einmal nach Herzenslust austoben. Sie werden später noch mal an unser Gespräch hier denken«, ereiferte sich Mario nun immer heftiger. »Wir Deutschen werden aller Welt vormachen, wie eine Stätte der Besinnung und inneren Einkehr auszusehen hat. Auf jeden Fall überdimensional, vielleicht sogar mit integrierter Tiefgarage, behindertengerecht und selbstverständlich auch ökologisch vertretbar. Fehlt nur noch, daß man McDonald's gestattet, auf dem Gelände ein Restaurant zu errichten, in dem koschere Hamburger verkauft werden dürfen. Im übrigen graut es mir bereits heute vor den bigotten Reden der Politiker, die am Tage der Einweihung gehalten werden!«

»Entschuldigen Sie mich jetzt bitte, junger Mann«, wurde Mario von seinem Zuhörer unterbrochen, »Ihr Zynismus irritiert mich ein wenig, aber vielleicht haben Sie ja irgendwo recht. Wer weiß das schon.« Danach wandte er sich zum Gehen, kam jedoch kurz danach noch einmal auf ihn zu. »Wie bitte«, wollte er wissen, »würden Sie denn die Berliner Gedenkstätte gestalten?«

Marios Antwort kam wie aus der Pistole geschossen, was ihn selbst am meisten überraschte, denn er hatte sich noch zu keiner Zeit Gedanken darüber gemacht, wie sich das dort anstehende Problem seiner Meinung nach am überzeugendsten lösen ließe. »Ganz einfach so«, äußerte er fast beiläufig, »in dem vorgesehenen Areal legt man eine kreisrunde Rasenfläche an und stellt in deren Mitte eine großflächige Schrifttafel. Auf der sollte dann etwa folgender Satz stehen: *Geht alle ganz still wieder nach Hause und ändert Euch JETZT!*«

In einem kleinen Eckrestaurant, auf der gegenüberliegenden Seite des Platzes, aß Mario kurz darauf zu Abend. Der Wirt, hocherfreut über den späten Gast, lobte sein schmales Angebot auf die erdenklich beeindruckendste Weise, indem er den Text der Speisekarte mit theatralischem Singsang vortrug. Gerade so, als handele es sich dabei um das Libretto für eine Opera buffa. Mario entschied sich für ein *Filetto di manzo al ferro guarnito*, nicht zuletzt des klangvollen Namens wegen, dazu eine ganze Flasche 95er *Soave Capitel Foscarino*. Dem Wirt war es mehr als recht, denn sein Gast hatte sich für das mit Abstand teuerste Gericht und den besten Wein entschieden. Während das Essen zubereitet wurde, kam dem hungrig Wartenden, inspiriert durch das vorausgegangene Gespräch mit dem Deutschen, die Idee zu einem Minutengedicht, wie er derartige Spontaneinfälle zu nennen pflegte. Hastig und in Sorge darüber, er könne die wenigen Zeilen gleich wieder vergessen, trug er sie in sein Tagebuch ein:

Herzlos

Ich *hatte* mal
ein Herz für Kinder
ein Herz für Tiere
ein Herz für Schwule
ein Herz für Behinderte
ein Herz für Farbige
ein Herz für Hungernde
ein Herz für Verfolgte
ein Herz für das Kosovo
ein Herz für ...

jetzt *habe* ich
einen Herzschrittmacher
ganz für mich allein

Anschließend überlas er mehrfach den kurzen Text, durchaus zustimmend und nicht ohne Eitelkeit. Nein, befand er, daran mußte weder etwas geändert noch verbessert werden. Danach widmete er sich zunächst dem herbfruchtigen Soave, der gut gekühlt auf den Tisch kam und wenig später dem Essen, das nicht allzu lange auf sich warten ließ. Die Gemüsebeilage war zwar reichlich knapp bemessen, wie fast überall in Venedigs Restaurants, im übrigen aber blieb kaum ein Wunsch offen, und Mario mußte an einen Ausspruch seines Vaters denken, wonach dem Menschen weitaus Schlimmeres zustoßen kann als ein gutes Essen.

Die Mahlzeit schloß er mit einem doppelten Espresso ab. Danach war es an der Zeit, einige wichtige Entscheidungen zu treffen. Am dringlichsten galt es, zunächst die Frage der Übernachtung zu klären. Da ihm die schicksalhaften Ereignisse der vergangenen Stunden zu einem ungewohnt großen finanziellen Spielraum verholfen hatten, brauchte er sich bei der Auswahl eines Hotels keinerlei Beschränkungen zu unterwerfen. Nach ersten flüchtigen Schätzungen stellte jenes Geldbündel, das er aus Helenas Zimmer mitgenommen hatte, immerhin einen Wert von mindestens hunderttausend Schweizer Franken dar. Weit mehr als genug also, um in einer der Nobelherbergen auf San Marco oder anderswo für Monate ein willkommener Gast zu sein. Aber ihm war überhaupt nicht nach Luxus und Alleinsein zumute. Das Bedürfnis nach Nähe zu einem vertrauten Menschen, dem er sich vorsichtig anvertrauen konnte, dominierte über alle anderen Empfindungen und Wünsche.

Erst nach längerem Zögern entschloß er sich, Susan anzurufen, denn die Wahrscheinlichkeit war groß, daß man sie inzwischen über Helenas Tod informiert hatte. Keinesfalls wollte er in die peinliche Situation kommen, von ihr am Telefon mit Fragen konfrontiert zu werden, auf die er sich nicht mal selbst schlüssige Antworten geben konnte.

Im hinteren Teil des Restaurants, neben der Toilettentür, gab es einen Fernsprecher. Nachdem es Mario trotz wiederholter Versuche nicht gelingen wollte, dem Apparat seine noch völlig unbenutzte Telefonkarte zuzuführen, wandte er sich hilfesuchend an den Wirt. Diesem war das Problem, mit dem sich viele Italienreisende immer wieder verzweifelt herumschlagen, nur allzu vertraut. Er wies ihn an, eine durch Strichelung markierte winzige Ecke aus der Plastikkarte herauszubrechen, wonach diese dann willig vom Telefon angenommen wurde und die gewünschte Verbindung endlich zustande kam. Das Gespräch mit Susan war kurz und von unausgesprochenen Fragen düster überschattet. Aber sie hatte nichts dagegen, daß er gleich zu ihr käme und die Nacht über bleiben würde, vielleicht auch für länger. Weil Giudecca zu dieser späten Stunde nur noch unter größerem Zeitaufwand mit dem Vaporetto zu erreichen war, nahm er sich am Canale di Cannareggio ein Wassertaxi. Um sein Honorar ein wenig in die Höhe zu treiben, vermied es der gewitzte Bootsführer, das von seinem Fahrgast angegebene Ziel auf dem kürzesten Weg anzusteuern. Dadurch kam Mario in den Genuß, andächtig staunend den Canal Grande hinunterzugleiten, von dessen Ufern vor allem während der späten Abendstunden, wenn die verschwenderisch angestrahlten Palazzi ihre Gebrechlichkeit glaubwürdig zu verheimlichen wußten, ein unvergleichlicher Reiz ausging. Wie der geschwungene Bogen im Symbol von Yin und Yang teilte dieser einzigartige Wasserboulevard, mit dessen Geschichte nicht nur Europa über Jahrhunderte schicksalhaft verbunden war, Venedig in zwei Bereiche. Auf halbem Wege reichten sie sich über die Rialtobrücke die Hand.

In nachdenklich ernster Stimmung erwartete Susan den späten Gast, begrüßte ihn jedoch mit einer Umarmung, die ehrliche Freude über sein Kommen ausdrückte. Im Raum verteilt standen hier und dort Kerzen. Leise Musik, es mochte eine Sonate von Scarlatti sein, füllte das große Zimmer mit jener stillen Heiterkeit aus, die nur bedeutende Künstler über ihr Werk auszudrücken vermögen. Sie setzten sich ans geöffnete Fenster, leerten schweigend zusammen eine Flasche Tocai und vermieden es lange Zeit, daß sich ihre Blicke im Halbdunkel begegneten. Mitternacht war längst vergangen, als sie die ersten Worte miteinander wechselten.

»Von wem weißt du es?« fragte Mario.

»Pablo hat mich vorhin angerufen«, antwortete Susan.

»Und, wie hat er es aufgenommen?«

»Frag ihn bitte selbst! Er will, daß du ihn so bald wie möglich besuchst. Die Polizei will heute vormittag zu ihm ins Atelier kommen. Ein gewisser Commissario Benedetti, wenn ich mich recht erinnere.«

»Was hat denn der Maler mit der Sache zu tun, abgesehen davon, daß Helena sich von ihm porträtieren ließ?«

»Keine Ahnung. Am besten, wir gehen jetzt endlich schlafen und sprechen zunächst nicht weiter darüber.« Es klang wie ein Befehl. Während er anschließend für eine Weile im Bad verschwand, richtete Susan das Bett her. Dabei fiel ihr Blick auf seine Reisetasche, die er neben dem Nachttisch abgestellt hatte. Nach anfänglichen Bedenken sah sie dann doch flüchtig hinein, zutiefst angeekelt von diesem Vertrauensbruch, den sie vor sich selbst mit dem Argument rechtfertigte, ein Anrecht auf Gewißheit zu haben. Während sie hastig in dem Chaos seines Gepäcks herumfingerte, bekam sie auch das Bündel Banknoten zu fassen, dessen Wert sie spontan richtig einzuschätzen wußte. Dafür ist mir Mario eine Erklärung schuldig, dachte sie erregt. Niemand trägt normalerweise derart viel Bargeld mit sich herum, schon gar nicht in Schweizer Währung. Empört stopfte sie die Frankenscheine zurück in seine Tasche. Als er zurückkam, hatte sie sich bereits hingelegt und demonstrativ zur Seite gedreht. In frostiger, beklemmender Atmosphäre wünschten sie sich eine gute Nacht. Beide schliefen dann bald ein, ohne vertrauliche Berührungen oder ein liebevolles Wort, nur über Gedanken und quälend widersprüchliche Gefühle miteinander verbunden. Ihre Sprachlosigkeit hatte sich zu einer Mauer verdichtet, die keiner von ihnen einzureißen vermochte. Und das war auch gut so, jedenfalls aus Susans Sicht. Denn immer mal wieder hatte sie die Erfahrung gemacht, daß durch Schweigen sehr tragfähige Brücken für ein besseres späteres Verstehen geschlagen werden konnten. Vorausgesetzt, man mißbrauchte Schweigsamkeit nicht als Waffe gegen den anderen, sondern begriff sie als Chance und notwendige Atempause, um eine verunsicherte Gefühlswelt neu ordnen zu können. In diesem Zusammenhang erinnerte sie sich an eine frühere Unterhaltung mit Pablo, in der es auch um Schweigen und Schwatzhaftigkeit ging. »Es ist schon äußerst merkwürdig«, hatte er damals gemeint, »je weniger die Menschen sich wirklich etwas zu sagen haben, um so mehr und lauter reden sie miteinander. Von diesem seltsamen Widerspruch leben alle Talkshows und neuerdings natürlich die Handy-Industrie. Quasseln ist längst zum Wert an sich geworden, und in der modernen Malerei«, fügte er verbittert hinzu, »sieht es nicht besser aus. Wohin man sieht, überall nur noch schwatzhafte Bilder! In plumper, greller Sprache drängen sie sich dem Betrachter auf, bedrohen ihn regelrecht. Obszön und kreischend wie billige Huren aus dem Bahnhofsviertel buhlen sie um die Gunst des Betrachters und seines Geldbeutels und ganz besonders natürlich um das Wohlwollen der Rezensenten. Die einzige, narzißtische Botschaft zeitgenössischer Künstler besteht darin, sich selbst anzupreisen. Etwa nach dem Motto: Seht alle mal her, hier steht ein großer Meister! Leise Malerei dagegen hat heute keine Chance mehr. Aber nur die stillen Bilder sind es doch, die den Menschen an die Mysterien und Wahrheiten des Lebens heranführen können, wodurch sie zeitlos gültig sind. In diesem Zusammenhang«, und damit beendete Pablo jenes Gespräch, »kommt mir ein Satz in Erinnerung, der mich vor vielen Jahren einmal stark beeindruckt hat. Wenn ich mich recht entsinne, dann stammt er von einem deutschen Dichter. Die Dämonen lärmen, hieß es da, nur Engel verrichten still ihre Werke!«

Mit diesen Gedanken war Susan schließlich eingeschlafen. Irgendwann in der Nacht, viel früher als gewünscht, erwachte sie bereits wieder. Vorsichtig tastete sie zur Seite neben sich. Aber dort, wo Mario hätte liegen müssen, fand sie seine Decke zurückgeschlagen, und die Unterlage war bereits ausgekühlt. Die Vorstellung, er könnte sich einfach davongemacht haben, ohne ein erklärendes, versöhnliches Wort, ängstigte sie. So stand sie auf und schlich sich in die Küche nach nebenan. Da saß er am offenen Fenster, schaute hinaus in die von Dunst und Mondlicht verschleierte Nacht, rauchte und trank aus einer Flasche mit rotem Landwein, der eigentlich zum Kochen gedacht war.

Zunächst stand sie schweigend eine Weile lang hinter ihm, so nahe schließlich, daß die von Mario abgestrahlte Körperwärme ihren fröstelnden nackten Körper wie ein schützender Mantel wohltuend umschloß. Lange Augenblicke verharrten sie angespannt in diesem widersprüchlichen Zustand aus Nähe und Getrenntsein, jeder wartete auf eine versöhnliche Geste des anderen, auf das erste Wort nach der Sprachlosigkeit. Schließlich setzte sich Susan zu ihm an den Tisch, und Mario war es dann, der kurz danach zu reden begann. Eigentlich mehr zu sich selbst und anfangs eher zögernd, als müsse er jedes Wort sorgsam daraufhin überprüfen, ob es auch wirklich geeignet sei, dem anderen eine Vorstellung von seinen Gefühlen zu vermitteln. Minutenlang dachte er leise sprechend vor sich hin, zeitweise wirr, zusammenhanglos und mit monotoner Stimme, die sich an niemanden zu richten schien. Soviel immerhin konnte Susan, die ihm geduldig zu folgen versuchte, heraushören: Es war ein reichlich theatralischer innerer Monolog, eine sentimentale Mischung aus Anklage, Rechtfertigung und Selbstmitleid. Nach und nach gelang es Mario jedoch, seine Gedankengänge immer besser zu ordnen, so daß sie zunehmend an Klarheit und Transparenz gewannen. Als er geendet hatte, eine halbe Stunde oder auch mehr mochte vergangen sein, hatte Susan in den Seelenspiegel eines Menschen geblickt, für den sich das Phänomen »Tod« aus der Anonymität herausgelöst hatte und unter mehr als außergewöhnlichen Umständen zur konkreten Erfahrung geworden war.

Die Frage, was der Tod denn eigentlich sei, beschäftigte die beiden danach noch eine Weile lang. »Jeder von uns wird ihn einmal erleben«, meinte Mario, »aber niemand weiß etwas über ihn. Außer, daß er mit absoluter Sicherheit irgendwann kommt. Ist es nicht grotesk«, erregte er sich, »die Menschen können längst zum Mars, zum Pluto und noch weiter hinaus bis an die Grenzen des Universums fliegen. Bald werden sie auch in der Lage sein, künstlich Leben zu erschaffen, aber über den Tod und die Zeit danach wissen wir absolut nichts! Während einer Autopsie, es war zu Beginn meines Medizinstudiums«, fuhr er fort, »habe ich mal mit meinem Professor darüber gesprochen. Jedoch auch er war zu keiner Erklärung fähig. Der Tod sei nichts anderes als das Fehlen von Leben, äußerte er damals schulterzuckend. Sehr aufschlußreich, nicht wahr?«

»Man könnte es vielleicht auch so ausdrücken«, meinte Susan nachdenklich: »Irgendwann ist jedes Leben nicht mehr vorhanden. Was auf jeden Fall für immer bleibt, ist seine Abwesenheit.«

»Klingt äußerst klug, edel und philosophisch«, spottete Mario. »Befriedigend ist es allerdings nicht. Aber laß mich noch einmal auf das Gespräch mit meinem Professor zurückkommen. Am Schluß unserer Unterhaltung fügte er noch hinzu, über Leben könne man immerhin die nachprüfbare Aussage machen, daß es absolut nichts wiege und trotzdem vorhanden sei, wie etwa auch Licht. Das wiederum ließe den Rückschluß zu, daß auch der Tod ohne Gewicht sein müsse.«

»Jetzt verstehe ich gar nichts mehr«, bekannte

Susan. »Gewisse Erklärungen können einem wirklich den letzten Rest von Verständnis rauben!«

»Folgendes Experiment mag dir vielleicht weiterhelfen. Der Mann erzählte mir von Versuchen, die wiederholt mit Mäusen und Ratten gemacht wurden. Zuerst wog man die lebenden Tiere auf einer Präzisionswaage, die auf ein zehnmillionstel Gramm genau anzeigt. Danach wurden sie durch Elektroschock getötet und anschließend sofort erneut gewogen. Fazit: das Gewicht der Tiere hatte sich durch den Verlust ihres Lebens und den Eintritt des Todes nicht verändert.«

»Wenn der Tod also nichts wiegt«, meinte Susan fast heiter, »warum sollten wir ihn dann so schwernehmen? Und wenn das Leben ebenfalls ohne Gewicht ist, dann hätten wir doch allen Grund, viel leichter damit umzugehen.«

»Tun wir es doch!«

Durch das diffuse Dämmern des aufkommenden Morgens nickte sie ihm lächelnd zu. Während sie dann aufstand und langsam auf ihn zuging, schien ihr Körper wieder einmal jenes unwirkliche, nicht erklärbare Licht abzustrahlen, wie damals in Pablos Atelier, als er sie zum ersten Mal sah. Oder beruhte seine Wahrnehmung lediglich auf einer Täuschung? Eigentlich hatte er jetzt vor, sie daraufhin anzusprechen, aber da saß sie schon auf seinem Schoß. Neugierig-verspielt und zitternd ließen sich ihre ausgekühlten Körper aufeinander ein. Ihre Begierde kleideten sie in Rituale, die uralt waren wie die Menschheit selbst. Leidenschaftlich fordernd stürmten sie in jenes Niemandsland vor, man mochte es auch Paradies nennen, aus dem der Mensch nach Augenblicken des

Glücks stets aufs neue vertrieben wird. So waren sie zusammen glücklich und letzten Endes doch immer wieder allein mit sich selbst.

Am Morgen, nach viel zu knapp bemessenem Schlaf aus traumlosen Tiefen hochgeschreckt, bereitete Susan ein kräftigendes Frühstück mit Schinken, Eiern und einem besonders starken Espresso. Die Stimmung der beiden war nicht gerade heiter, sondern eher instabil, fast schon gereizt und durch jene Traurigkeit belastet, die dem Erwachenden im Schattenbereich zwischen Rausch und Ernüchterung gelegentlich auflauern mag. Hinzu kam, daß sich Venedig nach einer Woche herrlichsten Sommerwetters mal wieder seine Migräne genommen hatte. Eine böige, kaltwindige Bora machte sich stundenlang über die Lagune her, zerrte ungestüm an Markisen, Sonnenschirmen, Tischdecken wie Fensterläden und trieb polternd Unrat durch die engen Gassen. Mit ergiebigen Regenschauern wurden die bereits in bedrohlicher Menge angereisten Touristenschwärme innerhalb weniger Minuten regelrecht aufgerieben und in die Flucht gejagt, wie einst Napoleons Leute in der Schlacht bei Waterloo. Selbst Venedigs Tauben verspürten an diesem Morgen wenig Lust zu ihren geselligen Formationsflügen über die Dächer und Plätze der Stadt. Sie duckten sich lieber unter Simsen und in Mauernischen gurrend zusammen und nutzten die Zeit zur ausgiebigen Pflege ihres Gefieders. Auf den Kanälen wagten nur noch wenige erfahrene, mutige Gondolieri eine Kraftprobe mit dem schwer berechenbaren Zusammenspiel von Wind und Wasser. Wie Hochseilartisten jonglierten sie ihre schwarzen

Mondsicheln durch Wellentäler und über aufgebrachte Schaumkämme dahin. Es war ein Wetter für Besserverdienende, die es sich leisten konnten, den Tag in gemütlichen Restaurants, Bars oder Cafeterias zu verbringen.

Weil Susan für den Vormittag eine Reihe wichtiger Verabredungen getroffen hatte, blieb keine Zeit für ein längeres Zusammensein am Frühstückstisch. Nochmals legte sie Mario nahe, sich auf jeden Fall mit Pablo zu treffen. Für den späten Nachmittag verabredete man sich im *Florian*, um anschließend gemeinsam den Dogenpalast zu besuchen, wo sie ihm in der *Sala dei Tre Capi* ein Gemälde des Flamen Hieronymus Bosch zeigen wollte. Dieser prachtvoll ausgestaltete Saal, in dem einst die vom Zehnerrat der Republik gewählten drei Richter der Inquisition zusammenkamen, war zwar vorübergehend nicht zur allgemeinen Besichtigung freigegeben, Susan konnte sich jedoch, auf persönliche Beziehungen von Pablo gestützt, jederzeit einen Zugang dazu verschaffen. Sie trennten sich mit einer liebevoll distanzierten Umarmung.

Nachdem sie als erste gegangen war, zögerte Mario seinen Aufbruch noch für längere Zeit hinaus. Während er pausenlos rauchend, unentschlossen wie nachdenklich, durch ihre Wohnung geisterte und nebenher eine Flasche Chianti leerte, versuchte er sich Klarheit über sein weiteres Vorgehen zu verschaffen. Was sollte er dem Zyniker Pablo antworten, der ihn mit peinlichen Fragen sicherlich nicht verschonen würde? Wohin mit dem vielen Geld, sofern er es nicht doch für sich behalten wollte? Ganz zu schweigen von der mehr als außergewöhnlichen Beziehung zu

Susan, die ihm an diesem Morgen noch schmaler und zerbrechlicher als sonst vorgekommen war, fast durchsichtig, wie feine chinesische Seide. Nach seinem Gefühl schien ihre Verbindung, ähnlich wie bei Helena, auf eine von ihm nicht abwendbare Katastrophe zuzusteuern. Diese bange Vermutung konnte er zwar durch keinerlei konkrete Fakten untermauern, andererseits gelang es ihm aber auch nicht, seine düster-diffusen Ahnungen durch vernünftige Argumente zu zerstreuen. Wahrscheinlich war es jener sonderbare *Lebensspiegel*, der sein Verhältnis zu Susan vom ersten Tag an auf unerklärliche Weise überschattet hatte. Um sich hierüber Klarheit zu verschaffen, ging er nach nebenan ins Atelier, um das geheimnisvolle Bild noch einmal in Ruhe zu betrachten. Inzwischen war die Leinwand bereits bis auf drei letzte ausgesparte Rechtecke zugemalt. Damit aber stand lediglich fest, daß es in Kürze vollendet sein würde. Mehr nicht. Sosehr sich Mario in den folgenden Minuten auch darum bemühte, dieses mysteriöse Orakel durch Gedanken drängend zu befragen – es blieb stumm für ihn! Vielleicht mochte es daran liegen, daß der Schlüssel zum Verständnis des Ganzen in jenen fehlenden Bildsegmenten verborgen sein würde, die Susan erst noch hinzufügen mußte.

Zurück in der Küche am kleinen Bistrotisch, blätterte Mario zunächst gedankenverloren in seinem Tagebuch. Er überflog die bisherigen, seiner Ansicht nach eher banalen Eintragungen, von denen er zuletzt derart angeekelt war, daß er beschloß, alle Aufzeichnungen kurzerhand zu vernichten. Er tat es dann doch nicht, stand auf, und geisterte eine Zeitlang durch die weitläufigen Räumlichkeiten, unfähig, irgendeinen Entschluß zu fassen. Zuletzt blieb er vor einem improvisierten Bücherregal aus rauhen Brettern unterschiedlicher Holzarten stehen, zog die eine oder andere Schrift heraus, blätterte darin. Auch fiel ihm ein Buch von geheimnisvollem Äußeren in die Hände. Es war großformatiger als die meisten anderen und mit einem hübschen, handgefertigten Einband aus Marmorpapier versehen. Diese alte venezianische Technik, sie war in den letzten Jahren neu aufgelebt und immer mehr verfeinert worden, wurde inzwischen wieder zur Herstellung dekorativer Geschenkartikel aus Papier und Pappe genutzt, die überall in der Stadt angeboten wurden. Zu Preisen freilich, die auf eher gutgefüllte Geldbörsen zugeschnitten waren.

Als bereits nach flüchtigem Hineinschauen feststand, daß es sich um Susans persönliche Aufzeichnungen handeln mußte, wollte Mario, einem spontanen Impuls folgend, das Buch sofort wieder zurücklegen. Jedoch jene weit verbreitete menschliche Vorliebe für Indiskretionen, die darauf abzielt, den anderen seiner intimsten Geheimnisse zu berauben, um ihn dadurch berechenbarer und möglicherweise sogar beherrschbarer zu machen, hielt ihn von der gebotenen Geste des Anstands zurück. Er ließ sich mit seiner verbotenen Beute in einem bequemen alten Ledersessel nieder, zündete sich eine Zigarette an und widmete sich dann schlechten Gewissens, aber voller Neugier den Eintragungen. Sie bestanden in erster Linie aus Aphorismen, Gedankensplittern, nicht zu Ende geführten oder nachträglich wieder durchgestrichenen Sätzen sowie Zitaten. Da Susan nur einige wenige ihrer Notizen datiert hatte, fehlte dem Ganzen eine ordnende Zeitstruktur. Angenehm fiel ins Auge, daß sie viele der kurzen Texte mit zumeist rätselhaften kleinen Aquarellen, Bleistiftskizzen oder schlichten Symbolzeichen versehen hatte. Gelegentlich hatte es den Anschein, als stünden Geschriebenes und Gemaltes zueinander in Beziehung, dann wieder meinte Mario, nichts weiter als ein zufällig zusammengewürfeltes Sammelsurium von dekorativen, geheimnisvollen Bedeutungslosigkeiten vor Augen zu haben.

Um möglicherweise einen besseren Zugang zu dieser merkwürdigen Collage aus Texten und Bildern zu bekommen, deklamierte er mehrere ausgesuchte Passagen laut in den hohen, hallenden Raum hinein:

Pablo meinte heute, jede wissenschaftliche Ausbildung müsse zu Denk- und Wahrnehmungsblockaden führen. Aber letzten Endes könne ein echtes Talent niemals durch ein Studium zerstört werden. Tröstlich ...

Je mehr Menschen an das Gute glauben, um so leichteres Spiel haben die Bösen. Die Kirche hat sich selbst ans Kreuz geschlagen, also muß sie auch niederfahren zur Hölle! Erst danach kann Himmelfahrt gefeiert werden.

Unter diese Zeilen war die Skizze eines hübsch gelockten Christuskopfes gesetzt, und als Mario, einem intuitiven Impuls folgend, das Buch auf den Kopf stellte, grinste ihm anstelle des Gottessohnes die Fratze des Teufels entgegen. Von Bildern, deren Aussage sich durch einfaches Wenden ins genaue Gegenteil umkehren ließ, hatte er zwar schon einmal gehört. Trotzdem beschäftigte er sich minutenlang mit diesem beliebig wiederholbaren Verwandlungsvorgang. Nachdem er sich endlich daran sattgesehen hatte, durchblätterte er noch einige weitere Seiten.

Gestern (16.4. gegen Abend), auf dem Campo di S. Angelo. Ein Mann, eine Frau und ihr alter Hund. Alle sahen sich zum Verwechseln ähnlich. Wem werde ich einmal ähneln? Hoffentlich dem Glück, falls es ein Gesicht hat.

Es gibt Menschen ohne Sinn für Scham und Ehre, wie einige von uns ohne Geruchssinn sind.

Wenn die Stille in der Stille immer stiller geworden ist, dann hat man nichts verpaßt. Außer vielleicht sich selbst. Schweigen wir über das Unwiderrufliche.

Natascha brachte mir heute ein Gedicht von Nietzsche (deutscher Dichter?) mit, wie für mich geschrieben:

Ecce Homo

Ja! Ich weiß, woher ich stamme!
Ungesättigt gleich der Flamme
Glühe und verzehr ich mich.
Licht wird alles, was ich fasse,
Kohle alles, was ich lasse:
Flamme bin ich sicherlich!

Diese letzte Eintragung beschäftigte Mario besonders nachhaltig, weswegen er das Gedicht mehrfach laut und mit unterschiedlichen Betonungen wiederholte. Dann, der vielen bedeutungsvollen Sätze überdrüssig – oder handelte es sich doch nur um geschickt formulierten Nonsens? – stellte er Susans Tagebuch zurück ins Regal, wobei er sorgsam darauf achtete, dem schmalen Band wieder seine ursprüngliche Stelle zuzuweisen. Anschließend ging er ins Bad, wo ihn im Spiegel der Anblick seines Morgengesichts erschreckte. Er duschte, kleidete sich an, und weil er das viele Geld nicht den ganzen Tag lang mit sich herumtragen wollte, hielt er nach einem geeigneten Versteck Ausschau. Nachdem er mehrere Lösungen erwogen, jedoch ebenso schnell wieder verworfen hatte, entschied er, das flache Bündel auf einem breiten Eisenträger zu deponieren, der etwas unterhalb der Decke durch den Raum führte. Um hinauflangen zu können, mußte er zunächst einen Tisch herbeirücken. Während er danach mit seiner Rechten über die staubige Oberseite des Metalls tastete, stieß er an einen kleineren harten Gegenstand. Mario zog ihn zu sich heran und stellte zu seiner Verwunderung fest, daß es sich um eine Pistole handelte. Er sprang vom Tisch, ging zum Fenster und begutachtete den überraschenden Fund respektvoll von allen Seiten. Dabei ging er äußerst vorsichtig zu Werke, denn ihm fehlte jede Erfahrung im Umgang mit Waffen, und auf keinen Fall wollte er sie aus Unkenntnis auslösen. Wie eine feine, durch Rostfraß inzwischen schwer leserlich gewordene Gravur am Lauf der Pistole auswies, handelte es sich um das legendäre deutsche Vorkriegsmodell vom

Typ *Walther PPK* aus dem kleinen Ort Zella-Mehlis im Thüringer Wald. Nach mehreren zaghaften Versuchen gelang es ihm schließlich, das verklemmte Magazin aus dem braunmelierten Bakelitgriff herauszulösen. Es war mit nur drei Patronen aufgefüllt. Zunächst erwog Mario, die Waffe zu entladen, um die Munition anschließend aus dem Fenster zu werfen. Nachdem er sich dann doch anders entschieden hatte, legte er das unerwartete Fundstück vorsichtig an seinen ursprünglichen Platz zurück. Gleich daneben deponierte er das Bündel Geldscheine und beschwerte es anschließend mit einem hübschen Stück Marmor, das zwischen Muscheln, bunten Glasscherben und anderem dekorativen Schnickschnack in einer Schale auf Susans Schreibtisch lag. Sicherlich wird sie den Stein nicht vermissen, hoffte er.

Unschlüssig darüber, wie er sich die Zeit bis zu seiner Verabredung mit Susan am besten um die Ohren schlagen sollte, verließ er ihre Wohnung. Zu einem Besuch bei Pablo, den sie ihm dringend ans Herz gelegt hatte, mochte er sich nicht entschließen.

8. Kapitel

Der Commissario legte die Morgenzeitungen beiseite. Mit Genugtuung hatte er zur Kenntnis genommen, daß über den mysteriösen Todesfall auf dem Lido bisher keine einzige Zeile erschienen war. *Il Gazzettino* hatte die Titelseite allerdings mit einem mehrspaltigen Foto von Helenas Mann aufgemacht, der als Empfänger des Nobelpreises für Medizin gefeiert wurde. Die Entscheidung der Königlichen Akademie der Wissenschaften Stockholm, so der begleitende Text, sei dem völlig überraschten Forscher ausgerechnet an seinem fünfundzwanzigsten Hochzeitstag während einer Vortragsreise durch die USA in Los Angeles übermittelt worden. Jedoch keine Silbe über den Tod seiner Frau. Aber diesen delikaten Happen, argwöhnte Benedetti, würde sich die Journaille wohl kaum entgehen lassen. Er hoffte trotzdem darauf, daß sich die Angelegenheit in aller Stille würde abwickeln lassen.

Das Telefon trällerte. Dottor Morelli, der Polizeiarzt, war am Apparat. Er wirkte aufgekratzt, nahezu heiter. »Zunächst, Herr Kollege, möchte ich Sie mit einer pikanten Hypothese vertraut machen, man könnte es fast eine frohe Gewißheit nennen: Signora Schuler scheint eines ungewöhnlich reizvollen Todes gestorben zu sein, der nur wenigen Glücklichen vorbehalten ist ...«

»Kommen Sie jetzt bitte ohne weitere Ausschmükkungen zu den Fakten«, wies ihn Benedetti verärgert zurecht.

»Bin schon dabei. Also, unsere Schweizerin wurde offensichtlich das Opfer einer ausschweifend lustvollen Nacht. Tod durch Orgasmus in schneller Folge, würde ich mal sagen. Von einem gewissen Alter an sollte man sich nicht mehr auf allzu riskante Hochgebirgstouren einlassen und lieber im angetrauten heimischen Lustgärtchen spazierengehen, auch wenn dort kaum noch attraktive Überraschungen auf einen warten. Nun, wir kennen das Problem ja bereits aus dem Alten Testament. Allzugern läßt sich der Mensch dazu verführen, von Früchten zu naschen, die sich letztlich als unbekömmlich für ihn herausstellen.«

»Wieso stirbt jemand am Orgasmus? Naturgemäß sollte er doch dem Leben dienen.«

»In erster Linie unserer Lust, Signore! Denn die menschliche Population wird in Zukunft kaum noch auf den Koitus angewiesen sein. Dafür haben die Forschungen Professor Schulers und seiner Kollegen aus aller Welt längst gesorgt. Jedoch zurück zu Ihrer Frage. Auf dem Höhepunkt der sinnlichen Erregung können sich, bedingt durch Überreaktionen des Vegetativums, Kreislaufanomalien einstellen, vor allem bei wenig trainierten Personen, wie das hier wohl der Fall gewesen sein muß.« Er kicherte süffisant und fuhr dann fort: »Sofern dann noch konstitutionelle Schwächen oder andere Risikofaktoren hinzukommen, wozu ich auch seelische Traumata zählen möchte, mögen derartige Umstände schon mal zum Herztod führen. Erschwerend kam sicherlich hinzu, daß die Verstorbene überreichlich Alkohol getrunken hatte. Den genauen Wert bekommen Sie später von mir. Ferner konnte in ihrem Blut der Wirkstoff *Maprotilin* nachgewiesen werden. Dabei handelt es sich um eine antidepressiv wirkende, angstlösende Substanz, die in vielen gebräuchlichen Psychopharmaka vorkommt. *Maprotilin* hat natürlich eine Reihe von Nebenwirkungen, die sich unter anderem auf die Bereiche Herz und Kreislauf erstrecken. So konnte es nach meiner Einschätzung letztendlich zum Exitus kommen. Fremdeinwirkungen im Sinne von Gewaltanwendung schließe ich nach meinen bisherigen Untersuchungen aus. Allerdings gibt es ein Verdachtsmoment, dem noch nachgegangen werden muß. Am rechten Oberschenkel der Toten konnte ich zwischen zwei Kratzspuren eine winzige, punktförmig erhabene Rötung ausmachen, wie sie etwa nach einer Injektion auftreten mag. Genaueres läßt sich erst nach einer histologischen Untersuchung aussagen, die ich inzwischen angeordnet habe. Ich werde sie auf dem laufenden halten.«

»Was ist mit den Blutspuren im Bett?«

»Nichts weiter als eine Folge von Kratzwunden. Liebe und Lust können zuweilen recht scharfkrallig daherkommen. Ich hoffe doch sehr, daß auch Ihnen derartige Spiele zwischen Kater und Kätzchen bekannt sind ...«

»Bleiben wir bei der Sache! Haben Sie daran gedacht, von jeder relevanten Spur genetische Profile erstellen zu lassen?«

»Ist selbstverständlich alles in Arbeit. Unter Frau Schulers Fingernägeln konnten wir übrigens reichlich Hautmaterial von der Fremdperson sicherstellen; sie hat demnach äußerst leidenschaftlich zugegriffen. Ihr Liebhaber wird noch für längere Zeit viel Ähnlichkeit mit einer Streifenhyäne haben. Und was die Speichelreste an den Zigarettenkippen betrifft, kann ich Ihnen bereits jetzt versichern, daß beide geraucht haben.«

»Keine dritte Person?«

»Nein, wie kommen Sie darauf?«

»Nach einer Aussage des Nachtkellners, der mehrfach Champagner aufs Zimmer brachte, hatte Frau Schuler ausdrücklich um drei Gläser gebeten. Damit taucht die Frage auf, ob ein dritter Gast erwartet wurde, und, falls er wirklich hinzukam, aus welchem Grund er sein Glas möglicherweise später mitgenommen hat. Konzentrieren Sie jetzt bitte alle Ihre Anstrengungen darauf, abzuklären, was eventuell auf die Anwesenheit einer weiteren Person hinweisen könnte. Mir liegt außerordentlich daran, daß wir alle perfekt und professionell zusammenarbeiten. Das wär's im Moment – nein, halt, eine letzte Frage noch: Wann etwa starb Frau Schuler?«

»Zwischen sieben und acht Uhr morgens.«

»Das genügt mir vorerst, danke.«

Nach dem Gespräch nahm sich Benedetti nochmals die Morgenzeitung mit dem Foto des frisch gekürten Nobelpreisträgers vor. Auf den ersten Blick zeigte es einen modisch-salopp gekleideten, noch recht jungenhaft wirkenden, sympathisch strahlenden Sieger. Mitte Fünfzig mochte er sein, kaum älter, und keineswegs entsprach er dem landläufigen Klischee vom verknöcherten Wissenschaftler. Weit mehr verkörperte Professor Schuler den Typ eines erfolgreichen Managers. Die Aufnahme von ihm mußte zweifellos an der Rezeption eines Hotels entstanden sein. Je länger sich der Commissario in die dargestellte Situation hineinzudenken versuchte, um so mehr irritierte ihn das an sich belanglose, weil völlig übliche Pressebild, denn er wurde den merkwürdigen, durch nichts zu begründenden Verdacht nicht los, daß dem Betrachter irgend etwas vorenthalten wurde. Dies war andererseits völlig natürlich, weil es nun mal zur Aufgabe jedes Redakteurs gehörte, lediglich einen für den Durchschnittsleser interessanten Bildausschnitt für die Veröffentlichung auszuwählen und den Rest wegzulassen.

Nach längerem Zögern griff Benedetti zum Telefonhörer, um in der Redaktion von *Il Gazzetino* anzurufen. Dort arbeitete Tonio Ricci, ein alter Freund von ihm, man kannte sich bereits seit der gemeinsamen Schulzeit. Die beiden hatten seit längerem keinen Kontakt mehr miteinander gehabt, trotzdem ließ Benedetti diese alte Verbindung nur ungern wieder aufleben, weil Tonio unter anderem wegen seiner Schwatzhaftigkeit, vor der sich niemand wirkungsvoll schützen konnte, als gefürchteter Gesprächspartner galt. Nie ging ihm die Luft dabei aus, und zu jedem erdenklichen Thema, mochte es auch noch so dürftig sein, fiel ihm pausenlos etwas ein. Lief er aber trotz dieser bewundernswerten Begabung gelegentlich mal Gefahr, für Momente ins Stocken zu geraten, dann wiederholte er den zuletzt von ihm gesprochenen Satz so lange, bis ihm ein neuer einfiel.

Als besonders abschreckend kam hinzu, daß der Bursche selbst für italienische Verhältnisse ein Meister im Schnellsprechen war, weswegen er sich in früheren Jahren bei einem Regionalsender als beliebtester Fußballreporter profilieren konnte. Wie auch immer, unter Freunden und Kollegen wurde jedenfalls die Ansicht vertreten, Tonio sei der einzige Mensch, der mindestens dreimal schneller reden als denken könne. Inzwischen hatte sich der Mann als Zeitungsreporter ebenfalls einen gewissen Namen erworben, wenn auch nicht unbedingt den besten. Vor allem seine Vorliebe dafür, belanglose Meldungen oder lancierte Indiskretionen zur einer ganzseitigen Sensation aufzublasen, machte ihn zuweilen zu einem kaum kalkulierbaren Risiko. So wurde Tonio nicht völlig zu Unrecht und durchaus mit Respekt nachgesagt, er könne jederzeit aus einem Eiweiß eine Badewanne voll Schaum schlagen.

Die von Benedetti gewünschte Verbindung kam auf Anhieb zustande, und sein Schulfreund, hocherfreut über den Anruf, begann ohne weitere Umschweife mit seinem verbalen Marathonlauf. Erwartungsgemäß bekam der Commissario für längere Zeit nicht die geringste Chance, sein dienstliches Anliegen zur Sprache zu bringen. Erst als Tonio, durch einen plötzlich auftretenden Hustenreiz geschwächt, nicht mehr in vollem Umfang Herr der Lage war, gelang es Benedetti, während einer kurzen Atempause des für wenige Augenblicke benachteiligten Gegners, die Gesprächsregie endlich selbst in den Griff zu bekommen.

»Mein Lieber«, schaltete er sich ein, »über das prämenstruelle Syndrom und die Menopause deiner Frau müssen wir uns noch einmal ganz in Ruhe unterhalten, ich denke doch, man sieht sich die Tage. Jetzt aber mal ganz schnell etwas völlig anderes. Ihr habt da heute auf der Titelseite dieses Foto von dem Nobelpreisträger gebracht. Ich vermute, es handelt sich dabei nur um die Wiedergabe eines Ausschnitts, während auf dem Originalbild möglicherweise noch wesentlich mehr zu sehen ist.«

»Völlig richtig! Falls es dich interessiert, die Originalvorlage flattert hier noch irgendwo auf meinem Schreibtisch herum. Ich kann sie dir sofort komplett durchfaxen. Allerdings würde ich vorher ganz gerne wissen, was dich an der Sache interessiert. Fällt da etwa eine gute Geschichte für mich ab?«

»Keine einzige Zeile, wo denkst du hin!«

»Dann erkläre mir bitte mal schnell und glaubwürdig, wieso sich ein Commissario für diesen Nobelpreisträger interessiert.«

»Bin im Moment leider wahnsinnig in Eile. Ciao, melde mich garantiert später noch einmal bei dir.« Benedetti legte einfach auf, denn ausschließlich so ließen sich Telefonate mit Tonio ohne zeitraubenden Austausch der sonst üblichen Artigkeiten und Freundschaftsbekundungen kurzerhand beenden. Bereits kurz darauf schob sich das zugesagte Pressefoto aus dem Fax. Es übermittelte zwei für Benedetti äußerst wichtige, möglicherweise sogar brisante Informationen. Am Bildrand hatte jemand handschriftlich vermerkt, wann und wo die Aufnahme entstanden war: Am Abend vor Helenas Tod, im Hotel *Danieli*, also in Venedig! Der Professore hatte demnach die Nacht in der Stadt verbracht, während seine Frau auf dem Lido das Leben gegen die Ewigkeit eintauschte. Zweitens war hochinteressant, daß der Schweizer Wissenschaftler auf dem unbeschnittenen Foto in engem Körperkontakt zu einer äußerst attraktiven Frau mittleren Alters stand, die ihn von der Seite her mit jenem unverletzten Lächeln bedachte, zu dem altgediente Ehefrauen in aller Regel nicht mehr fähig sind. Signor Schuler mußte also eine Geliebte haben, die übrigens seiner Angetrauten vom Typ her überraschend glich. Freilich schien die Nachfolgerin entschieden jünger zu sein, also noch mit jenen Attributen einer nachklingenden mädchenhaften Blütezeit ausgestattet, für die erfolgreiche Männern in ihrer Lebensmitte besonders anfällig sein können.

Diese Erkenntnisse brachten den Commissario vorerst zwar auch nicht weiter, jedoch bestätigten sie eine von ihm gehegte Vermutung und erklärten nachträglich sehr einleuchtend, warum der noble Nobelpreisträger vom Ableben seiner Angetrauten nur erschrekkend maßvoll beeindruckt zu sein schien. Der Tisch für ihn war längst neu eingedeckt, das Bett frisch bezogen und aufgeschüttelt. Aber durfte man ihn allein deswegen bereits einer Täterschaft verdächtigen?

Als nächstes galt es, dem Maler einen Besuch abzustatten. Weil das Wetter jedoch keineswegs zu dem üblicherweise von Benedetti geschätzten Bummel durch die Stadt einlud, bestellte er sich ein Polizeiboot zum Fondamente dei Turchi, wo er wenig später aufgenommen wurde. Nachdem sie abgelegt hatten und bereits mit stark gedrosseltem Motor durch das enge Geflecht der schmalen Kanäle von San Polo manövrierten, änderte er seinen Plan und gab Anweisung, zunächst den Lido anzusteuern. Dort wollte er sich das Hotelpersonal noch einmal vornehmen. Insbesondere jenen Nachtkellner namens Toni, der mehrfach Champagner nach oben gebracht hatte, sich aber trotzdem angeblich nicht an das Aussehen des nächtlichen Gastes der Schweizerin erinnern konnte. Diese wiederholt von ihm bekräftigte Aussage mußte jetzt endlich als Lüge enttarnt werden.

Indes, der Mann erwies sich zunächst als bewundernswert hartnäckig. An ihm konnte Benedetti mal wieder jenes bekannte, auch bei Politikern gelegentlich auftretende Phänomen beobachten, wonach manche Menschen, hatte man sie erst einmal völlig in die Enge getrieben, sich derart bedingungslos mit ihren Lügen identifizierten, daß sie diese zuletzt selbst für wahr hielten. Während der inzwischen völlig verstockte Hotelbedienstete stumm und mit abwehrend verschränkten Armen vor ihm saß, wurde dem Commissario klar, daß er nur mit einer veränderten Taktik weiterkommen würde. Warum lügt ein Mensch derart unverblümt, fragte er sich? Nun, die Antwort darauf war sehr einfach: weil er sich einen Vorteil davon versprach. Also galt es dem Verhörten klarzumachen, daß es weitaus nützlicher für ihn sein würde, endlich mit der Wahrheit herauszurücken. Ferner mußte man seine Angst vor der Wahrheit in eine Furcht vor der Lüge umkehren.

»Signore«, nahm Benedetti das Gespräch nach einer längeren Pause erneut auf, spürbar darum bemüht, den anderen in einem väterlich-vertraulichen Ton anzusprechen, »in meinem Beruf bekommt man im Laufe der Jahre eine sehr gute Menschenkenntnis. Und wie ich Sie inzwischen einschätze, sollte man einem Mann wie Ihnen trauen. Sie sind intelligent genug, um zu wissen, daß Sie sich durch Lügengeschichten, wozu selbstverständlich auch jedes Verschweigen zählt, nur schaden würden. Im Moment mag das einem wohl mal weiterhelfen, aber es ist ein Vorteil, der nach allen meinen Erfahrungen sehr schnell ins Gegenteil umschlagen muß. Eine solche Entwicklung hat dann für den Betroffenen fast immer fatale Konsequenzen. Übrigens fällt mir in diesem Zusammenhang eine Geschichte ein«, fuhr Benedetti in einer veränderten, hörbar verdüsterten Tonlage fort. »Es ging da um schweren Betrug, auf Burano, wenn ich mich recht erinnere. Und um ein Haar hätte damals ein völlig unschuldiger Buchhalter seine Stelle verloren, nur aufgrund einer unüberlegten Dummheit. Aber lassen wir das jetzt. Es gibt im Moment viel zu tun für mich, also nichts wie schnellstens zurück ins Amt!«

Bereits im Fortgehen begriffen, drehte sich der Commissario noch einmal nach dem völlig verunsicherten Kellner um, dessen Gesichtszüge eine Mischung aus Angst und peinlicher Verlegenheit spiegelten. »Ich nehme an, Sie sind verheiratet?«

»Si, Signore.«

»Auch Kinder?«

»Zwei Söhne«, strahlte er.

»Sehr schön, eine glückliche Familie zu haben, gratuliere. Aber man trägt natürlich auch viel Verantwortung, in der heutigen Zeit ganz besonders. Ich hoffe, Sie haben hier einen gut bezahlten und vor allem auch sicheren Arbeitsplatz. Andererseits sollten Sie sich in dieser Hinsicht keine allzu großen Sorgen machen. Eine ehrliche Haut wie Sie kommt notfalls immer irgendwo anders unter.«

»Ich verstehe nicht, worauf Sie hinauswollen, Signore ...«

»Mir kam da eben so ein Gedanke – aber vergessen wir es! Bevor ich mich nun endgültig verabschieden muß, möchte ich Sie noch um etwas bitten. Ich kann mir vorstellen, daß unter Ihren Kollegen über den tragischen Vorfall viel getuschelt wird, und vielleicht können Sie ganz nebenbei den einen oder anderen für mich wichtigen Hinweis aufschnappen. Falls Ihnen irgend etwas zu Ohren kommen sollte, speziell was die Identität des geheimnisvollen nächtlichen Gastes betrifft, dann rufen Sie mich bitte sofort an. Hier ist meine Karte!«

Zurück auf San Marco verzichtete Benedetti darauf, das Polizeiboot noch weiterhin in Anspruch zu nehmen. Obwohl der Wettergott in tiefhängenden Wolken übel gelaunt über der Stadt thronte, war ihm nach einem beschaulichen Bummel durch sein geliebtes Venedig zumute. Vor einem Bauzaun am Dogenpalast, wo sich eine größere Menschengruppe gebildet hatte, schaute er zunächst einem durchreisenden Rucksacktouristen zu, der seine Reisekasse durch ein Marionettenspiel aufzubessern versuchte. Der junge Mann hatte einen arg ramponierten Miniaturflügel aus schwarz lackiertem Sperrholz vor sich aufgestellt und war einigermaßen erfolglos darum bemüht, die grotesken Hampeleien eines schäbig verzottelten Männchens, das als Pianist herhalten mußte, ausgerechnet mit Mozarts vollendeter A-dur Sonate synchronisieren zu wollen, die über ein plärrendes Kofferradio zugespielt wurde. Peinlich berührt von soviel Mangel an Respekt gegenüber dem genialen Komponisten wandte sich der Commissario ab.

Wenige Schritte weiter, vor den Stufen zum Campanile, wurde seine Aufmerksamkeit durch das raffiniert inszenierte Faxenspiel einer jungen Frau erregt, die dem hilflos hantierenden Marionettenspieler recht erfolgreich Konkurrenz machte. Als Clown verkleidet und grell-plakativ geschminkt, hatte sich der kurzhaarige Rotschopf auf eine mitgebrachte Plastikkiste gestellt und amüsierte das von allen Seiten herbeiströmende Publikum zunächst mit obszönen Grimassen, stummer Kasperei und allerlei pantomimischem Schnickschnack. Eine Weile lang blieb unklar, womit sich das Mädchen ihr Geld zu verdienen gedachte, andererseits war mit Gewißheit davon auszugehen, daß sie nicht zum Vergnügen der anderen hier stand. Durch suggestive Handbewegungen und freundlich einladende Gebärden gelang es ihr innerhalb weniger Minuten, eine größere Schar neugieriger, anfangs noch zögernd auf Distanz bedachter Gaffer immer dichter zu sich heranzulocken, bis diese zuletzt auf Reichweite dicht gedrängt um sie herumstanden. Nun streckte sie ihre langgliedrige rechte Hand flehentlich bittend der Menge entgegen, während sie mit Daumen und Zeigefinger wiederholt jene schnippende Bewegung vollführte, die jenseits aller Sprachgrenzen unmißverständlich als Aufforderung zum Zahlen begriffen wird. Da die erhoffte Reaktion vorerst ausblieb, verstärkte die raffinierte Vagantin den psychischen Druck auf ihre potentiellen Opfer, indem sie ihr bisher noch fröhliches Gesicht zu einer trostlosen Grimasse verzerrte, aus der sich einige dicke Tränen lösten. Jetzt dauerte es nicht mehr lange, bis eine ältere Frau als erste nach ihrer Geldbörse nestelte, einen Schein von mittlerem Wert herauszog und ihn ein wenig ängstlich nach vorne hielt, etwa so, wie man Affen im Zoo eine mitgebrachte Banane durch die Gitterstäbe zureicht. Mit angespannten Gesichtern warteten die Umherstehenden darauf, was nun wohl geschehen würde. Zunächst ereignete sich nichts. Außer, daß der Clown unentschlossen auf seiner Kiste herumtrampelte, die ihm entgegengestreckte Gabe eine Weile lang verwundert wie kritisch ablehnend beäugte und schließlich sogar davon angeekelt zu sein schien. Genau in dem Moment jedoch, als das Geld wieder zurückgezogen werden sollte, griff das raffinierte Biest mit einer gut trainierten Bewegung blitzschnell zu, riß den Lireschein gierig an sich und hielt ihn anschließend triumphierend in die Höhe. In jener Pose, wie siegreiche Sportler der jubelnden Menge ihre scheußlichen Pokale zu präsentieren pflegen. Danach verschwand die Beute auf unerklärliche Weise zwischen den Fingern des Rotschopfes. Das Publikum applaudierte begeistert, und das Spiel wiederholte sich nun in schneller Folge mit immer höheren Einsätzen, denn die Beteiligten hätten allzu gerne herausbekommen, wie es der jungen Frau stets von neuem gelang, das Geld vor den aufmerksamen Blikken aller in Nichts aufzulösen. Als das allgemeine Interesse an der Darbietung endlich nachließ und der Zuschauerkreis sich aufzulösen begann, machte sich die Akteurin kurzerhand in der Menge davon. Die Einnahmen aus dem kurzen Gastspiel mochten sie für die nächsten Tage ausreichend mit Bargeld versorgt haben. Auch der Commissario hatte ihr durchaus mit einer gewissen Faszination zugeschaut, während sie mit psychologischem Geschick und charmanter Unverfrorenheit eindrucksvoll demonstrierte, wie man in Venedig mit ein paar dreisten Taschenspielertricks an das Geld der Fremdlinge gelangen kann und obendrein noch deren Begeisterung dadurch erregt. In diesem Zusammenhang erinnerte er sich an Äußerungen Nietzsches, mit denen auch der Philosoph einst bewundernd auf das Talent der Venezianer hinwies, mit gutem Gewissen und auf schelmische Art immer wieder die eine oder andere kleine Schurkerei begehen zu können. Nach dieser vergnüglichen Ablenkung erinnerte sich Benedetti der drängenden beruflichen Pflichten und setzte seinen Weg nunmehr mit beschleunigten Schritten fort. Unterwegs scherzte er noch kurz mit ein paar Novizinnen aus der Provinz. Mit ihren unschuldigen Gesichtchen, allesamt bleich wie Putenfleisch, hatten sie sich neugierig-verschämt um die Schaufensterscheibe eines kleinen Geschäftes für raffinierte Dessous gruppiert und betuschelten leise kichernd die Auslage. Ohne auch nur ansatzweise ins Schlüpfrige abzugleiten, klärte sie der Commissario über Verwendbarkeit und Vorzüge der einzelnen Teile auf, etwa im Tonfall eines Fremdenführers, der seinen staunend lauschenden Zuhörern die Schönheit einer antiken Büste nahebringen will. Dabei griff er immer wieder auf seine beeindruckenden Bibelkenntnisse zurück und entschärfte das delikate Thema dadurch auf eleganteste Weise, daß er es in testamentarische Worte und Bilder einkleidete. Abschließend mahnte er die Signorine mit erhobenem Zeigefinger. »Ich möchte Sie keineswegs in Versuchung führen, aber noch wäre Gelegenheit zur Umkehr ins weltliche Leben. Für den Fall jedoch, daß Sie ihren eingeschlagenen Pfad wirklich ganz zu Ende gehen wollen«, fuhr er mit pastoralem Pathos fort, »möchte ich Ihnen ein tröstliches Wort aus dem Lukasevangelium mit auf den Weg geben. Da heißt es: ›Denn siehe, es wird die Zeit kommen, in welcher man sagen wird: Selig sind die Unfruchtbaren und die Leiber, die nicht geboren haben, und die Brüste, die nicht gesäuget haben‹.«

Während Benedetti diesen Satz eben noch zu Ende sprechen konnte, gesellte sich eine ältere vergrämte Nonne zu ihnen, es handelte sich wohl um die Aufsichtsperson der Gruppe. Bevor die strenge Frau, sie hatte sich bereits empörend und mit hochrotem Kopf in die Höhe gereckt, die inzwischen erheiterte Gesprächsrunde mit einem himmlischen Donnerwetter abstrafen konnte, wurde auch sie bereits mit einem frommen Spruch aus dem Buch der Psalter bedacht. »›Ich gehe krumm und sehr gebückt‹«, zitierte der Commissario, »›den ganzen Tag gehe ich traurig. Denn meine Lenden verdorren ganz, und es ist nichts Gesundes an meinem Leibe.‹« Abschließend verabschiedete er sich hastig mit der Bemerkung, daß er einen Lustmord aufzuklären habe, und machte sich dann eiligst davon. Durchaus mit gemischten Gefühlen, weil er fand, vielleicht doch ein wenig zu weit gegangen zu sein. Andererseits war ihm die Vorstellung absolut zuwider, daß die unmündigen jungen Mädchen möglicherweise für den Rest ihres Lebens hinter Klostermauern verschwinden könnten. Als er sich bereits mit weit ausholenden Schritten in Sicherheit gebracht hatte und aus sicherer Distanz zurückschaute, bekreuzigte sich die Aufsichtsperson der Novizinnen mehrfach mit Inbrunst. Gerade so, als sei ihr der Leibhaftige mitten in Venedig begegnet und noch dazu am hellen Tag.

Auf seinem weiteren Fußweg, der ihn auch über den Campo San Angolo führte, machte Benedetti vor einer kleinen Kapelle halt, die dem heiligen Antonius gewidmet war. Jenem Schutzpatron, dessen man in der Region hier und dort bis auf den heutigen Tag mit kleinen Festen gedachte, stets am dreizehnten Juni eines Jahres. Zwar hatte der Commissario im Laufe der Zeit eine kritisch-distanzierte Position zu seiner Kirche eingenommen, was aber trotzdem damit im Einklang stand, daß er sich der Faszination gewisser religiöser Traditionen und Rituale nach wie vor weder entziehen konnte noch wollte. Insbesondere mit dem heiligen Antonius, von dem noch heute in Padua behauptet wird, er könne jeden Tag dreizehn Wunder bewirken, verbanden ihn liebe Kindheitserinnerungen. Seine Großmutter hatte ihm oft wundersame Geschichten über diesen Schutzpatron erzählt, den es vor allem dann anzurufen galt, wenn einem etwas verlorengegangen war. Aber auch sonst konnte er dem Gläubigen in vielfacher Hinsicht nützlich sein. An diesem Tag, während sich Benedetti für einige Minuten an das alte Gemäuer der Kapelle lehnte, entschuldigte er sich bei dem Heiligen dafür, daß er die Betschwestern derartig unfein brüskiert hatte. Zum Abschluß seiner stillen Bußübung trennte er sich noch leichten Herzens von einem Lireschein mittlerer Größenordnung, den er durch einen schmalen, in die Außenwand der Kirche eingelassenen Spalt schob, über dem man ein blitzblank poliertes kleines Messingschild angebracht und mit dem eingravierten Satz *PANE PER I POVERI* versehen hatte. Danach fühlte sich der reumütige Spötter aufs angenehmste befreit und setzte seinen Weg ohne weitere Unterbrechungen mit federnden Schritten fort.

Die Tür zum Atelier des Malers war verschlossen. Von innen drang emotional aufgeladene Musik auf den verstaubten Dachboden, wo sich der schlecht gelaunte Vormittag zwischen Spinnweben, allerlei Unrat aus vergangenen Jahrhunderten und übelriechenden Taubenkadavern verkrochen zu haben schien. Benedetti lauschte, an einen Stützbalken gelehnt, nach dem Orchesterstück, das ihn auf geheimnisvolle Weise anrührte. Die schwermütige Melodie war ihm durchaus vertraut und dennoch fremd. Etwas Verlockendes, Bedrohliches und zugleich Tröstliches ging von ihr aus, und aus all diesen und noch vielen anderen Widersprüchen entfaltete sich ein Klangzauber, dem er für Minuten völlig verfiel.

Nachdem schließlich Ruhe eingetreten war, wurde ihm auf wiederholtes energisches Klopfen hin endlich geöffnet. Benedetti traf den Maler in düsterster Stimmung an. Mitten im Raum stand Helenas Porträt noch immer auf der Staffelei, umrahmt von ineinander verflochtenen weißen Lilien. Sie begannen inzwischen zu welken, da man sie wegen ihrer dekorativen Anordnung nicht mit Wasser hatte versorgen können.

»Sie kommen denkbar ungelegen, Signore«, raunte Pablo. »Aber setzen Sie sich trotzdem.« Er wies auf einen seiner schäbigen Korbsessel. Obwohl deren Flechtwerk längst verzogen, brüchig und an vielen Stellen notdürftig mit dickem Draht verstärkt war, boten sie dem Gast noch immer, knarrend und allen Gesetzen der Statik zum Trotz, einen angenehmen Ruheplatz.

»Ich bin nicht wegen des Portraits meiner Mutter hier«, begann Benedetti.

»Weswegen kommen Sie dann?«

Der Commissario wies zur Staffelei hin. »Der Todesfall, um den es hier geht«, fuhr er zögernd fort und peinlich darauf bedacht, nicht in einen dienstlichen Tonfall abzugleiten, »gibt mir einige Rätsel auf. Weil ich das Gefühl habe, Sie könnten mir den einen oder anderen Hinweis zum Verständnis dieses rätselhaften Geschehens geben, bin ich noch einmal zu Ihnen gekommen. Es tut mir natürlich leid, daß Sie über meine Anwesenheit hier wenig erfreut sind. Ich kann Sie da wirklich sehr gut verstehen. Weitaus lieber hätte ich mich an diesem Vormittag mit einer noch lebenden Signora Schuler irgendwo auf ein Glas Wein getroffen, denn sie war eine außergewöhnlich schöne, kultivierte Frau und gleichzeitig von jener immer seltener anzutreffenden Aura umgeben, die nur außergewöhnlichen Charakteren eigen ist. Aber wie die Dinge nun mal liegen: Sie ist tot!«

Benedetti machte danach eine längere Pause, um Pablo Zeit für eine spontane Stellungnahme zu lassen.

Dieser aber schwieg beharrlich. Während er, die Hände in den Taschen eines ehemals weißen Kittels vergraben, in dem weitläufigen Atelier hin und her schlurfte, kehrte er seinem Gast demonstrativ den Rücken zu. Schließlich wandte er sich an den Commissario und verblüffte ihn mit der knappen Frage, ob es sonst noch etwas Wichtiges zu besprechen gäbe. Ansonsten könne man sich ja voneinander verabschieden.

»Wie werden jetzt auf jeden Fall noch miteinander zu reden haben«, bekam der Maler zur Antwort, und der Tonfall, in dem diese Äußerung fiel, war ein unmißverständliches Zeichen dafür, daß er mit seinem Gegenüber nicht Katz und Maus spielen konnte. »Einerseits«, fuhr Benedetti fort, »könnten wir uns heute vormittag über jene Akte unterhalten, die vor Jahren geschlossen und mit dem Vermerk ›Vorläufig nicht aufzuklären!‹ abgelegt wurde. Ich habe sie jedoch nur deswegen mitgebracht, um notfalls Stoff für eine Unterhaltung dabeizuhaben. Weil ich jedoch nicht unbedingt darauf aus bin, für ehemalige Kollegen nachträglich die Schulaufgaben zu machen, wäre auch eine andere Lösung denkbar. Sie wissen sicherlich, was ich meine.« Pablo nickte, setzte sich dann auf einen Stuhl neben die Staffelei und signalisierte mit einer Handbewegung seine Zustimmung.

»Also gut«, freute sich Benedetti. »Fangen wir am besten gleich an, damit unser dünner Gesprächsfaden nicht plötzlich wieder abreißt. Durch wen und wann, wenn ich mit dieser Frage beginnen darf, erfuhren Sie vom Tod der Signora?«

»Gestern, so gegen zwölf Uhr, rief mich jemand

vom Hotel an. Ursprünglich hatte ich nämlich mit der Direktion verabredet, das Porträt mittags zum Lido bringen zu lassen. Wie Sie wissen, erübrigte es sich aus tragischen Gründen.«

»Richtig, zu jener Zeit war Frau Schuler bereits seit einigen Stunden tot. Können Sie sich eigentlich vorstellen, woran sie gestorben ist?«

»Ich wußte, daß sie bald sterben würde. Der Zeitpunkt, zu dem es geschah, hat mich allerdings überrascht.«

»Pikant und sehr aufregend, was Sie da sagen«, entfuhr es Benedetti. »Darf ich sofort einmal nachfragen, ob ich Sie eben auch wirklich richtig verstanden habe?«

»Ich weiß, meine Äußerung muß den Argwohn jedes Polizisten wecken, sie bedarf daher einer Erläuterung. Ich will versuchen, sie Ihnen zu geben. Meine Heimat ist die Insel La Palma, dort wurde ich geboren. Ich gehöre einer Rasse an, deren Eigenschaften und Anlagen durch eine jahrhundertelange Vermischung sehr unterschiedlicher Kulturen geprägt wurden: Afrika, Europa, Amerika. Möglicherweise ist dadurch zu erklären, warum ich seit meiner Kindheit unter anderem über die Gabe verfüge, bei bestimmten Menschen den Tod vorhersehen zu können.«

»Faszinierend, wie geht das vor sich?«

»Sie mögen es faszinierend finden, ich habe diese Fähigkeit allerdings immer als eine schwere Bedrohung empfunden, vor allem in jüngeren Jahren, denn alles Unerklärliche löst Ängste beim Menschen aus. Nun, dieses geheimnisvolle Phänomen stellt sich mir in der Weise dar, daß ich in Augenblicken höchster

Konzentration, wie es beim Malen häufig der Fall ist, von einer Vision geradezu überfallen werde. Wie eine durchsichtige Hülle oder ein Fluidum, manche sprechen in diesem Zusammenhang von der sogenannten Aura, legt sich dann ein nahezu farbloses Licht um den Körper der betreffenden Person. Häufig geht es von den Fingerspitzen aus, zuweilen sprüht und funkelt es auch regelrecht in schnellem Farbwechsel. Dabei hängen die Farben sowie ihre Intensität nicht nur vom momentanen Gemütszustand des jeweiligen Menschen ab, sondern in ihnen spiegeln sich ebenfalls sein Charakter sowie auch nahe bevorstehende schicksalhafte Ereignisse, wie etwa der Tod.«

Nach diesen Äußerungen schwieg Pablo eine Weile lang, um abzuwarten, welchen Eindruck sie auf den Commissario machen würden. Da dieser sich offenbar nicht äußern mochte, ergriff der Maler erneut das Wort. »Abschließend zu diesem Thema will ich Ihnen noch von einem anderen Mysterium erzählen, das nur ganz wenige auserwählte Menschen umgibt. Sie fallen uns dadurch auf, daß ihr Körper ein unwirkliches, äußerst feines und dennoch für jeden wahrnehmbares Licht abzustrahlen scheint, wodurch sich etwa der Raum, in dem sie sich gerade aufhalten, spürbar aufhellt. Sofern Sie diesem Phänomen jemals im Leben begegnen, können Sie davon ausgehen, daß die betreffende Person einmal sehr jung sterben wird. Denn jeder Körper besteht letzten Endes aus gefangengehaltenem Licht, und wenn dieses sich durch Abstrahlen wieder befreit, dann muß der betreffende Mensch sich allmählich verstrahlen und dadurch auflösen.«

»Ich habe von solch geheimnisvollen Dingen zwar

hin und wieder mal gehört oder gelesen«, äußerte sich Benedetti, wobei er vermied, den von ihm so geschätzten ironischen Unterton mit einfließen zu lassen, »jedoch begegne ich derartigen Schilderungen zunächst mit einer gesunden Portion Skepsis. Andererseits halte ich nahezu alles prinzipiell für denkbar oder möglich, und ich bin durchaus der Ansicht, daß unsere Wirklichkeit nicht ausschließlich nur aus jenen Anteilen besteht, die wissenschaftlich erklärbar sind. Ganz im Gegenteil! Von den eigentlichen Geheimnissen des Lebens wissen wir möglicherweise nach wie vor so gut wie gar nichts. Aber lassen Sie mich zu meiner Eingangsfrage zurückkommen: Woran, meinen Sie, könnte Signora Schuler gestorben sein? Ihr Tod und die damit verbundenen Umstände werfen nämlich eine Reihe von Fragen auf, die sich mit den üblichen Denkansätzen nur schwer beantworten lassen.«

»Ich weiß sehr genau, woran Helena Schuler wirklich gestorben ist, völlig unabhängig davon, welche äußeren Begleitumstände oder Einwirkungen man dafür verantwortlich machen wird. Für Außenstehende jedoch, wozu ich in erster Linie die Polizei zähle, wird ihr Tod immer ein Rätsel bleiben. Das ist auch gut so. Nun ist es Ihre Aufgabe, Signore, eine sozusagen offiziell vertretbare Version des Falles zu erarbeiten, damit er möglichst schnell als abgeschlossen gelten kann. Die Wahrheit dagegen geht in diesem Fall niemanden etwas an, und sie soll das Geheimnis der Toten bleiben.«

»Schon gut, irgendwo mögen Sie ja recht haben. Ich muß die Angelegenheit allerdings von einem entschieden anderen Standpunkt aus betrachten. Vielleicht sind Sie jetzt aber so freundlich und versuchen mir dadurch zu helfen, daß Sie ein wenig von der Verstorbenen und ihrem Umfeld erzählen. Ich nehme an, Sie haben die Familie Schuler wohl seit langem recht gut gekannt. Es geht mir im Moment lediglich um eine Art Stimmungsbericht, um die eine oder andere Erfahrung oder persönliche Einschätzung.«

»Nun gut!« Pablo stand auf, umkreiste zunächst einige Male die Staffelei mit Helenas Porträt, schaute es dann minutenlang fragend an, gerade so, als halte er stumme Zwiesprache mit dem Bild und erwarte von ihm ein Zeichen des Einverständnisses. »Ich werde mich sehr kurz fassen«, begann er danach, »es ist Ihre Sache, ob Sie damit etwas anfangen können. Die Familie zählt zum feinsten Schweizer Geldadel, das Vermögen kommt von der Seite ihres Vaters. Bankbeteiligungen, Pharmaindustrie, Immobilien rund um den Zürichsee. Alle sind auf eine nette Art katholisch und, von Helena abgesehen, dezent antisemitisch, was gelegentlich zusammenkommen mag. Der hochbegabte Professore stammt aus eher kleinbürgerlichen Verhältnissen und rannte sein Leben lang dem Anspruch hinterher, etwas Gleichwertiges neben die Mitgift seiner Frau stellen zu können. Das hat er inzwischen geschafft. Allerdings ist dadurch eine Art Kitt verlorengegangen, mit dem die seit langem brüchige Partnerschaft zusammengehalten wurde. Er brauchte seine Frau inzwischen nicht mehr. Ich gehe sogar soweit, zu vermuten, daß er sie niemals wirklich geliebt hat. Zugegeben, das klingt äußerst anmaßend.

Bei der Signora lagen die Dinge völlig anders. Im

Reichtum ihres Elternhauses vermißte sie bereits als Kind menschliche Wärme, Geborgenheit und insbesondere emotionale Stabilität. Anfangs glaubte sie, dies alles bei ihrem Mann in idealer Weise gefunden zu haben. Es war jedoch eine Illusion, an die sie sich bis zuletzt verzweifelt klammerte. Das Problem ist ja bekannt: Schlafende schlagen zuweilen wild um sich, wenn man sie aufwecken will, denn sie möchten nicht aus ihrer Traumwelt herausgerissen werden. Für Signora Schuler hätte die einzige Chance darin bestanden, aufzuwachen und auszubrechen, um ihre gebremste Leidenschaft endlich ausleben zu können. Sie glich einem Vulkan, der sich verängstigt seinem eigenen Ausbruch entgegensehnte. Dazu aber war sie letztlich nicht fähig, und starr klammerte sie sich statt dessen verzweifelt an Wertvorstellungen, die längst Opfer ihrer inflationären Partnerschaft geworden waren.«

»Den Ausbruch, von dem Sie soeben sprachen, scheint es nun tatsächlich gegeben zu haben. Leider mit tödlichen Folgen, wie wir wissen«, schaltete sich der Commissario ein.

»Noch ein letztes Wort dazu«, sagte Pablo, der Benedettis Bemerkung mit einer barschen Handbewegung für unerwünscht erklärte. »Im Spätherbst, sobald erste rauhe Stürme aus dem Gebirge zu uns herabjagen, fahre ich gelegentlich mit einem Fischer hinaus aufs Meer, um mir ein faszinierendes Schauspiel anzuschauen. Es ähnelt jenem, das man im Spätsommer bei stürmischem Wetter entlang reifer Kornfelder beobachten kann. Wenn sich diese ungestümen nordöstlichen Fallwinde im dichten Röhricht der Lagune brechen und verwirbeln, dann führen die hohen Halme in den Salzwiesen einen geschmeidigen Tanz auf. Alles wird zu Rhythmus, Lied, Licht und ekstatischer Hingabe. Sich beugend, hebend und wendend vereinigen sich die Schilfe zu einem gemeinsamen Ballett, bei dem schnell wechselnde Farbspiele und Bewegungsabläufe mit der Melodie der entfesselten Lüfte eine berauschende Hochzeit feiern, die zugleich auch ein Totentanz ist. Denn manches Rohr wird dabei gebrochen, knickt ab. Vor allem jene erwischt es, die erstarrt, eigensinnig und unbeugsam den Kräften des Sturms trotzen wollen und sich gegen ihn stellen. Das Leben erwartet von uns die Fähigkeit zu rhythmischer Hingabe und Anpassung sowie zum Einverstandensein mit seinen vitalen Energien und Herausforderungen. Blockaden dagegen, wo immer sie auftreten mögen, führen den Tod herbei.«

Benedetti hatte aufmerksam zugehört, durchaus angetan von den Worten eines großen Künstlers und dessen Fähigkeit, subtile Gedanken in einfache, anschauliche Bilder zu kleiden. »Sicherlich haben Sie Signora Schulers Lebensproblematik auf einen poetischen Nenner gebracht, und mir ist schon klar, was Sie damit sagen wollen«, schaltete er sich ein. »Jedoch für die Ermittlungsarbeit eines Commissarios bringt das kaum etwas Verwertbares. Auch möchte ich, wenn wir schon beim Philosophieren sind, an den Ausspruch eines berühmten Weisen erinnern. Es war wohl der Chinese Laotse, der vor über zweitausend Jahren einmal sagte: ›Nur tote Fische schwimmen mit dem Strom!‹ Laotse sah demnach in der Anpassung nicht unbedingt eine Tugend, und Helena starb möglicherweise gerade deshalb, weil sie anders dachte, fühlte und handelte als die meisten Menschen. Aber lassen wir diese intellektuellen Spitzfindigkeiten. Sie werden uns der Wahrheit, die meiner Einschätzung nach niemals mehr als ein unauflösbarer Widerspruch sein kann, kaum annähern.

Es mag auch völlig genügen, Signore, wenn wir darin übereinstimmen können, daß die eigentliche Ursache für Signora Schulers Tod wahrscheinlich in ihrer sehr komplexen Persönlichkeitsstruktur zu suchen ist. Allerdings muß in jener Schicksalsnacht noch irgendein aktueller, auslösender Umstand hinzugekommen sein, ein heftiger Sturm, um auf Ihre bildhafte Sprache zurückzugreifen, der das in sich erstarrte Rohr brach. Mir geht es darum, herauszufinden, wie und von wem diese tödliche Erschütterung ausgelöst wurde. Sehen Sie, es ist doch so: Jede geladene Pistole stellt zwar prinzipiell eine Gefahr dar, trotzdem mag sie ein Leben lang friedlich in der Nachttischschublade liegen. Allein auf den sich krümmenden Zeigefinger am Abzug kommt es an, und nach diesem Finger suche ich!«

Benedetti stemmte sich nun aus seinem Sessel hoch, was mit einigen Schwierigkeiten verbunden war, weil die Armlehnen der Sitzgelegenheit, auf die er sich dabei abstützte, knarrend abzuknicken drohten. Nachdem er sich endlich aufgerichtet und hochgestreckt hatte, ging er langsam auf den Maler zu und trat sehr dicht an ihn heran. »Für heute ist dies meine letzte Frage an Sie: Helena Schuler hat ihre letzte Nacht nicht allein auf dem Zimmer verbracht. Mindestens eine, möglicherweise sogar zwei Personen waren bei ihr. Können Sie sich vorstellen, in wessen Begleitung sie sich möglicherweise befand?«

»Nein, tut mir leid!« Pablo reagierte abweisend und übertrieben hastig.

»Ihre Antwort kam zu schnell, um aufrichtig sein zu können«, entgegnete ihm der Commissario mit scharfer Stimme. »Ich möchte Ihnen mal ein kleines Geheimnis anvertrauen: Für das eine oder andere im Leben mag ich inzwischen zwar ein wenig zu alt sein, aber nicht für die Wahrheit! Im übrigen«, orakelte er, »bin ich fest davon überzeugt, daß wir uns bald wiedersehen werden. Schon jetzt wüßte ich gerne, wann und warum!« Mit diesem Satz verabschiedete er sich ohne weiteren Gruß, drehte sich jedoch beim Hinausgehen noch einmal um und fragte in versöhnlich eingestimmtem Tonfall: »Diese Musik von vorhin, bevor ich ins Atelier kam, was war das, Signore?«

»*Der Tod und das Mädchen*«, antwortete der Maler düster und drehte sich brüsk zur Seite.

Unten, zurück auf dem Campo San Polo, wurde Benedetti von der angenehm wärmenden Sonne eines inzwischen genesenden Tages empfangen. Während er in die Calle della Madonetta einbog und durch die sich anschließenden Gassen und Gäßchen zur Rialtobrücke ging, kreisten seine Gedanken um Pablos letzte Äußerung. *Der Tod und das Mädchen* – er war völlig sicher, diesem Satz nicht zum ersten Mal begegnet zu sein. Trotzdem gelang es ihm nicht, die wenigen Worte mit einer konkreten Vorstellung oder bereits gemachten Erfahrung in Verbindung zu bringen.

Am Campo di San Silvestro, gerade als er sich in

einer kleinen Cafeteria mit einem Espresso stärken wollte, trällerte dezent sein Handy. Weil es Benedetti peinlich und absolut zuwider war, vor den Augen aller mit wichtigtuerischer Miene am eskalierenden Volkssport des öffentlichen Telefonexhibitionismus teilzunehmen, verdrückte er sich schnell in einen muffig riechenden Hauseingang. Seine Sekretärin Margherita Gambino war am Apparat. Mit diskantem Vibrato und ständig vom Thema abschweifend, wie es nun mal ihre unverwechselbare Art war, wollte sie ihren Chef über alle inzwischen eingegangenen Ermittlungsergebnisse informieren. Neben viel Infomüll, wie der Commissario wertlose Recherchen zu bezeichnen pflegte, gab es auch einige interessante neue Erkenntnisse. So hatte Dottor Morelli, der Polizeiarzt, durch eine Gewebeuntersuchung mit Sicherheit nachweisen lassen, daß Helena wenige Stunden vor ihrem Tod eine Injektion in den Oberschenkel bekommen haben mußte. Die noch frische, sehr feine Einstichstelle wies eine Tiefe von etwa zwei Zentimetern auf. Möglicherweise, so die Vermutung des Arztes, war Insulin oder eine ähnlich stark wirkende Substanz verabreicht worden, denn der Blutzuckerspiegel im Leichnam lag weit unterhalb jenes Grenzwertes, der allgemein als kritische Schwelle zwischen Sein und Nichtsein gilt.

Durchaus interessante Hinweise brachten ferner Ernesto Guardis Nachforschungen im Spielkasino. Da Croupiers bekanntlich über ein hervorragendes visuelles Gedächtnis verfügen, war Helenas auffallende Erscheinung wie auch die coole Art, mit der sie völlig teilnahmslos beträchtliche Gewinne einspielte, noch allen Beteiligten in lebendigster Erinnerung. Lediglich zu der Frage, ob sie in Begleitung oder allein gekommen sei, gab es unterschiedliche Einschätzungen. Immerhin herrschte aber darüber weitgehend Einigkeit, daß lange Zeit ein gut aussehender, mittelblonder junger Mann, möglicherweise ein Deutscher, dicht hinter ihr gestanden hatte, der vom Alter her gut und gerne ihr Sohn hätte sein können.

Als Benedetti das Gespräch schon beenden wollte, einerseits, weil ihn die schrille Stimme seiner im übrigen liebenswerten Signora Gambino nervte, aber auch, um endlich Muße für die ersehnte Tasse Espresso zu haben, merkte seine Sekretärin in letzter Sekunde noch drei weitere Fakten an, die sie bisher für unwichtig gehalten oder einfach vergessen hatte. Aufschlußreich war vor allem, daß der in Schweizer Franken eingetauschte Spielgewinn unauffindbar blieb, wie auch jene Injektionsspritze, die es ja gegeben haben mußte, obwohl man die Hotelsuite deswegen mehrfach regelrecht auf den Kopf gestellt hatte. Als letztes fanden die oval geformten, filterlosen Zigarettenstummel Erwähnung, die der Commissario im Aschenbecher des Hotelzimmers entdeckt hatte. Sie konnten inzwischen zweifelsfrei einer Marke namens *Finas* zugeordnet werden, die ausschließlich in Deutschland hergestellt und vertrieben wurde.

Während Benedetti dann endlich in den Genuß seiner Kaffeepause kam und sie dazu nutzte, alle Eindrücke des Tages noch einmal in Gedankenbildern ordnend vor sich hinzustellen, begann von neuem jene verwunschene Melodie in ihm anzuklingen, der er vor dem Atelier des Malers für einige Minuten angespannt gelauscht hatte. Da er sich dieser Erinnerung nur schwer erwehren konnte, weil sie immer wieder hartnäckig in den Vordergrund seines Bewußtseins drängte und ihn dadurch allmählich nervös machte, entschloß er sich, dem geheimnisvollen Ohrwurm zu Leibe zu rücken. Zunächst erwog er, deswegen mit seiner Mamma zu telefonieren, was das natürlichste gewesen wäre. Denn als ehemaliger Opernstar wäre sie der ideale Ansprechpartner in dieser Angelegenheit gewesen. Jedoch verwarf der Commissario diesen Plan schnell wieder, weil er durchaus zu Recht fürchten mußte, in ein zeitlich ausuferndes Gespräch verwickelt zu werden, das sich in erster Linie um die aktuellen Befindlichkeitsstörungen seiner verehrten Mutter drehen würde. Um dem zu entgehen, rief er lieber seine Sekretärin an, die als recht gebildete Musikliebhaberin bekannt war. Ohne erläuternde Vorrede verblüffte er sie mit der Frage: »Signora, *Der Tod und das Mädchen*, sagt Ihnen das etwas?«

»Schubert natürlich«, entgegnete sie wie aus der Pistole geschossen und ergänzte dann: »Franz Schubert!«

»Ein deutscher Komponist, habe ich recht?«

»Si, Signore. Er hat mal ein Streichquartett unter diesem mysteriösen Titel veröffentlicht. Später bearbeitete es sein Kollege Gustav Mahler für Orchester. Berauschend schöne Musik, man kann süchtig danach werden. Von ihr ließ sich Thomas Mann angeblich zu seiner Novelle ›Tod in Venedig‹ inspirieren, die Visconti bei uns auf dem Lido verfilmte. Unter anderem im *Des Bains*, wo Sie gerade diese merkwürdige Mordgeschichte aufklären müssen. Das war kurz vor dem Tod des Regisseurs, es muß in den siebziger Jahren gewesen sein.«

»Alle Achtung, Signora! Sie ersparen mir glatt die Anschaffung eines Konversationslexikons. Ich nehme an, Sie besitzen eine Aufnahme von dem Orchesterstück?«

»Schön wär's. Verliehen und nie zurückbekommen, wie das meistens so ist.«

»Gut, ich werde Ihnen den Verlust ersetzen. Gleich morgen, wenn es klappt. Und jetzt machen Sie sich mal schleunigst auf den Heimweg. Die Sonne hat ihren Kampf mit den Wolken endlich für sich entschieden, und es wäre doch schade, wenn Sie das nicht für einen vorgezogenen Dienstschluß nutzen würden.«

»Dieser Anweisung meines verehrten Chefs werde ich mich auf keinen Fall widersetzen«, verabschiedete sich die Signora lachend.

Der Commissario ging nach diesem Gespräch ohne weitere Umwege nach Hause, rückte eine bequeme Liege in den noch nicht überschatteten Teil seiner großen Terrasse, streckte sich aus und genoß die vorabendliche Ruhe bei einem nicht allzu schweren Glas Rotwein. Es war wohl ein halbtrockener Merlot. Merkwürdig, sinnierte er, während sich wohlige Trägheit in allen Gliedern seines Körpers einnistete, was für Fäden das Leben doch spinnt, und wie es sie auf geheimnisvolle Weise miteinander verknüpft. Scheinbar willkürlich und möglicherweise trotzdem einer unerkannten Ordnung folgend. Da stirbt eine Helena Schuler ausgerechnet in jenem Hotel auf dem Lido, wo einst ihre große Liebe begann und wo Visconti, etwa zur gleichen Zeit, Thomas Manns berühmte Novelle verfilmte, die ihre Entstehung einer Musik verdankt, der er an diesem Tag vor dem Atelier des Malers zum ersten Mal im Leben bewußt begegnet war.

Während dieser Gedanken glitt Benedetti allmählich in einen angenehmen Zustand hinüber, wo sich erste Traumbilder mit letzten Wahrnehmungen der realen Umgebung zu einer anderen Form von Wirklichkeit vereinigten. Gelegentlich öffnete er seine schwermüden Augen noch einen Spaltweit, um die mächtigen Wolkenkathedralen zu bestaunen, die sich hoch in den Abendhimmel hinauftürmten. Golden flammte das Licht der untergehenden Sonne entlang der Säume dieser luftigen Gebilde auf. So schlief er ein und erwachte erst spät am Abend wieder, aufgeschreckt vom eigenen Schnarchen, einer kühlen Luftströmung und dem Bedürfnis nach einem guten Abendessen.

9. Kapitel

Wie verabredet trafen sich Susan und Mario nachmittags im *Florian*, in einem der engen Kabinette der ersten Etage, die an plüschige Puppenstuben vergangener Jahrhunderte erinnerten. Hier oben sah man vor allem elegante ältere Damen der venezianischen Gesellschaft zusammensitzen, die mit gedämpfter Stimme den aktuellen Klatsch der Stadt betuschelten. Unter ihnen sicherlich auch manche Diabetikerin, die sich nach einem gut ausgefallenen Zuckertest lustvoll-verschämt an süßen Leckereien verging. Schlechten Gewissens zwar, aber immerhin mit der beruhigenden Gewißheit, an diesem Ort nicht von ihrem Hausarzt ertappt zu werden.

Während sich beide mit einem *Bellini* erfrischten, deutete Mario an, zunächst eher beiläufig, daß ihm wenig daran gelegen sei, dem Dogenpalast einen Besuch abzustatten. Weil er seine ablehnende Haltung mit äußerst fadenscheinigen Argumenten begründete und zuletzt regelrecht darauf bestand, die geplante Besichtigung auf einen späteren Termin zu verschieben, wurde Susan hellhörig.

»Du scheinst ein Problem damit zu haben«, vermutete sie. »Falls du magst, sprechen wir darüber. Vielleicht stellst du dann fest, daß es gar keines ist.« Nach anfänglichem Sträuben lenkte Mario ein, denn mit der drängenden Neugier dieser Frau im Nacken gab es für ihn kaum Hoffnung auf einen gemütlichen Abend. So erfuhr Susan nun vom eigentlichen Grund seiner Venedigreise.

»Meine Mutter«, begann er, »stammt aus dieser Region, genauer gesagt aus Fusina, einem kleinen Ort an der Brentamündung. Mit dem Schiff sind es nur wenige Minuten von hier. Mein Vater ist Münchner. Sie lernten sich im Urlaub kennen, die ganz große Liebe natürlich. Wenig später, ich war bereits unterwegs, wurde geheiratet. Heute sind die beiden durchschnittlich glücklich oder unglücklich, was nach meinen bisherigen Erfahrungen etwa das gleiche ist. Mamma leidet seit Jahren unter schweren Migräneanfällen, aber in Wirklichkeit hat sie nichts anderes als *nostalgia*, wie es hier heißt, also Heimweh.

Als ich noch klein war, erzählte sie mir abends am Bett geheimnisvolle Geschichten aus der Vergangenheit Venedigs, wo sie bis zu ihrer Hochzeit in einem Hotel gearbeitet hatte. Insbesondere mußte sie mir immer wieder aus Casanovas Lebenserinnerungen vorlesen, in denen der Frauenheld von seiner langen Haft in den berüchtigten Bleikammern berichtete. Besonders spannend beschrieb er seine bis in alle Einzelheiten geplante Flucht, die im zweiten Anlauf schließlich gelang. Eine Sensation für damalige Zeiten; denn die *Piombi*, wie die Zellen unter den Bleidächern des Dogenpalastes im Volksmund genannt wurden, galten als absolut ausbruchsicher. Selbst der Papst soll sich über dieses Husarenstück köstlich amüsiert haben.«

»Jetzt kann ich mir beinahe schon denken, worauf deine Erzählung hinausläuft«, schaltete sich Susan ein. »Klingt alles sehr spannend, und gleich sollst du weiter davon erzählen. Vorher möchte ich allerdings ein wenig zu Casanovas Ehrenrettung beitragen. Sicherlich hat er kein galantes Abenteuer ausgelassen, und alle, die seinem Charme schlecht widerstehen konnten, mußten dran glauben. Minderjährige Jungfrauen ebenso wie verheiratete Adelsdamen oder Nonnen, die ihr Leben eigentlich ganz anderen Idealen geweiht hatten. Dabei soll der Kerl nicht einmal besonders hübsch gewesen sein, wie er selbst immer wieder eingestanden hat. Auf den meisten Porträts wird er denn auch wenig schmeichelhaft dargestellt. Mit schmalen Lippen, scharf geschnittenem Profil und hoher, nach hinten fliehender Stirn. Aber leider wissen nur die wenigsten Menschen, daß Casanova, von seinen Amouren einmal abgesehen, ein vielseitig und hochbegabter Mann war, der weitaus mehr konnte, als den Weibern die Mieder aufzuknüpfen oder ihnen unter die Röcke zu greifen. Nahezu überall in Europa war er ein gerngesehener Gast und Berater an den Höfen des Adels und der Könige. Mit dem Alten Fritz hatte er beispielsweise eine Audienz im Park von Sanssouci, wo die beiden Probleme der Wasserversorgung für die aufwendigen Grünanlagen diskutierten. Wenig später empfing die Zarin den Venezianer mehrfach in Petersburg und ließ sich von ihm dazu anregen, den inzwischen fast überall üblichen Gregorianischen Kalender auch in Rußland einzuführen, jedenfalls sofern es sich um die Datierung amtlicher Dokumente handelte. Nicht zuletzt machte sich Casanova auch als Mathematiker, Erfinder, Literat und Übersetzer der Ilias einen Namen, die er als erster ins Italienische übertrug. Da siehst du mal, mein lieber Mario, wozu ein guter Liebhaber außerdem noch fähig sein kann«, scherzte Susan. »Übrigens hat Venedig seinem wenig geliebten Hasardeur, Weiberheld, Provokateur und Abenteurer zum zweihundertsten Todestag endlich ein sehr hübsches bronzenes Denkmal gesetzt, direkt am Pier gegenüber der Seufzerbrücke. Sieh es dir mal an.«

Damit war dieses Thema abgeschlossen, und Mario fuhr fort, weiter von seiner Mutter und ihren Erzählungen zu berichten. »Wie fast alle Kinder liebte auch ich damals vor allem grausame Geschichten, die jedoch zum Schluß gut ausgehen mußten. Hier bot sich als Thema vor allem Casanovas Inhaftierung an, die mir Mamma stets aufs neue bis in alle Einzelheiten hinein schildern mußte. Wie er in seiner fensterlosen engen Zelle nicht einmal aufrecht stehen konnte, nachts von Ratten angenagt wurde und sich sein Hirn darüber zermarterte, wie er wohl aus dieser strengstens bewachten Hölle entkommen könnte. Wahrscheinlich übertrieb sie dabei zuweilen maßlos, auch erfand sie stets neue, schrecklichere Varianten dieses Leidensweges. Mir war es allemal recht, weil ich ja sicher sein konnte, daß Casanova, mein Held, sich letzten Endes auf geniale Weise würde befreien können. An jenen aufregend schönen Abenden schlief ich immer erst dann zufrieden und beruhigt ein, wenn Casanova nach halsbrecherischer nächtlicher Flucht über die Dächer des Dogenpalastes, wobei er beinahe noch abgestürzt wäre, endlich wieder in Freiheit war.

Übrigens in Begleitung eines zu langer Haft verurteilten Padre, der es trotz mehrfacher Verwarnung nicht hatte lassen können, hin und wieder minderjährige Jungfrauen zu schwängern. Es war wohl Ironie des Schicksals, daß beide ausgerechnet durch die Porta della Carta entkamen, durch jenen großartigen Zugang zum Palast also, über dessen Eingangsfassade hoch oben in der Spitze die Justitia thront. Wie du vielleicht erinnerst, hatte man Casanova monatelang eingekerkert, ohne ihm den Prozeß zu machen oder eine Verurteilung auszusprechen. So etwas war damals in Venedig, wo man auf eine an sich sehr liberale Rechtsprechung achtete, durchaus unüblich.

Natürlich nahm ich viele Bilder dieser aufregenden Geschichten anschließend mit in den Schlaf hinüber, wo sie sich gelegentlich zu Alpträumen auftürmten. Insbesondere wurde ich häufig von der Vorstellung verfolgt, geduckt in einer finsteren Gefängniszelle hocken zu müssen, die sich nach und nach zu einer Kiste verengte, deren Wände mich allmählich zu erdrücken drohten. Bevor dieses wirklich geschehen konnte, wachte ich jedesmal wild um mich schlagend auf. Nachdem ich älter geworden war, wurden Träume dieser Art immer seltener, bis sie im Laufe der Jahre völlig ausblieben. Zurück blieb unter anderem eine Neigung zur Klaustrophobie ...«

Mario ließ seine Erzählung in einer Art und Weise ausklingen, die darauf schließen ließ, daß er ein wichtiges Thema ausgeklammert hatte. Susan spürte es und ermunterte ihn, fortzufahren. »Als Kind wurde ich gelehrt, bei Tisch nichts auf dem Teller zurückzulassen. Auf deinem liegen noch ein paar Reste herum, die du vielleicht für schlecht verdaulich hältst. Kau sie mal gut durch, und dann weg damit! Alles, wovor man sich drückt, bedrückt einen irgendwann später im Leben.«

Nach dieser Äußerung war Mario zunächst etwas verstimmt und maulte vor sich hin, weil ihn Susans überlegene, fast schon altkluge Art störte, zumal sie einige Jahre jünger war als er. »Nun gut, kommen wir nochmals auf Casanova zurück«, lenkte er dennoch nach einer kurzen Pause versöhnlich ein, »obwohl ich es absolut schrecklich finde, wenn Frauen, zu denen offensichtlich auch du gehörst, einen so hervorragend ausgeprägten Instinkt für die Schwachstellen der Männer haben.

Gewisse Probleme entwickelten sich, als ich mit zunehmendem Alter anfing, etwa seit Beginn der Pubertät, mich immer mehr mit Casanova zu identifizieren. Nach und nach übernahm ich, eher unbewußt als vorsätzlich, viele seiner Verhaltensweisen und Denkmuster, was schließlich soweit ging, daß ich zuletzt beschloß, meinen Lebensweg möglichst übereinstimmend an seinem früheren auszurichten ...«

»Der ja letztlich ziemlich erbärmlich im Exil scheiterte«, wandte Susan ein.

»Völlig richtig! Jedoch wenn man einen Menschen idealisiert, wie ich es vor Jahren getan habe, ist das bekanntlich stets mit einer Einschränkung der Wahrnehmungsfähigkeit verbunden. Aber so schlau mußte ich inzwischen erst werden. Damals jedenfalls faßte ich den Entschluß, durch die Welt herumzureisen, interessante Menschen kennenzulernen, auf keinen Fall zu arbeiten und nebenbei möglichst viele schöne

Frauen zu verführen, wobei ich den vermögenden unter ihnen den Vorzug geben wollte, denn von irgend etwas mußte ich ja leben. So viel Sinn für Realitäten war mir immerhin geblieben.«

»Wie klug und vorausschauend Männer bei all ihrem Talent für Romantik und Liebe doch sein können«, meinte Susan spitz, und etwas erschreckt mußte sie im selben Moment daran denken, daß sie beim Schnüffeln in Marios Reisetasche auf ein dickes Bündel Geldscheine gestoßen war. Jedoch wollte sie dieses Thema vorerst nicht ansprechen und fragte ihn statt dessen, wie weit er denn inzwischen auf seinem hübsch ausgedachten Lebensweg vorangekommen sei.

»Zunächst lief eigentlich alles sehr gut«, räumte Mario ein. »Am wenigsten Schwierigkeiten bereitete mir natürlich der Verzicht auf geregelte Arbeit, zumal ich bevorzugter Liebling der Familie war und mich Eltern, Großmütter und ein vermögender Onkel großzügig mit Geld unterstützten. Lediglich mit der Partie des Frauenhelden, die ich mir verordnet hatte, gab es lange Zeit Schwierigkeiten. Vom Äußeren her kam ich zwar gut an, nur war ich leider viel zu schüchtern und unerfahren, um den gewünschten Erfolg zu haben. Vor allem verheiratete Damen der gehobenen Frankfurter Gesellschaft mußte ich enttäuschen, also Ehefrauen von überforderten Internisten, gestreßten Rechtsanwälten und wichtigen Managern, die ihr schlappes Gefühlsleben gerne durch ein freudiges Ereignis aufgefrischt hätten. Statt dessen kamen sie mit mir vom Regen in die Traufe, wie man so sagt.«

»Inzwischen hast du aber fleißig dazugelernt«, bemerkte Susan anerkennend. Er dankte es ihr mit einem scheuen Lächeln und fuhr fort: »Anstatt mich nun endlich in Frage zu stellen, steigerte ich mich immer mehr in die Vorstellung hinein, ein zweiter Casanova sein zu wollen. Es nahm zwanghafte Züge an. Verstärkt wurden diese noch durch zweifelhafte Erfahrungen bei einer Frau mit sogenannten medialen Fähigkeiten, zu der damals alle Welt hinrannte, weil es Mode war. Sie machte sogenannte ›Rückführungen‹ in vorangegangene Inkarnationen. Fast eine Stunde lang mußte ich bei ihr mit geschlossenen Augen auf einer unbequemen dünnen Matte liegen, während sie einschläfernde Meditationsmusik abspielte, suggestive Fragen an mich stellte und dabei Räucherkerzen abbrannte, worauf ich zuletzt mit einem minutenlangen, ungewöhnlich heftigen Niesanfall reagierte. Sie war geradezu begeistert darüber und schrie immer wieder laut, während sie rhythmisch in die Hände klatschte: ›Weiter so, weiter so, jetzt kommt endlich alles raus. Alles steigt nach oben, raus damit!‹

Anschließend bescheinigte sie mir erwartungsgemäß, ich sei früher einmal Casanova gewesen. Daher hätte ich mich bisher nicht von dieser dominanten Identität lösen können und müsse sie nun noch einmal, unter den veränderten Bedingungen unserer Zeit, ausleben. Nunmehr sei alles auf dem besten Wege, und es läge ausschließlich bei mir, ihn konsequent zu Ende zu gehen. Für das Spektakel nahm sie mir dreihundert Mark ab. Später saßen wir eigentlich noch ganz nett zusammen, tranken Tee und aßen ziemlich ausgetrocknete Kekse dazu, die sie selbst am

Wochenende zuvor im Freien auf einem ›Kraftpunkt‹ in der Eifel gebacken hatte. Abschließend ...«

»Ich weiß schon genau, wie es ausgegangen sein muß«, schaltete sich Susan lachend ein.

»Okay«, gestand er etwas verlegen ein, »sie verführte mich, und zugegeben, es war wirklich nicht schlecht. Obwohl die Umstände, unter denen alles geschah, etwas ungewöhnlich waren. Aber möglicherweise machte gerade das den eigentlichen Reiz aus.«

»Was geschah danach, ich meine, inwiefern hat diese merkwürdige Art von ›Therapie‹ dein Leben beeinflußt?«

»Verrückterweise reagierte ich völlig untypisch auf ihre Behauptung, ich sei eine Wiedergeburt von Casanova und müsse zwangsläufig dessen früheres Lebensthema noch einmal aufnehmen. Denn mir wurde nach und nach völlig klar, daß meine Aufgabe einzig und allein darin bestehen konnte, endlich Mario Bergner zu werden, anstatt weiterhin den verstorbenen venezianischen Lebenskünstler zu mimen und als dessen lächerliche Kopie herumzulaufen.«

»Ciao, Casanova! kann ich dazu nur sagen!«

»Du hast völlig recht. Jedoch ist es erfahrungsgemäß nie so ganz einfach, neue Erkenntnisse auch gleich in ein verändertes Verhalten umzusetzen. Erst im Verlauf eines längeren Prozesses gelang es mir schließlich, jedenfalls weitgehend, mich von einer Rollenvorstellung zu verabschieden, die meiner Entwicklung lange Jahre im Wege stand. Diese Venedigreise, vor der ich aus verschiedenen Gründen immer Angst hatte, soll jetzt dazu beitragen, den letzten Rest von Casanova in mir zu löschen.«

»Warum hattest du Angst?«

»Es war ja durchaus denkbar, daß mich die Atmosphäre dieser Stadt dazu verführen könnte, erneut hinter eine Maske zu flüchten, von der ich mich endlich befreit hatte. Auch befürchtete ich, durch den Anblick des Dogenpalastes jenen klaustrophobischen Neigungen wieder Auftrieb zu geben, die meine Mutter durch ihre abendlichen Erzählungen in mir geweckt hatte. Daher habe ich, vom heutigen Tag abgesehen, bisher auch stets einen großen Bogen um den Markusplatz gemacht.«

»Also gehen wir jetzt einfach mal in die Höhle des Löwen, und ich zeige dir dort ein wunderschönes, geheimnisvolles Bild?«

»Keine Bedenken oder Einwände!«

Wenige Minuten später schon standen sie vor einem großflächigen Ölgemälde des niederländischen Malers Hieronymus Bosch, das die Westwand der *Sala dei Tre Capi* dominierte, in der einst die Inquisitoren über Leben und Tod zu Gericht gesessen hatten. Im unteren Bereich des schmalen, hohen Bildes, es war überwiegend in düsteren Grau- und Grüntönen gehalten, hatte der Künstler vier nackte Menschen abgebildet, allem Anschein nach Verstorbene, die jeweils von zwei Engeln begleitet wurden. Diese Wesenheiten waren offensichtlich darum bemüht, ihre Schützlinge zu einer Art Kanal oder Tunnel emporzugeleiten, der das obere Drittel der Darstellung ausfüllte. Am Ende dieses lichtdurchfluteten Kanals, der zweifellos den Übergang in eine andere Seinssphäre symbolisierte, wartete eine vom Maler nur angedeutete Gestalt auf die Ankunft der Engel und ihrer

Begleiter. Die tröstliche Botschaft des Gemäldes war ebenso beeindruckend wie eindeutig: Mit seinem Tod wird der Mensch nicht einfach ausgelöscht, sondern auch danach bleibt er Teil einer universellen Schöpfung, wenn auch auf einer völlig anderen, für uns kaum vorstellbaren Ebene. Nachdem sie die visionäre Darstellung des Künstlers eine Weile lang auf sich hatten einwirken lassen, drängte es Mario zu einer Frage. »Meinst du, daß Helena inzwischen auch durch diesen Tunnel ...«

»Pscht!« Susan legte ihm sanft ihren Zeigefinger auf die Lippen. »Nicht immer gleich alles hinterfragen oder zerreden wollen. Ich glaube, das ist eine typisch deutsche Unart. Ich wollte dir nur ein mysteriöses Bild zeigen, ohne weiteren Kommentar. Falls es etwas in dir auslöst – gut! Wenn nicht, spielt das auch keine Rolle. Was auch immer auf uns zukommen mag: Noch sind wir jedenfalls nicht auf der anderen Seite des Tunnels. Also machen wir uns einen wunderschönen Abend.«

Sie verließen den Dogenpalast über die prächtige, aus weißem Marmor geschlagene *Scala dei Giganti*. Auf dem oberen Absatz der Treppe, dort, wo die neugewählten Dogen gekrönt wurden, blieben sie für einen Moment stehen und genossen den Blick hinunter in den Hof des Palastes, wo sich unter den Kolonnaden bereits die Dämmerung kühl eingenistet hatte. Zur linken und rechten Seite leisteten ihnen die Statuen von Mars und Neptun stumme Gesellschaft. Im Licht der untergehenden Sonne imponierten die stolzen Götter selbstbewußt mit dem kraftvollen Muskelspiel ihrer nackten Körper.

»Wenn man so will«, meinte Susan nachdenklich und wies auf die beiden Himmelssöhne, »dann gibt es zwischen ihnen und dem Bild von Hieronymus Bosch eine interessante Parallele: Welt und Gegenwelt!«

»Das verstehe ich nun wirklich nicht«, gestand Mario und fügte ironisch hinzu: »Aber ich werde mich sehr davor hüten, jetzt wieder ein typischer Deutscher zu sein und deine rätselhaften Gedankengänge zu hinterfragen. Ich lasse sie einfach so auf mich wirken. Vielleicht lösen sie ja irgend etwas in mir aus ...«

Weil sie sich ertappt fühlte, mußte sie zunächst lachen, fuhr danach jedoch unbeirrt fort: »Mars symbolisiert vor allem die Themen der konkreten Welt, mit denen wir uns hier im Leben auseinandersetzen müssen: Ungeduld, Energie, Kampf, Sieg, Macht und Materie. Neptun dagegen steht für völlig andere, eher geistige Werte wie Intuition, künstlerisches Schaffen, Religion und Hingabe. Es geht also um sehr unterschiedliche, ja extrem gegensätzliche Pole: Welt und Gegenwelt. Zusammen gesehen stecken sie jenen Spannungsrahmen ab, in dem der Mensch sich zu allen Zeiten bewähren mußte, wenn er nicht scheitern wollte. Den Venezianern war dieser Konflikt immer bewußt, und daher hatte sich ihnen jeder neu gewählte Doge auf dieser Treppe symbolisch zu stellen.«

»Ich bin zwar in der Mythologie nicht sonderlich bewandert«, schaltete sich Mario ein, »aber eine dritte Gottheit fehlt mir an dieser Stelle.«

»Du vermißt sicherlich einen schönen Frauenkörper«, scherzte sie, »wahrscheinlich die Venus höchstpersönlich und möglichst nur knapp bekleidet?«

»Nein, ich denke eher an Merkur, obwohl mir das

weibliche Element hier durchaus fehlt. Aber Merkur, der Götterbote, war schließlich für Intellekt, Kontakt, Austausch und Handel zuständig, für jene Bereiche also, die mit Venedigs langer Blütezeit untrennbar verbunden sind.«

»Du hast vollkommen recht«, stimmte sie ihm zu. Danach verabschiedeten sich beide von dem geschichtsträchtigen Ort. Obwohl nur durch dickes Gemäuer von der übervölkerten, lärmenden Piazetta getrennt, war er ihnen für wenige Minuten zu einer Oase der Stille und Nachdenklichkeit geworden. Sie nahmen sich bei der Hand und gingen zusammen die prächtige, noch von Sonnenlicht hell überstrahlte Treppe hinunter in den Innenhof. »Dreh dich jetzt bitte noch einmal um und schau zurück«, forderte Susan ihn auf. »Über diese Treppe verließ auch Casanova einst den Dogenpalast, nachdem ihm seine abenteuerliche Flucht aus den Bleikammern gelungen war.« Dann griff sie in ihre Umhängetasche, förderte nach längerem Kramen schließlich einen Lippenstift zutage und reichte ihn Mario.

»Für mich etwa, wozu denn das?« wollte er wissen. Sie nickte nur und wies ermunternd auf den untersten Treppenabsatz, über den sich bereits erste abendliche Schatten gezogen hatten. Mario verstand, nickte, beugte sich hinab, schrieb mit kraftvollem Schwung *Ciao, Casanova*! in die Mitte der Stufe und verabschiedete sich damit symbolisch von alten Erinnerungen, die ihn seit seiner frühen Kindheit immer wieder belastet hatten.

Wenig später, durstig und hungrig in Susans Atelierwohnung auf Giudecca angekommen, begann sie umgehend mit den Vorbereitungen zu einem warmen Abendessen, für das sie unterwegs noch schnell allerlei geheimnisvolle Zutaten besorgt hatte. »Für mich ist Kochen eine ausgesprochen kreative und zudem auch noch sehr entspannende Tätigkeit«, erläuterte ihm die Malerin. »Rezepte aus Frauenzeitschriften sind mir daher ebenso verhaßt wie alles Vorgefertigte, weil meine Phantasie dadurch zu sehr eingeengt wird. Für alle Unsicheren, die sich kaum mehr zutrauen, als einen Topf voll Wasser zum Sieden zu bringen, mögen sie gut und nützlich sein. Ich dagegen lasse lieber meiner Phantasie und Intuition freien Lauf.«

Inzwischen hatte Susan auf dem kleinen Küchentisch Platz für ihre Arbeit geschaffen und neben allerlei Geräten die erforderlichen Zutaten um sich herum ausgebreitet. Zunächst war sie damit beschäftigt, hauchdünn geschnittene Schweineschnitzel auf einem Brett auszulegen und ihre Oberseite mit Pfeffer, Salz, wenig Salbei sowie mit feingehacktem, frischem Rosmarin zu würzen. Anschließend legte sie je eine dünne Scheibe Mortadella und Parmaschinken über das Fleisch und rollte dann alles zusammen, so wie man es mit Rindsrouladen auch tut. Danach wurden die Leckerbissen zuerst in Olivenöl und dann in einer Mischung aus Paniermehl mit sehr wenig geriebenem Parmesan gewälzt. Während sie abschließend bei kleiner Flamme rundherum knusprig braun gebraten wurden, zauberte Susan aus zerdrücktem Schafskäse, feingehackten schwarzen Oliven, Pfeffer, wenig Zitronensaft und herbem Weißwein blitzschnell eine köstliche Soße, die sie nach kurzem Aufkochen mit süßer

Sahne und einem Schuß Grappa verfeinerte. Dazu gab es frisches Knoblauchbaguette und halbtrockenen Chianti.

»Kompliment, das war hervorragend!« lobte Mario die Köchin. Unbescheiden hatte er sich zum wiederholten Male nachgelegt und seinen Teller zuletzt mit gebrochenem Weißbrot blitzblank geputzt. »In vieler Hinsicht macht es kaum einen Unterschied, ob ich Bilder male oder ein Essen zubereite«, gestand ihm Susan. »Wenn ich an meiner Staffelei vor der Leinwand sitze, dann schaue ich mir zunächst alle Farben und Pinsel an, die sich sozusagen als Handwerkszeug oder Zutaten für das spätere Bild anbieten. Die Idee, was sich damit anfangen läßt, kommt mir nach einer Weile ganz von selbst. Ähnlich ist es mit dem Kochen. Beim Anblick der ausgebreiteten Lebensmittel entsteht in meiner Phantasie nach und nach eine Vorstellung davon, wie ich sie am besten zu einem schmackhaften Essen zusammenbringen kann. Sehr wichtig ist es allerdings, zu beachten, daß kochen immer mit dem Einkaufen beginnt! Wer im Supermarkt wahllos nach irgendwelchen Angeboten greift, kann nicht erwarten, als Ergebnis ein leckeres Gericht auf den Teller zu bringen. Insbesondere bei der Auswahl von Fleisch und Gemüse muß man äußerst kritisch sein. Im übrigen freut es mich«, schloß sie ihr Bekenntnis zur verfeinerten Eßkultur, »daß du noch über sensible, anspruchsvolle Geschmacksnerven verfügst, die sich nicht auf Fast-food-Niveau herabgestuft haben.«

Nach dem Abendessen, während beide im letzten Dämmerlicht am weit geöffneten Fenster zusammensaßen, gelegentlich nach ihren Weingläsern griffen und sich trotz aller Fremdheit in längerem Schweigen eng miteinander verbunden fühlten, mußte Mario wiederholt zum eisernen Träger unter der Decke hochsehen. Der Gedanke an seine Erbschaft da oben, wie er das kleine Vermögen für sich im stillen benannt hatte, löste recht zwiespältige Gefühle in ihm aus. Ohne inzwischen zu einer Entscheidung über die weitere Verwendung des Geldes gekommen zu sein, marterte er sich mit ständig wechselnden Empfindungen: Glück, Scham, aber auch Furcht ... Sein Gewissen war überfordert, zumal er ja das Bündel Frankenscheine unter außergewöhnlichen Bedingungen an sich genommen hatte, die sich mit gängigen Maßstäben kaum bewerten ließen.

Während er noch darüber nachsann, wie er sich aus der selbst gestellten Falle würde befreien können, belebten kurze, äußerst heftige Windstöße die bisherige Flaute in der Lagune. Zunächst zerrten die luftigen Kobolde lediglich an den festgehakten, rhythmisch zitternden Fensterflügeln, stürzten jedoch bald darauf hinein in die Dunkelheit ihres Zimmers, wo sie sich für kurze Momente regelrecht austobten. Papier wirbelte raschelnd durch den Raum, eine leere Blechdose polterte durchs Zimmer, ein schwerer Gegenstand fiel hart zu Boden, irgendwo zerbrach Glas. Susan sprang auf, wollte die Fenster schließen, aber da war der Sekundenspuk bereits vorüber. Still und völlig bewegungslos wie zuvor stand draußen die Luft über den Inseln, gerade so, als hielte die Zeit den Atem an.

»Laß uns jetzt schlafen gehen«, regte sie an, »aufgeräumt wird erst morgen.« Ohne noch Licht angemacht zu haben, legten sie sich hin. Ihr Bett war breit genug für jene kostbare Distanz, die der Mensch gelegentlich für sich in Anspruch nehmen muß, um nach Momenten oder Stunden intensiven Zusammenseins wieder bei sich selbst ankommen zu können. So schliefen sie ein. Nachts erwachten beide fast gleichzeitig davon, daß sich ihre nackten, inzwischen eng zusammengeführten Körper aneinander erhitzt und erregt hatten. Spielerisch und zu Beginn ohne Ziel, tauschten sie erste sehr diskrete Berührungen aus, setzten feine Signale, die anfangs nach uraltem Ritual zunächst ignoriert, dann halbherzig abgewehrt und schließlich von jedem leidenschaftlich erwidert wurden. Der Wettstreit zwischen träger Schläfrigkeit und aufkommender Lust war damit entschieden und endete in einem Rausch der Sinne. Später, Susan hatte sich erschöpft von ihm abgewandt und schlief bereits wieder, hing Mario noch allerlei Gedanken nach. Solange man jung ist und einander leidenschaftlich begehrt, ging es ihm durch den Kopf, lassen sich ja manche Konflikte im Bett lösen. Jedenfalls für den Augenblick. Wie anders mußte es zwischen Menschen sein, die seit vielen Jahren zusammenlebten und nicht mehr auf den Reiz des Außergewöhnlichen zählen konnten? Eine Weile lang dachte er an Helena und ihre gescheiterte Ehe.

Am Morgen erwachte Mario als erster, die Geliebte neben ihm schien nach wie vor tief und fest zu schlafen. Behutsam, um sie nicht zu stören, richtete er sich wie in Zeitlupe auf, blickte umher und sah dann voller Entsetzen, daß überall im Zimmer verwehte Frankenscheine herumlagen, zwei oder drei sogar auf den zerknüllten Laken ihres Bettes. Die turbulenten, tückischen Luftgeister des vergangenen Abends hatten offensichtlich sein Versteck geplündert und Spuren hinterlassen, die nicht mit wenigen Handgriffen zu beseitigen waren. Während Mario die groteske Szenerie von der Bettkante aus einigermaßen hilflos überschaute, erinnerte er sich eines alten Sprichwortes, wonach Geld bekanntlich doch nicht glücklich machen soll. Auch *Vom Winde verweht* fiel ihm noch zu seiner Situation ein, und er mußte sogar lächeln über soviel Selbstironie, obwohl ihm nach ganz anderem zumute war. Was also tun? Äußerst vorsichtig aufstehen und versuchen, das kostbare Papier möglichst lautlos einzusammeln? Kaum vorstellbar der peinliche Skandal, wenn Susan unterdessen erwachte, während er, wie ein Bettler auf Knien über den Boden rutschend, mit gierigen Händen das Geld zusammenraffte. Nein, diese Erniedrigung wollte sich Mario ersparen, und er beschloß, ihr das Geheimnis seines Reichtums zu offenbaren. Warum nur, dachte er, fällt einem die Entscheidung für die Wahrheit stets aufs neue so schwer, obwohl es selten einen besseren Weg gibt, um sich schnell von einem belastenden Druck zu befreien?

Wenig später, Mario verharrte nach wie vor in unbeweglicher Stellung, sprang Susan plötzlich auf, grüßte mit einem Nicken zu ihm hinüber und tappte dann ohne weitere Worte ins Bad. Auf dem Weg dorthin glitt sie beinahe auf einem der glatten Geldscheine aus, fing sich jedoch im letzten Moment, ohne den Ausrutscher durch Gesten oder Worte zu kommentieren. Bald schon kam sie völlig angekleidet in Jeans und knallrotem Pulli zurück, machte sich hier und dort ein wenig zu schaffen, vermied es aber, das unübersehbare Chaos auch nur mit einer einzigen Silbe zu erwähnen. Später, während gelegentlicher Wortwechsel über Alltäglichkeiten, wirkte sie zwar etwas kurz angebunden, aber keineswegs abweisend. Vielmehr behandelte sie Mario mit jener freundlichen Nachsichtigkeit, die jedem weh tun muß, der ein schlechtes Gewissen hat und daher eigentlich darauf wartet, durch ein kräftiges Donnerwetter endlich erlöst zu werden. Sie jedoch blieb, bis sie sich mit einem flüchtig gehauchten Kuß verabschiedete, auf infame Weise äußerst nett. »Möglicherweise werden wir uns bis morgen nicht mehr sehen können«, rief sie ihm zum Abschied von der Tür her zu. Sie tat sehr geheimnisvoll und gab vor, wichtige Vorbereitungen für ein geplantes Fest treffen zu müssen. Am übernächsten Abend, einen Tag vor Eröffnung der Biennale, sollte es in ihrem Atelier stattfinden, gemeinsam mit Freunden und vielen Kommilitonen von der Kunstakademie. Weg war sie! Demütig beugte sich Mario nun zu Boden, trug zunächst nachdenklich die zerstreuten Frankenscheine zusammen, sorgte danach auch sonst für leidliche Ordnung und machte sich dann ebenfalls davon, um den versäumten Besuch bei Pablo nachzuholen. Was hatte er dort eigentlich noch zu suchen?

Zu seiner Überraschung fand er den Maler zunächst in aufgekratzter, nahezu heiterer Verfassung vor. Das bedeutete freilich nicht viel bei ihm, denn er war nicht zuletzt wegen seiner Stimmungslabilität ebenso bekannt wie gefürchtet. Etwa mit der Wetterlage über den Azoren vergleichbar, konnte bei Pablo ein heiteres Hoch urplötzlich durch machtvoll einbrechende Tiefdruckausläufer verfinstert und ins genaue Gegenteil verkehrt werden. Nachdem Mario Platz genommen und sich ein wenig umgesehen hatte, fiel ihm als erstes auf, daß Helenas Porträt nicht mehr auf der Staffelei stand. Er konnte es auch nirgendwo sonst im Atelier entdecken, was ihm verständlicherweise äußerst gelegen kam. Das Bild der schönen Schweizerin war inzwischen einer anderen großformatigen Darstellung gewichen, ebenfalls in Öl ausgeführt. Es zeigte einen plumpen kubischen Sessel aus hellem Marmor mit hochgezogenen Seitenteilen, dessen Kanten mit eingemeißelten Ornamenten verziert waren. Diese steinerne, offensichtlich wenig bequeme Sitzgelegenheit stand etwas erhöht auf einem Sockel, im Hintergrund rankte Efeu an einer Backsteinmauer empor. Die Arbeit wirkte skizzenhaft wie der Entwurf für ein Bühnenbild, also unvollendet. Dennoch schien es so, als habe der Künstler sie abgeschlossen. Mario war sicher, diesem an sich eher belanglosen Motiv irgendwo schon einmal begegnet zu sein.

Pablo, der die fragenden Blicke seines Gastes nicht übersehen hatte, fühlte sich ihm gegenüber einer Erklärung schuldig. »Das Schicksal verknüpft uns alle in einen magischen Teppich von Millionen Fäden und Knoten«, begann er geheimnisvoll. »So entsteht schließlich von jedem Menschen ein überschaubares Lebensmuster. Trotzdem aber bleibt immer rätselhaft, welche Kräfte, wir mögen sie Zufälle nennen, letzten Endes hinter den Kulissen am Werk sind und den Lauf aller

Dinge steuern. Sie kennen ja wohl auch diese ebenso häufig gestellte wie absolut sinnlose Frage: Hätte mein Leben nicht vollkommen anders verlaufen müssen, wenn dieses oder jenes Ereignis zu einem gewissen Zeitpunkt nicht passiert oder völlig anders verlaufen wäre? Wenn ich irgendwann mal etwas getan hätte, anstatt es zu unterlassen? Wer über solche Fragen ernsthaft spekuliert, kann verrückt dabei werden!«

»Wie auch immer«, erzählte er weiter, »die Nacht vom fünfzehnten auf den sechzehnten April 1912 war jedenfalls entscheidend für meine ganze spätere Entwicklung, obwohl meine Mutter damals noch nicht einmal schwanger mit mir ging. Aber«, fuhr er in pathetischem Tonfall fort, »wenn die Titanic damals nicht auf einen Eisberg gelaufen und danach gesunken wäre, zusammen mit einem gewissen Millionär aus New York, dann hätte alles völlig anders verlaufen müssen, und Sie brauchten jetzt auch nicht über jenes Bild nachzudenken, das dort auf meiner Staffelei steht. So verrückt ist die Wirklichkeit!« Er machte dann eine kurze Pause, um abzuwarten, welche Wirkung seine Worte auf Mario haben würden. Weil dieser jedoch die in ihm geweckte Neugier bewußt zügelte und sich beharrlich ausschwieg, nahm Pablo den Gesprächsfaden wieder auf.

»Der erwähnte Millionär hieß Benjamin Guggenheim, es war der Vater von Peggy Guggenheim, deren Museum am Canal Grande jeden Tag viele Besucher aus aller Welt anlockt. Er wollte mit seiner damaligen Geliebten, einer blonden Sängerin, nach London reisen. Die Blondine überlebte die Katastrophe, ihr Kavalier dagegen gehörte nicht zu den Geretteten. Ein Steward, der dem Untergang entkommen war, berichtete später von dem Unglück und bezeugte, der lebenslustige Genießer habe, korrekt im Abendanzug gekleidet, seinem Tod gelassen entgegengesehen. Als echter Gentleman sei er gestorben, um Frauen und Kindern die Plätze in den Rettungsbooten zu überlassen. Das waren noch Kerle! Aus seinem Vermögen wurden Peggy und ihren Schwestern später je eine halbe Million Dollar ausgezahlt. So ist das nun mal: Will einer erben, muß einer sterben!«

Mario fand die Geschichte zwar nicht uninteressant, allerdings blieb zunächst unklar für ihn, welche Bedeutung er dieser Familientragödie beimessen sollte. Anscheinend mußte sie doch, wenn man Pablos vorherige Äußerungen über die Verknüpfung von Schicksalsfäden in Betracht zog, noch in irgendeiner Weise bis in die Gegenwart hineinwirken. Und so war es denn auch.

»Peggy Guggenheims Großvater kam Mitte des vorigen Jahrhunderts im Zwischendeck eines Seelenverkäufers in die Staaten. Er stammte aus Lengnau in der deutschsprachigen Schweiz, wo er sich jahrelang als Hausierer durchschlug. Während der Überfahrt freundete er sich mit einem gewissen Urs Sprüngli an, ebenfalls Eidgenosse, der hoher Spielschulden sowie anderer Delikte wegen über Nacht türmen mußte. In Amerika angekommen, gingen beide dann getrennte Wege. Benjamin Guggenheim brachte nach ersten Hungerjahren ein riesiges Vermögen zusammen, vor seinem Tod gehörten ihm fast sämtliche Kupferminen der Welt. Sprüngli dagegen machte sein Geld im texanischen Erdölgeschäft, verkaufte später alle Anteile und kehrte als reicher Mann in seine Heimat zurück. Er war übrigens Helenas Großvater!«

»Ich vermute mal«, schaltete Mario sich elektrisiert ein, »daß diese Geschichte damit längst nicht zu Ende erzählt ist. Jetzt würde mich ihr Schluß natürlich auch noch interessieren.«

»Einen solchen Schluß kann es niemals und nirgendwo geben, denn die Zeit schreibt alles zu einer unendlichen Geschichte fort und knüpft an jeden auslaufenden Faden sogleich den nächsten an. Aber ich will Ihnen gerne erzählen, bis zu welchem Punkt hin sich die Dinge inzwischen entwickelt haben.« Bevor Pablo fortfuhr, tapste er, von großer innerer Unruhe oder auch Angst getrieben, minutenlang im Atelier auf und ab. Schwer atmend, mit leicht nach vorn gebeugtem Oberkörper, die rechte Hand gegen den Brustkorb gepreßt. Sein auffallend fahl gewordenes Gesicht überzog sich innerhalb von Sekunden mit feinperligem kalten Schweiß. Deutlich war ihm anzumerken, daß er trotz eines offensichtlichen Unwohlseins die Beherrschung nicht verlieren wollte. Schließlich konnte er weitersprechen.

»Anfang der vierziger Jahre lernte ich die Guggenheim erstmals in Paris flüchtig kennen, auf einer Vernissage mit Bildern avantgardistischer Künstler, die sie großzügig förderte und auch finanziell unterstützte. Zeitweise kaufte sie täglich irgendeinem talentierten jungen Maler für tausend Dollar ein Bild ab. Dabei interessierten sie ausschließlich Arbeiten, die mit konventionellen Vorstellungen von Kunst so gut wie nichts mehr gemeinsam hatten. ›Engel der Moderne‹

nannte man sie damals schon und auch ›Enfant terrible des Großkapitals‹. Sie gefiel sich außerordentlich in dieser Rolle, denn zeitlebens war und blieb sie eine schwer berechenbare, launische und aufsässige Egozentrikerin, die Spaß daran hatte, Anstoß zu erregen und völlig anders sein zu wollen als der Rest der Welt.«

»Das klingt nicht gerade so, als ob Sie ein Fan von ihr gewesen wären«, wandte Mario ein. Pablo überging diesen Einwand kommentarlos.

»Alle Künstler«, fuhr er mit seiner Erzählung fort, »vor allem die jungen und wenig erfolgreichen, sind eitel und daher leicht verletzbar. Das traf damals auch auf mich zu. Als fanatischer Gegner des drohenden Faschismus hatte ich im Bürgerkrieg gegen Franco gekämpft, flüchtete 1939 nach Paris und mußte dort später untertauchen, nachdem die Stadt von den Nazis besetzt wurde. Glauben Sie mir, es ging mir in jener Zeit mehr als dreckig! Eines Tages hatte ich einen Termin bei der Guggenheim, um ihr einige meiner Landschaftsbilder zu zeigen. Natürlich hoffte ich auf einen Ankauf für ihre Sammlung. Sie aber, auf einer Chaiselongue mit ihrem aktuellen Liebhaber beschäftigt, wies mich nach wenigen flüchtigen Blicken auf meine Arbeiten mit einer Handbewegung ab. So wie man lästige, unartige Kinder aus dem Zimmer verscheucht. Das saß tief.

Viel später kam es zu einer zweiten und letzten kurzen Begegnung zwischen uns, die fast nach dem gleichen Muster ablief. Wie ich auch wohnte sie inzwischen in Venedig, am Canal Grande im *Palazzo Venier dei Leoni,* der seit ihrem Tod als Museum dient. Ich hatte mir als Porträt- und Landschaftsmaler längst einen guten Ruf erworben und war daher nicht mehr auf eine Förderung durch sie angewiesen. Zufällig trafen wir uns in *Harry's Bar*, wo sie mit Truman Capote zu Abend aß. Der Schriftsteller, mindestens ebenso egozentrisch wie die Signora, hatte die Angewohnheit, den ganzen Tag über in Pantoffeln herumzulaufen. Er war für einige Monate Gast in ihrem Palazzo, und sie mußte regelmäßig mit ihm zusammen speisen, wobei Capote darauf bestand, daß sie ausschließlich Fisch aß. Nur zum Lunch gestattete er ihr leichte Eiergerichte.

Völlig von sich aus bat mich die Guggenheim damals, ihr gelegentlich mal einige meiner neuen Arbeiten zu zeigen. Sie habe bereits viel Gutes über mich gehört, und vielleicht könne ich auf ihrer nächsten Ausstellung mit einigen Exponaten vertreten sein. Wenige Tage später, bei glühender Hitze, schleppte ich meine besten Bilder quer durch Venedig zum ›Engel der Moderne‹. Ich mußte unverhältnismäßig lange warten, weil die Hausherrin hohen Besuch hatte. Die Prinzessin Pignatelli war überraschend gekommen und ließ sich den Palazzo samt der Kunstsammlung in aller Ruhe zeigen. Zum Abschluß dieser Begegnung wurde ich Zeuge eines peinlichen Vorfalls, was mir kurz darauf zum Verhängnis werden sollte. Als sich die beiden Frauen nach langen Diskussionen endlich voneinander verabschiedeten, erbat Peggy von ihrem Gast ein Urteil über das Gesehene. ›Sie könnten das schönste Haus in Venedig haben‹, rief die Prinzessin spontan aus. ›Wenn Sie doch bloß die fürchterlichen Bilder in den Kanal werfen wollten!‹ Verständlicherweise fühlte sich die Guggenheim dadurch einigermaßen brüskiert, was jedoch nicht ihr hoher Besuch auszubaden hatte. Dafür hatte ich aber nach dem Abgang der Adelsfrau schlechte Karten. Meine Audienz bei der Mäzenin dauerte daher auch diesmal nur wenige Minuten. Noch bevor ich alle meine Arbeiten ausgepackt und zum Anschauen gegen eine helle Wand gelehnt hatte, wurde ich bereits wieder verabschiedet. Die Signora sei plötzlich von einem Migräneanfall überrascht worden, beschied mir eine junge Hausangestellte, die mich anschließend bis zum Tor ihres Gartens begleitete. Damals zügelte ich meinen ersten Zorn, indem ich mich an einen Ausspruch meines Vaters erinnerte, wonach die vornehmste Form des Scheiterns darin bestehe, ein Leben lang verkannt zu bleiben. Aber dieses Trostpflaster war zu schmal geschnitten, um meine Wunde auf Dauer versorgen zu können.«

Pablo schien es inzwischen wieder etwas besserzugehen. Seinen zuvor müde gesenkten Kopf hatte er stolz aufgerichtet, und ein triumphierendes, fast schon bösartiges Lächeln zog sich, einer durchsichtigen Maske vergleichbar, über sein Gesicht. »Übermorgen, wenn die Biennale eröffnet wird«, fuhr er fort, »keine zwanzig Jahre nach ihrem Tod, werde ich nun doch noch bei ihr ausstellen. Zwar nur für wenige Stunden, dafür aber an einem ihrer früheren Lieblingsplätze. Alle Welt wird es erfahren, und niemand kann mich daran hindern! – Übrigens, waren Sie nicht auch vor einigen Tagen im Museum der Guggenheim, zusammen mit Susan?«

Mario nickte verunsichert. »Ja, schon ...«

»Und, teilen Sie die Ansicht der Prinzessin Pignatelli?«

»Ich verstehe nicht viel von moderner Kunst«, wich er aus. »Ich begegne ihr rein gefühlsmäßig, nicht über den Kopf. Also ohne den Versuch oder das Bedürfnis, sie analysieren zu wollen. Entweder ein Bild spricht zu mir, oder es bleibt mir fremd. Ganz ähnlich ist es zwischen Menschen doch auch.«

»Hervorragend gesagt, ein gutes Bild erklärt sich nämlich selbst und bedarf keines Vormundes! Aber diese Ansicht sollten Sie niemals einem unserer gescheiten Kunstkritiker gegenüber äußern, die heute ausschließlich davon existieren, daß sie jeden Farbklecks, jedes belanglose Geschmiere zu einem intellektuellen Erlebnis hochstilisieren. Was sie übrigens nur deshalb ungestraft wagen dürfen, weil das längst völlig verunsicherte Publikum über keine eigenen Beurteilungsmaßstäbe mehr verfügt und daher beliebig manipulierbar geworden ist. Heute ist Kunst, oder was dafür gehalten wird, fast ausnahmslos erklärungsbedürftig. Ohne einen dieser selbsternannten Experten durch eine Ausstellung gehen zu wollen, ist ja völlig sinnlos.«

»Man muß sich das mal vorstellen«, ereiferte er sich, »da findet zum Beispiel bei Ihnen in Deutschland alle vier Jahre so eine Art Weltkunstschau statt, und aus allen Ländern kommen die Leute angereist, um dann andächtig rätselnd vor einer lackierten Heftzwecke, einem Stück verbogenem Blech oder einem Stuhl mit abgesägten Beinen strammzustehen. Es ist schon abenteuerlich, wozu sich entmündigte Menschen inzwischen mißbrauchen lassen. Aber jetzt Schluß mit dem Thema, ich habe noch zu arbeiten.« Damit ging er auf Mario zu, reichte ihm die Hand, zog ihn fast väterlich zu sich heran und sagte in einem sehr warmen, wohlwollenden Ton: »Leben Sie wohl, mein Lieber!« Es klang so endgültig, also wolle er sich damit für immer von ihm verabschieden.

Erst Minuten später, nachdem Mario das Atelier längst verlassen hatte und im Gewirr der Gassen untergetaucht war, wurde ihm mit einem Mal bewußt, daß im Gespräch mit Pablo weder der Name Helena erwähnt worden war noch die damit verbundene Problematik. Gerade so, als habe die Frau niemals existiert. Hinzu kamen weitere beunruhigende Ungereimtheiten wie etwa der mit Pathos vorgetragene Abschiedsgruß des Malers sowie seine Andeutungen in bezug auf die bevorstehende Biennale. Was plante er wirklich? Vieles wies auf ein geheimnisvolles Vorhaben hin, auf ein Komplott. Klar war eigentlich nur, daß er die längst verstorbene Kunstmäzenin wegen der ihm zugefügten Demütigungen noch immer zutiefst haßte. Aber was für einen Sinn konnte es machen, sich jetzt noch an ihr rächen zu wollen? Mario rief sich Pablos letzte Worte ins Gedächtnis zurück: »Übermorgen, wenn die Biennale eröffnet wird«, hatte er düster prophezeit, »keine zwanzig Jahre nach ihrem Tod, werde ich nun doch noch bei ihr ausstellen. Zwar nur für wenige Stunden, dafür aber an einem ihrer früheren Lieblingsplätze. Alle Welt wird es erfahren, und niemand kann mich daran hindern!« Je länger Mario über diese wenigen Sätze nachdachte, um so weiter schien er sich von ihrem möglichen Sinngehalt zu entfernen – sofern es einen solchen überhaupt gab. Denn bei Pablos Neigung zum schwarzen Humor konnte keineswegs ausgeschlossen werden, daß er lediglich aus einer Laune heraus etwas formuliert hatte, worüber sich andere dann den Kopf zerbrechen mochten.

Als Mario sich bereits mit der Nutzlosigkeit seiner Überlegungen abfinden wollte, nicht zuletzt deshalb, weil seine Aufmerksamkeit vom Anblick einer hübschen jungen Venezianerin in Anspruch genommen wurde, kam ihm aus heiterem Himmel eine Idee. Hatte der Maler nicht angedeutet, er wolle in Kürze an einem früheren Lieblingsplatz der Guggenheim ausstellen? In diesem Zusammenhang wurde ihm nun schlagartig klar, daß es zu jenem Bild vom steinernen Sessel, das er gerade eben in Pablos Atelier gesehen hatte, ein konkret existierendes Original gab. Und dieses befand sich im Garten des Museums! Mario selbst hatte erst kürzlich eine Weile davor gestanden, zusammen mit Susan, die ihm davon erzählte, daß sich Peggy ihren Freunden und Gästen gerne in diesem Steinsessel sitzend präsentiert hatte. Hoheitsvoll wie eine Herrscherin und in phantasievolle Gewänder gekleidet, die sie nach eigenen Entwürfen oder Anregungen junger Künstler fertigen ließ. Mario war sich so gut wie sicher, nunmehr den Schlüssel für ein kurz bevorstehendes geheimnisvolles Ereignis in Händen zu halten. Jetzt fehlten ihm nur noch Tür und Schloß dazu.

Marios Stimmung war von düsteren Vorahnungen und wirren Spekulationen getrübt, während er sich vom Strom der Menschen mittreiben ließ. Die kommende Nacht wollte er auf keinen Fall allein in Susans

Atelier auf Giudecca verbringen. Weil es ihm dort, allein schon wegen der stummen Anwesenheit der Pistole sowie dieses merkwürdigen *Jahresbildes* nicht ganz geheuer war, reservierte er sich im komfortablen Hotel *Bauer Grünwald* ein Zimmer. Wie völlig anders als in seiner ersten Unterkunft auf dem Lido, spürbar wohlklingender und eleganter klang einem doch hier das »Signore« des Personals entgegen! Wer als Gast bereit und in der Lage war, umgerechnet fünfhundert Mark und mehr für einen Schlafplatz am Canal Grande auf den Tisch zu legen, der erwarb sich damit auch das Privileg, sozusagen auf einem höheren sprachlichen Niveau zur Kasse gebeten zu werden. Mario genoß es und erinnerte sich der alten Weisheit, wonach es allemal angenehmer ist, in einem Fünf-Sterne-Hotel depressiv zu sein als auf einer Parkbank hinter dem Hauptbahnhof.

10. Kapitel

Commissario Benedetti lehnte sich im Schreibtischsessel weit nach hinten und versuchte, seine schmerzhaft verspannte Nackenmuskulatur durch Streckübungen wieder in ein harmonisches Gleichgewicht zu bringen. Stundenlang hatte er telefoniert, zunächst ergebnislos, weil Anschlüsse ständig besetzt waren, Weiterschaltungen plötzlich zusammenbrachen oder der Anrufer einfach auf jenes infame, angeblich benutzerfreundliche Musikprogramm umgeschaltet wurde, dem er dann für endlose Minuten wehrlos ausgeliefert war. Diesem Terror konnte Benedetti nach geduldigem Warten in aller Regel nur dadurch entkommen, daß er den Hörer einfach auflegte und anschließend von neuem mit der Qual des Wählens begann. Gelegentlich, es waren echte Glücksmomente, fühlte er sich dem gewünschten Gesprächspartner bereits fast körperlich nahe, aber im entscheidenden Moment war die Person dann doch wieder nicht an ihrem Platz.

Immerhin, wie das in nervenden Fußballspielen gelegentlich ähnlich verläuft, fiel schließlich der ersehnte Treffer und gleich danach sogar ein zweiter. Da gab es zunächst ein aufschlußreiches Gespräch mit dem

Zürcher Anwalt der Verstorbenen, einem Dr. Jost. Der Commissario erwischte ihn – Handy sei Dank! – in seiner Ferienvilla auf Teneriffa, wo sich der Streiter für eine gerechtere Welt für einige Tage erholen wollte. Der Mann, von der Nachricht über Helenas Tod glaubhaft betroffen, zeigte sich ohne weitere Umstände und Einschränkungen kooperativ. So erfuhr Benedetti unter anderem von ihm, daß die Ehe seiner Mandantin seit langem als gescheitert galt. Mehr noch, Helena hatte ihm erst kürzlich im Gespräch düster angedeutet, daß die Sache beendet werden müsse. Egal wie. Auch war von einer anderen Frau die Rede.

»Würden Sie Frau Schuler einen Selbstmord zutrauen?«

»Wie ich als Anwalt weiß, ist jeder Mensch prinzipiell zu allem fähig«, wich Dr. Jost aus. »Trotzdem, ich hätte ihr eher eine andere Lösung zugetraut.«

»Welche?«

»Trennung oder Scheidung, die Ehe war kinderlos, was einen solchen Entschluß erfahrungsgemäß fördern kann. Natürlich hätten die Vermögensverhältnisse zuvor geregelt werden müssen.«

»Ich glaube, hier kommen wir an einen sensiblen Punkt«, schaltete sich Benedetti ein. »Wo Liebe und Zuneigung enden, beginnt bekanntlich der Kampf ums Geld. Zu welcher Seite hin schlägt die Waagschale denn aus?«

»Der Professor ist aufgrund seines beruflichen Erfolges durchaus wohlhabend. Wenn jetzt noch der gut dotierte Nobelpreis dazukommt, kann er in jeder Beziehung sorgenfrei leben, auch ohne das Riesenvermögen seiner Frau.«

»Riesenvermögen? Das klingt ja selbst für eidgenössische Verhältnisse recht ordentlich!«

»Frau Schuler besitzt rund um den Zürcher See gut gelegene Grundstücke und andere Immobilien, vor allem in der Gegend von Feldmeilen. Ein Erbteil aus der Linie ihrer Mutter, sie hat es gut verwaltet und weiter vermehrt. Von diesen Filetstücken hätte sich ihr Mann im Fall einer Scheidung allerdings trennen müssen. Wie die Dinge im Moment liegen, ist er jedoch nach wie vor allein erbberechtigt. Eine drastische Änderung ihres Testaments kündigte mir die inzwischen Verstorbene zwar erst vor kurzem an. Aber dazu kam es nun nicht mehr. Es sei denn, ein entsprechender Brief von ihr ist in Zürich während meiner Abwesenheit eingetroffen.«

Benedetti war elektrisiert. Für ihn war jetzt völlig klar, daß sich die angesprochene Testamentsänderung in jenem großformatigen, aufgerissenen Briefumschlag befunden haben mußte, den er im Zimmer der Toten gefunden hatte. Aber diese Erkenntnis behielt er für sich, getreu seinem ehernen Vorsatz, niemals mehr preiszugeben als es die jeweilige Situation unbedingt verlangte.

»Ist für Sie vorstellbar«, forschte der Commissario vorsichtig nach, »daß Professor Schuler seine Frau möglicherweise ...«

»Unter keinen Umständen!« wehrte der Anwalt entschieden ab. »In dieser Hinsicht halte ich den Mann für absolut integer. Nie würde er so etwas tun. Gibt es denn irgendwelche Anhaltspunkte, die einen derartigen Verdacht nahelegen?«

»Jeder Mensch hat seine Abgründe, wie Sie selbst

gerade eben, wenn auch mit etwas anderen Worten, ausdrückten. Nein, einen konkreten Verdacht gibt es zur Zeit natürlich nicht. Vergessen Sie es. Die Polizei stellt manchmal äußerst dumme Fragen, man kennt das aus den Dialogen der Krimiserien im Abendprogramm.« Beide mußten über diesen kleinen Scherz ein wenig lachen. Bevor man sich kurz darauf beinahe freundschaftlich voneinander verabschiedete, sprach Benedetti eine letzte ihn bewegende Frage an. »Ist Ihnen jemals etwas über ernstere gesundheitliche Probleme der Verstorbenen bekannt geworden?«

»Im großen und ganzen erfreute sich Frau Schuler wohl einer beneidenswerten Vitalität, abgesehen von einer Überfunktion der Bauchspeicheldrüse, die gelegentlich zuviel Insulin produzierte. Dadurch bedingt neigte die Verstorbene immer mal wieder zur Unterzuckerung. Das Problem hatte sie jedoch, soviel mir bekannt wurde, durch bestimmte Injektionen gut im Griff.«

»Eine Injektion, die ihren Insulinspiegel drastisch gesenkt hätte, wäre demnach tödlich für sie gewesen?«

»Ich bin kein Mediziner, aber gehen wir mal davon aus, daß Sie mit dieser Annahme richtig liegen. Jedoch lagen die eigentlichen Schwachstellen meiner Mandantin wohl mehr im seelischen Bereich. Unter anderem neigte sie zur Melancholie sowie zu schweren Depressionen. Hinzu kam eine in ihrem Charakter begründete fast schon krankhafte Geradlinigkeit, die sich auch in ihrer äußeren Haltung sichtbar ausdrückte. In einem gewissen Sinne war sie also wenig flexibel, irgendwie blockiert und auf verinnerlichte moralische Leitbilder fixiert. Das hatte sie wohl von ihrem Vater. Bekanntlich werden nicht nur Vermögen vererbt, sondern mitunter auch diese oder jene problematische Veranlagung.«

»Danke, Signore«, verabschiedete sich der Commissario. »Ich will Sie jetzt nicht länger von der Erholung abhalten.«

Das nächste Tor für Benedetti fiel wenige Minuten später, als es ihm endlich gelang, auch den Nobelpreisträger zu erreichen. Es hätte gar nicht früher passieren dürfen, denn jetzt, nach dem recht aufschlußreichen Telefonat mit Helenas Anwalt, konnte der Commissario vor dem Hintergrund einer völlig neuen Informationsbasis operieren.

»Signore Schuler«, begann Benedetti nach den üblichen Begrüßungsfloskeln, »ich wollte Sie zunächst nur kurz darüber informieren, daß die Dinge hier korrekt und nach den Bestimmungen abgewickelt werden. Ich gehe davon aus, daß die Leiche Ihrer Frau spätestens morgen freigegeben wird und danach überführt werden kann. Zuvor müßten allerdings noch zwei Fragen geklärt werden, die sich mir im Rahmen der Ermittlungen aufgedrängt haben.«

»Welche bitte? Und wenn's geht, schnell heraus damit. Ich bin in Eile.« Der Professor schien etwas nervös zu reagieren.

»Sicherlich geht es in diesem Zusammenhang lediglich um mehr oder weniger unerhebliche Nebensächlichkeiten«, formulierte Benedetti bewußt umständlich und langatmig, um seinen Gesprächspartner zu verunsichern. »Sie kennen das ja: Beamte neigen zuweilen ein wenig zur Pedanterie, selbst hier in Italien, wo sonst die Dinge gewöhnlich viel lockerer laufen als bei Ihnen in der ...«

»Würden Sie jetzt bitte ohne weitere Abschweifungen zu Ihren Fragen kommen!«

»Aber selbstverständlich«, erwiderte der Commissario und genoß die zunehmende Irritation des Schweizers. »Also, es geht mir um folgendes: Wo verbrachten Sie die Nacht, in der Ihre Frau starb? Eine dumme, eigentlich sogar überflüssige Frage, in der Tat. Aber ich stelle sie einfach mal.«

»Dumm und absolut überflüssig, da muß ich Ihnen recht geben«, reagierte Professor Schuler verärgert. Trotzdem sollen Sie eine Antwort haben. »Ich verbrachte die Nacht in meinem Haus in Baden bei Zürich.«

»Vielleicht nicht doch im *Danieli*, hier in Venedig?«

»Alle Achtung, Sie scheinen mir ja regelrecht nachspioniert zu haben«, lobte der Professor. »Aber«, fügte er recht selbstsicher, fast schon triumphierend hinzu, »die Polizei hätte sich den Aufwand für die Schnüffelei ersparen können. Ich nahm an jenem Abend, wenn auch überraschend, die letzte Maschine über Mailand nach Zürich. Sie startete pünktlich gegen 23 Uhr 45.«

In Ordnung, dachte Benedetti, das würde sich schnell nachprüfen lassen. Leider war wohl davon auszugehen, daß die Fluggesellschaft die Angaben des Professors bestätigte. So dreist konnte niemand sein, hier mit einer Falschaussage pokern zu wollen. Nach diesem Fehltreffer feuerte der Commissario seinen zweiten Pfeil schnell hinterher. Ab damit und mitten ins Schwarze, dachte er.

»Lassen Sie mich abschließend noch zu einer weiteren Nebensächlichkeit kommen. Im Zimmer Ihrer verstorbenen Frau fand ich unter anderem einen größeren braunen Briefumschlag, adressiert an die Kanzlei eines Zürcher Anwalts ...«

»Um Gottes willen«, die Selbstsicherheit des Wissenschaftlers war wie weggeblasen. »Was bitte ist mit diesem für mich unerhört wichtigen Brief?«

»Keine Aufregung, er befindet sich bei mir in Polizeigewahrsam, also in guten Händen«, beruhigte ihn Benedetti und fuhr dann mit einer Lüge fort: »Im übrigen ist er völlig unversehrt ...«

»Unversehrt?«

»Aber natürlich. Es gab bisher keinen Grund für mich, ihn zu öffnen. Das Briefgeheimnis hat auch bei uns traditionell alleroberste Priorität.«

Hörbares Aufatmen am anderen Ende der Leitung. Anschließend eine beinahe demütig flehend vorgetragene Bitte: »Signore, wenn es Ihre knappe Zeit irgendwie zuläßt, dann schicken Sie diesen Brief, der wichtigste Unterlagen über meine neuesten Forschungen enthält, bitte noch heute an mich persönlich ab. Also auf keinen Fall an den Anwalt, denn der ist zur Zeit verreist, und ich möchte nicht, daß der Umschlag dort tagelang herumliegt und möglicherweise verlegt wird. Sie wissen doch, falls es das Unglück so will ...«

»Richtig, bei Anwälten geht leider immer wieder vieles verloren, man liest und hört ständig davon. Nun ist es allerdings so, daß, sofern ich mich jetzt nicht vollkommen irre, meine Sekretärin den Brief vor wenigen Minuten mit zur Post genommen hat. Selbstverständlich als Einschreiben. Ich werde der Sache sofort nachgehen und die Angelegenheit, falls noch möglich, in Ihrem Sinne regeln.«

Dieses Telefonat brachte Benedetti einen entscheidenden Schritt weiter. Erstens schien nun sichergestellt zu sein, daß Professor Schuler die fragliche Nacht tatsächlich in der Schweiz verbracht hatte. Andererseits war er wohl bisher nicht, was immerhin vermutet werden konnte, bereits auf irgendeine Weise in den Besitz des für ihn äußerst brisanten Briefes gekommen. Damit stand zweitens fest, eine andere, wahrscheinlich vom Professor beauftragte Person hatte sich nachts heimlich in Helenas Zimmer geschlichen, den Umschlag aufgerissen und anschließend mit dem Schriftstück das Weite gesucht. Nach dieser Version konnte nicht ausgeschlossen werden, daß die Testamentsänderung inzwischen auf dem Weg nach Zürich war, wo das brisante Dokument sicherlich von einem gefräßigen Aktenvernichter ungeduldig erwartet wurde. Als Konsequenz dieser denkbaren Zusammenhänge galt es nunmehr zu überlegen, welchen Helfer Professor Schuler wohl für den geheimnisvollen nächtlichen Diebstahl angeheuert hatte. In Frage kam nur eine Person, die sich im *Des Bains* sehr gut auskannte. Mehr noch, sie mußte auch im Besitz eines Schlüssels zu Helenas Suite gewesen sein.

Es bedurfte keiner langen Überlegungen, um in diesem Zusammenhang auf den Nachtkellner Toni zu kommen. Dessen verstocktes Schweigen während seiner Vernehmung durch Benedetti konnte eigentlich nur darauf zurückgeführt werden, daß er in die Sache verstrickt war, mit Sicherheit gegen Zahlung einer fürstlichen Belohnung. Für Letzteres sprach vor allem, daß es den Angestellten damals wenig erschreckte, möglicherweise seinen Job verlieren zu können.

Der Commissario rief umgehend im Hotel auf dem Lido an, jetzt konnte es um Minuten gehen. Toni hatte Dienst und war bald am Apparat. Ohne verbindliche Vorreden, kurz angebunden und bestimmend, feuerte Benedetti im Befehlston suggestiv auf ihn los: »Sie werden sich jetzt ganz schnell auf den Weg zu mir machen! Aber nicht allein, sondern in Begleitung eines gewissen Dokuments. Sie wissen, wovon ich spreche. Ich erwarte Sie auf der Piazetta zwischen den beiden Säulen von San Marco und San Todaro. Genau dort also, wo man in früheren Zeiten Mörder und Diebe hängte. Ich gebe Ihnen genau dreißig Minuten Zeit, keine Sekunde mehr. Nach Ablauf dieser Frist würde ich Sie umgehend abholen. Persönlich und in netter Begleitung: mit Haftbefehl!« Benedetti pokerte hoch, ging bis an den Rand der Legalität und sogar noch einen Schritt weiter.

»Heilige Jungfrau Maria«, wimmerte der Mann ohne Widerrede, »ich werde mich sofort auf den Weg machen, versprochen. Aber in dreißig Minuten wird es kaum zu schaffen sein. Den nächsten Vaporetto kann ich unmöglich so schnell erreichen.«

»Dann nehmen Sie ein Taxiboot.«

»Das würde sehr teuer für mich werden. Wie Sie wissen, verdient man als ...«

»Ihr Verdienst interessiert mich nicht. So wie die Dinge liegen, wäre es im Moment auf jeden Fall die preiswerteste Lösung für Sie, ein schnelles Boot zu mieten.«

Nach diesen Worten legte der Commissario auf und machte sich seinerseits auf den Weg. Als er kaum zwanzig Minuten später den vereinbarten Treffpunkt erreichte, erwartete ihn Toni bereits. »Hier, Signore«, sagte er mit zittriger Stimme, überreichte Benedetti einen größeren, in Zeitungspapier eingeschlagenen Umschlag und erläuterte in weinerlichem Tonfall: »Gut, daß ich den Brief noch bei mir hatte, spätestens morgen wollte ich ihn zur Post bringen. Mit der Toten habe ich allerdings nicht das geringste zu tun, Ehrenwort! Genaugenommen bin ich auch kein Dieb, schließlich habe ich auf Anweisung des Professore gehandelt, es war nicht mehr als eine Gefälligkeit. Wird der Haftbefehl jetzt aufgehoben?«

»Geht schon in Ordnung, beruhigen Sie sich«, wiegelte Benedetti ab. »Aber vorher möchte ich mich noch einen Moment lang mit Ihnen unterhalten.« Die beiden fanden in einem der Cafés unter den Kolonnaden ein freies Tischchen. Toni packte ohne Umschweife aus, und so erfuhr der Commissario von ihm, was er sich inzwischen selbst zusammengereimt hatte. Telefonisch hatte Toni von dem Schweizer Wissenschaftler am Abend vor Helenas Tod den Auftrag erhalten, nach dem hochkarätigen Briefumschlag zu fahnden und ihn, mit entsprechend geänderter Anschrift, umgehend in die Schweiz zurückzuschikken. Für den Fall eines Erfolgs war dem Hotelbediensteten die Zahlung von fünftausend Schweizer Franken ausgelobt worden. Zusätzlich hatte Schuler in Aussicht gestellt, Toni als Hausmeister und Gärtner für sein Zürcher Anwesen einzustellen, sofern die illegale nächtliche Aktion berufliche Konsequenzen für den Venezianer nach sich ziehen sollte. Ferner bekam Benedetti eine recht genaue Beschreibung von Helenas jugendlichem Liebhaber, und ein weiteres wichtiges Detail kam ebenfalls zur Sprache. Während seiner Suchaktion fiel Tonio eine benutzte Injektionsspritze auf, die er mitnahm und anschließend im Hausmüll entsorgte. »Die mußte einfach weg, weil sie mir unheimlich war«, erläuterte er. »Injektionsnadeln haben mir schon immer panische Angst eingeflößt.«

»Warum«, wollte Benedetti noch von ihm wissen, »haben Sie den Brief eigentlich geöffnet? Wäre es nicht viel unkomplizierter gewesen, ihn einfach mitzunehmen? Oder hatten Sie etwa die Anweisung, sich vorher über dessen Inhalt zu informieren?«

»Nein, darum ging es nicht. Schließlich waren die Dokumente in Deutsch abgefaßt, und das hätte ich ohnehin nicht lesen können. Allein praktische Gründe waren ausschlaggebend. Ich mußte die Papiere mehrfach zusammenfalten, denn diesen sperrigen, großformatigen Umschlag hätte ich schlecht unter meiner eng anliegenden Livree verstecken können.«

Benedetti nickte. »Eine letzte Frage: Was wußten Sie über den Inhalt der Papiere?«

»Der Professore sagte, es handele sich um geheime Forschungsergebnisse, die seine Frau irrtümlicherweise mit sich genommen habe. Er war sehr in Sorge, sie könnten im Hotel abhanden kommen.«

»Diese Sorge war in der Tat berechtigt. Ich werde jetzt dafür sorgen, daß sie in die richtigen Hände kommen.« Damit war das Gespräch beendet. Zum Abschied drückte Benedetti seinem Informanten einen größeren Geldschein in die Hand. »Nehmen Sie es für Ihre Auslagen und als kleines Trostpflaster dafür, daß Sie soeben fünftausend Franken verloren haben. Ehrlichkeit zahlt sich leider nicht immer aus. Aber grämen Sie sich nicht allzu lange, unseren verehrten Professore aus Zürich kommt unser kurzes Gespräch weitaus teurer zu stehen. Ich denke mal, daß er auf gut fünfzig Millionen verzichten muß, noch dazu unfreiwillig und völlig überraschend für ihn.«

Zutiefst verwirrt blickte Tonio dem davoneilenden Benedetti hinterher, bis dieser sich im Getümmel der Piazetta verloren hatte. Es ist wohl leider so, tröstete sich der Zurückgelassene in seiner Verbitterung, nicht immer belohnt der Himmel eine gute Tat, jedenfalls nicht sofort. Ehrlich mag wohl am längsten währen, wie man so sagt, aber der schnelle Vorteil durch eine Lüge wäre ihm in diesem Fall lieber gewesen. Fünftausend Schweizer Franken an der Börse des Lebens verloren – alles für ein vergelt's dir Gott!

Zurück im Büro ließ der Commissario umgehend seine Sekretärin zu sich kommen. »Signora Gambino«, empfing er sie in allerbester Laune, »das Wetter bei uns in Venedig läßt zur Zeit etwas zu wünschen übrig. Hätten Sie nicht Lust, übers Wochenende mal nach Teneriffa zu fliegen?«

»Ich kenne Sie zwar als Spaßvogel mit doppeltem Boden«, entgegnete ihm die Frau amüsiert, »aber auf diese Offerte kann ich mir so schnell keinen Reim machen. Wollen Sie mich etwa einladen? Wir würden garantiert ins Gerede kommen. Wochenendausflüge vom Chef mit der Sekretärin sollen ja einen etwas zweifelhaften Ruf haben. Aber warum eigentlich nicht, ich komme selbstverständlich gerne mit!«

»Wirklich sehr schade«, enttäuschte sie Benedetti, »aber ich müßte Sie diesmal allein reisen lassen. Zudem kennen Sie doch meine Angst vorm Fliegen«, fügte er doppeldeutig hinzu und wechselte danach wieder in einen amtlicheren Tonfall. »Es geht darum, einem Dr. Jost, dem Anwalt der verstorbenen Signora Schuler, wichtige Dokumente zu überbringen. Auf keinen Fall möchte ich sie unserer Post anvertrauen. Sie haben immerhin einen Wert von etwa fünfzig Millionen Schweizer Franken. Aus Sicherheitsgründen wären daher zusätzlich beglaubigte Kopien anzufertigen, die ich hierbehalten werde. Für den Fall, daß Ihr Flieger abstürzen sollte.«

»Dann machen Sie doch bitte auch von mir vorsichtshalber eine Kopie, denn eine Mitarbeiterin wie mich würden Sie nie wieder bekommen!«

Nachdem die beiden ausgescherzt hatten, erklärte Benedetti seiner Sekretärin alle näheren Umstände der Angelegenheit. Froh darüber, dem grauen Berufsalltag für zwei Tage entkommen zu können, noch dazu auf Staatskosten, kümmerte sie sich um eine günstige Flugverbindung.

Abends in seinem Stammlokal *VinoVino,* bei einer Flasche Merlot, wurde der Commissario zu fortgeschrittener Stunde von zwei weiteren Telefonaten auf seinem Handy erwischt. Vom Inhalt her waren sie dazu angetan, den geheimnisvollen Todesfall auf dem Lido nunmehr als weitgehend abgeschlossen gelten zu lassen. Als erster meldete sich sein Kollege Morelli, der Polizeiarzt. Nach abschließender Bewertung aller medizinischen Fakten schien nunmehr sicher festzustehen, daß Helena Schulers Tod durch ein unglückseliges Zusammentreffen verschiedener Faktoren ausgelöst wurde. Morelli faßte sie im Telegrammstil zusammen: »Labile seelische Kondition, Überdosis eines Psychopharmakons, emotionaler Ausnahmezustand durch sexuelle Ausschweifung, hochdosierte Insulininjektion. Als Folge davon Kreislaufkollaps, Koma durch Unterzuckerung, Tod.« Zwei Fragen blieben für Benedetti freilich nach wie vor offen. Hatte die Frau ihren Tod wirklich gewollt, zumindest aber als denkbare Konsequenz ihrer Handlungen einkalkuliert? Für diese Vermutung sprach immerhin die Änderung ihres Testamentes. Als letzter weißer Fleck auf der Landkarte verblieben zuletzt Fragen zu der Identität ihres nächtlichen Liebhabers sowie nach dem Verbleib des hohen Gewinns beim Roulette.

Auf seinem Heimweg, Benedetti war gerade im Begriff, sein Handy für die Nacht auszuschalten, erreichte ihn noch ein Anruf aus Zürich. Dieser kam zwar nicht völlig unerwartet für ihn, auf jeden Fall jedoch ungelegen. Ein total genervter Professor Schuler war am Apparat und kündigte an, am nächsten Morgen mit der ersten Maschine von Zürich nach Venedig kommen zu wollen, natürlich in der Annahme oder vagen Hoffnung, die Dokumente befänden sich nach wie vor im ungeöffneten Originalzustand und in sicherer Verwahrung bei der italienischen Polizei, also keineswegs bereits auf dem Postweg zur Zürcher Anwaltskanzlei des Dr. Jost.

»Die Angelegenheit ist mir doch so ungeheuer wichtig«, betonte der Wissenschaftler, »daß ich die Zeit für den kurzen Flug gerne in Kauf nehmen werde. Ohnehin muß ich dringend nach Rom, und da ist es lediglich ein kleiner Umweg für mich. Wo könnten wir uns am späten Vormittag treffen, um die Sache zu regeln?«

»Sie haben großes Glück, Signore«, antwortete Benedetti dem Erbschleicher, und mit Hochgenuß ließ er jedes seiner folgenden Worte genüßlich auf der Zunge zergehen, »Sie können sich nämlich den kleinen Abstecher hierher ersparen und direkt nach Rom fliegen. Der besagte Brief ist bereits, wie ich soeben von meiner Sekretärin erfuhr, unterwegs. Selbstverständlich als Einschreiben. Sie dürfen daher völlig unbesorgt sein.«

Längere Pause, es war das Schweigen des Entsetzens. Danach folgte sehr zaghaft die von einem Rest Hoffnung getragene Frage: »Darf ich denn wenigstens annehmen, daß der Brief korrekt an mich adressiert wurde?«

»Dem letzten Willen Ihrer Frau entsprechend wird er sein Ziel sicher erreichen!«

»Wie darf ich das verstehen?«

»Wörtlich!«

Danach war Benedetti das Versteckspiel endlich leid, und er informierte den Professor eingehend über seinen aktuellen Kenntnisstand. Anschließend versicherte er ihm, daß er den Vorgang damit als beendet betrachte. »Zwar war Ihr Versuch, unter sehr zwielichtigen Umständen in den Besitz eines keinesfalls für Sie gedachten Dokuments kommen zu wollen, durchaus ein strafbares Delikt. Trotzdem möchte ich diese Akte hiermit abschließen und umgehend an eine höhere Instanz weiterleiten: an Ihr Gewissen!«

11. Kapitel

Später als geplant war das Fest in Susans Atelier auf Giudecca in Gang gekommen. Nachdem es den tief über Venedig dahinziehenden Wolken zunächst offenbar an Lust oder Mut gefehlt hatte, sich über der Stadt abzuregnen, erleichterten sie sich am frühen Abend urplötzlich und hemmungslos von ihrer feuchtschwülen Last. Innerhalb von Minuten waren die Gassen und Plätze in vielen Bereichen der Stadt überschwemmt. So kam es, daß Susans Gäste nur sehr zögernd und ausnahmslos völlig durchnäßt bei ihr eintrafen. Es dämmerte bereits, als schließlich eine recht skurrile Gesellschaft von zumeist jüngeren Leuten zusammengekommen war. Fast jeder hatte sich phantasievoll grell geschminkt, während bei der Kleidung düstere Schwarztöne dominierten. Man kannte sich wohl von der Kunstakademie her oder verkehrte in gewissen lokalen Zirkeln, in denen sich Galeristen, Maler, Musiker, angehende Schrifsteller sowie andere kulturelle Hoffnungsträger der Region regelmäßig trafen. Viele brachten irgendeine Leckerei mit: Salate, Wein, Antipasti oder appetitlich angerichtete Spezialitäten aus der Region. So kam schnell eine ausgelassene Stimmung auf. Man trank, tanzte und diskutierte in kleinen Gruppen hitzig über die absurdesten Themen. Dann und wann ergänzten spontane musikalische Einlagen, rätselhaft verschrobene lyrische Ergüsse oder kurze deklamatorische Ansprachen das Programm. Diese scheinbar harmonische Heiterkeit, der etwas Künstliches, ja Gewolltes anzuhaften schien, war überschattet von einer merkwürdigen, sehr unterschwellig mitschwingenden Trauer oder Sentimentalität, die sich freilich durch nichts konkret Wahrnehmbares erklären ließ.

Mario kam sich in dieser bunten Mischung von exotischen Paradiesvögeln zunächst ein wenig fremd und deplaziert vor, zumal Susan ihn fast zu meiden schien. Jedenfalls war dies sein Eindruck. Im Gegensatz zu allen anderen Gästen war sie ganz in Weiß gekleidet, wodurch ihre körperliche Zerbrechlichkeit zusätzlich hervorgehoben wurde. Aufmerksam kümmerte sie sich um alle Gäste, schenkte Wein nach, ersetzte abgebrannte Teelichte, mischte sich hier und dort in Gespräche ein oder war zur Stelle, wenn es irgendwo ein kleines Problem zu lösen gab. Mario bedachte sie nur gelegentlich mit einem freundlichen Blick oder streifte ihn sacht mit der Hand, wenn sie im dichten Gedränge an ihm vorbeiging.

Es ging bereits auf Mitternacht zu, als die zuvor sehr lebhafte Gesellschaft allmählich immer stiller wurde. Wie von einer unsichtbaren Regie gelenkt, blendeten sich letzte Gespräche sanft aus und verstummten bald völlig. Obwohl niemand einen entsprechenden Hinweis dafür gab, stellten sich dann alle zu einem weiten, stummen Kreis zusammen. Nachdem dies geschehen war, trat eine junge Frau, sie war Mario ihrer herben Schönheit wegen längst aufgefallen, mit einer großen Glaskaraffe in die Mitte. Diese war mit einer pechschwarzen Flüssigkeit gefüllt, in der die spärliche Kerzenbeleuchtung auffallend helle Reflexe hervorrief. Einer nach dem anderen trat nun aus dem Kreis heraus und ließ sich ein Glas von dem geheimnisvollen Getränk einschenken. Um anzustoßen, ging man anschließend reihum. In diesem Zusammenhang kamen sich Susan und Mario zum letzten Mal in ihrem Leben körperlich nahe. »Ciao, Casanova«, sagte sie beim dumpfen Klang ihrer Gläser, küßte ihn sanft auf den Mund und mischte sich danach wieder unter die anderen Gäste.

Von diesem Zeitpunkt an nahm das Fest einen absonderlichen Verlauf. Die erwähnte Karaffe wurde nun immer wieder aufgefüllt, und alle, auch Mario, kamen ausschließlich noch auf dieses magische Getränk zurück, dessen verführerischer Geschmack mit nichts Bekanntem vergleichbar war. Schon bald schien festzustehen, daß man der schwarzen Mixtur Zusätze beigemischt haben mußte, die deutlich spürbar Einfluß auf persönliche Empfindungen und Wahrnehmungen nahmen. Mario, der keinerlei Erfahrungen mit Drogen hatte, war gleichermaßen erschreckt wie fasziniert. Sein Körper schien an Gewicht zu verlieren, so daß er meinte, jederzeit abheben und fliegen zu können. Farben, Stimmen und Klänge, denen er nie zuvor begegnet war, zogen ihn in ihren Bann. Die Menschen und Dinge um ihn veränderten sich ständig in Form und Größe, gingen ineinander über oder lösten sich völlig auf, und die Perspektive des Raumes schien sich bis zum Unendlichen hin auszuweiten. Irgendwann in dieser Nacht taumelte er aus dem Atelier, irrte durch die weiten Räume der ehemaligen Fabrik und legte sich auf einem Stapel verstaubter Kartonagen zum Schlaf nieder.

Als er wieder erwachte, spannte sich ein schöner, stiller Nebelmorgen über die Lagune, der sich allmählich zu einem prächtigen Sonnentag entschleierte. Mario fühlte sich zunächst durchaus wohl. Wie er dann bald erschreckt feststellte, war er völlig allein im Haus. Niemand befand sich noch im Atelier oder in den angrenzenden Räumen. Angstvolle Unruhe kam jetzt in ihm auf, und es drängte ihn, sich so schnell wie möglich davonzumachen. Mit einem Taxiboot ließ er sich wenig später zur Accademia übersetzen, wo ihn der Anblick ungewöhnlich großer Menschenansammlungen überraschte. Kein Wunder eigentlich, denn die Biennale wurde an diesem Tag eröffnet. Ohne eigenen Plan, nur einem Instinkt folgend, schloß Mario sich einer Touristengruppe an und gelangte mit ihr zum nahen Guggenheim-Museum, wo eine zum Pfropf verdichtete Ansammlung von Schaulustigen den Eingang total blockierte. Trotzdem gelang es ihm unter Mühen, sich in den vorgelagerten kleinen Park vorzudrängeln, wo eine aus aller Welt herbeigereiste Menge erregt ein Ereignis diskutierte, von dem er sich zunächst noch kein Bild machen konnte. Aber dann, nachdem er sich weiter nach vorn durchgekämpft hatte, stand er am Rande einer Absperrung, die Polizisten weiträumig um jenen steinernen Sessel gezogen hatten, in dem die Guggenheim zu Lebzeiten so gerne posiert hatte. Der Sessel allein war es jedoch nicht, was die gaffende Menge anzog und provozierte. Ihre Neugierde galt vielmehr dem Umstand, daß in der geräumigen wie unbequemen Sitzgelegenheit eine in Weiß gekleidete junge Frau hockte, etwa in der Haltung eines Embryos, umgeben von äußerst kunstvoll arrangiertem Blumenschmuck. Hinter ihr, auf einem hohen Holzgerüst, zog ein riesiges, aus vielen Einzeldarstellungen bestehendes Bild das allgemeine Interesse auf sich.

»Die Frau ist tot«, tuschelten sich einige Gaffer zu. »Eine tolle Performance«, vermutete ein anderer und fügte fachkundig hinzu: »Man könnte es vielleicht eine *Ikebana-Leiche* nennen.«

Während Mario noch ungläubig, aber mit erwachendem Entsetzen nach vorne schaute, wurde ihm schließlich klar, daß dort Susans Leiche in spektakulärer Form zur Schau gestellt wurde. Schon wollte er weiter nach vorne stürmen, die Absperrung durchbrechen und sich endgültige Gewißheit verschaffen, als sich eine Hand sanft auf seine Schulter legte. Er blickte sich elektrisiert um und sah in die Augen jener herben Schönheit, die am Abend zuvor in die Mitte des Kreises getreten war und an alle das schwarze Getränk ausgeschenkt hatte. »Reg dich nicht auf«, sagte sie sehr sanft, »und genieße den schönen Anblick. Es war ihr Schicksal, und sie wollte es so. Im übrigen ist es Pablos Werk.«

Mario, der den Sinn dieser wenigen geheimnisvollen Worte nicht erfassen konnte, machte sich so schnell davon, wie es die dicht gedrängte Menge eben zuließ. Zusammenhanglos hämmerte nur dieser eine Satz in seinem Kopf: *»Im übrigen ist es Pablos Werk.«* Damit war für ihn völlig klar, daß der Maler

Susan umgebracht haben mußte! Innerhalb kürzester Zeit, in der Erinnerung wußte er später nicht mehr wie, war er zurück in Susans Atelier, brachte die Pistole an sich und keuchte bereits bald darauf die Treppen zu Pablos Atelier hinauf. Als er die nur angelehnte Tür heftig aufstieß, fand er den Maler in seinem Korbsessel sitzend vor, aus dem Fenster blikkend, also seinen Rücken dem Eintretenden zugewandt. Sie waren weniger als zehn Meter voneinander getrennt. Mario entsicherte die Pistole, legte auf Pablos Kopf an und wollte schon abdrücken. Weil seine Hand aber stark zitterte und er den alten Mann möglichst mit dem ersten Schuß tödlich treffen wollte, ging er langsam auf ihn zu. Er schläft offensichtlich sehr tief, dachte Mario. Ein schöner Tod, so zu sterben. Eigentlich hat er es so sanft nicht verdient. Inzwischen stand er direkt hinter seinem Opfer, kompromißlos zum Letzten entschlossen, als er hastige Schritte mehrerer Personen auf der hölzernen Treppe zum Dachboden hörte. Verunsichert durch diese nicht einkalkulierte Situation zögerte er für Sekunden, und dann stand auch schon Benedetti in der Tür, gefolgt von zwei Sanitätern mit einer Bahre.

»Auf Tote schießt man nicht«, herrschte ihn der Beamte an, »legen Sie die Waffe aus der Hand, und treten Sie für einen Moment zur Seite. Wir müssen zunächst die Leiche aufbahren und nach unten bringen. Ein Selbstmord übrigens«, fügte Benedetti erklärend hinzu. »Informiert durch einen anonymen Anruf, war ich vor einer halben Stunde schon einmal hier. Zu spät freilich. Aber was geht Sie das schon an.« Die Leiche wurde festgeschnallt, zugedeckt und hinausgetragen. Anschließend forderte der Commisssario den verhinderten Mörder auf, Platz zu nehmen. »Wir haben uns ein wenig zu unterhalten, aber ich denke, daß es nicht lange dauern wird.« Mario ließ sich in einem der ihm aus glücklicheren Zeiten bekannten Korbsessel fallen und zündete hastig, um seine Nervosität zu überdecken, eine Zigarette an. Benedetti sah mit Interesse auf die ungewöhnliche Schachtel mit dem Schriftzug *Finas*. Damit war für ihn eine letzte Frage geklärt.

»Sie also waren der geheimnisvolle nächtliche Besucher auf dem Lido?« Mario nickte, obwohl ihm natürlich vollkommen unklar bleiben mußte, wie Benedetti zu diesem Rückschluß gekommen war.

»Was ist mit dem Geld?« forschte er weiter. Mario schilderte wahrheitsgemäß den Verlauf der Dinge, und weil der Commissario keinen Grund hatte, diese Aussage anzuzweifeln, war die Angelegenheit damit für ihn erledigt. Bevor sich beide bald darauf voneinander verabschiedeten, erfuhr Mario von Benedetti endlich erklärende Einzelheiten zu den mysteriösen Ereignissen der letzten Stunden. Sie basierten auf detaillierten Angaben von Pablo, die einem ausführlichen, von der Polizei inzwischen sichergestellten Brief zu entnehmen waren. Demnach litt Susan, sie war übrigens seine Tochter, hervorgegangen aus der unehelichen Beziehung mit einer inzwischen verstorbenen Tänzerin, seit ihrer Geburt an einer unheilbaren, äußerst seltenen Form von Leukämie. Da ihr Tod aus ärztlicher Sicht unmittelbar bevorstand und Vater wie Tochter sich völlig darüber einig waren, das bedrohte Leben würdevoll, ästhetisch und nicht auf der

Intensivstation einer Klinik enden zu lassen, entschloß man sich zu der spektakulären Aktion. Pablo besorgte Gift, und Susans Freunde stilisierten ihren Suizid dann zu einer Art Happening oder Performance. Ort und Zeitpunkt waren genau aufeinander abgestimmt, ging es dem Maler nebenbei doch auch darum, sich nachträglich an der Guggenheim zu rächen. Er selbst, schwer herzkrank und verbittert, nahm das gleiche Gift wie seine Tochter.

So begann die Biennale mit einem Skandal, zu dem es, wie findige Journalisten bald herausfanden, eine historische Parallele gab. Als die inzwischen weltberühmte Kunstschau am dreißigsten April 1895 erstmals Besucher aus aller Welt angelockt hatte, erregte ein Gemälde von Giacomo Grosso nicht nur den Unwillen des späteren Papstes Pius X.: Auf der großformatigen Leinwand umstanden fünf nackte Frauen eine aufgebahrte Leiche. Das Bild wurde natürlich umgehend wieder abgehängt. Diesmal ging es darum, den Leichnam einer schönen jungen Selbstmörderin zu entfernen. Diskret und auf dem schnellsten Wege, denn ein glühendheißer Sommertag stand bevor – das makabre Kunstwerk war leicht verderblich!

Am Tag darauf kehrte ein deprimierter Mario zurück in seine Frankfurter Wohnung. Venedig, wo er drei Tote und die fixe Idee zurückließ, einst Casanova gewesen zu sein, hatte er fluchtartig hinter sich gelassen. Ohne das geringste Gepäck, allerdings mit einem noch immer ansehnlichen Bündel Frankenscheine in der Gesäßtasche. Gegen Abend war er mal wieder mit Regina, seiner »Kartentante«, zusammen. Während er ausführlich berichtete, hockte sie wie eine moderne Pythia am Küchentisch und nippte gelegentlich an einer dampfenden Tasse Tee.

Nachdem Mario alles erzählt hatte, starrte er sie verzweifelt an. »Und nun?« wollte er von ihr wissen. Schweigen. »Ich dachte«, bohrte er nach, »du könntest mir jetzt irgendwie helfen. Ich verstehe das alles nicht, stehe mit dem Rücken zur Wand und habe Angst davor, jeden Moment durchzudrehen. Was ist jetzt? Wie geht es weiter für mich?«

»Das fragst du mich? Das Leben wird dir die Antwort schon geben, nicht ich. Vielleicht bereits morgen, oder erst nächstes Jahr.« Und nach einer kurzen Pause fügte sie vieldeutig hinzu: »Vielleicht auch in der nächsten Stunde, wer kann das wissen?«

Mario, der mehr Beistand von seiner Freundin erwartet hatte als diesen altklugen Spruch, verabschiedete sich brüsk von ihr. Unten nahm er sich ein Taxi. Jetzt auf keinen Fall mit mir allein sein, dachte er. Flucht! In seinem Sachsenhäuser Stammlokal wollte er sich betrinken. Auf der Fahrt dorthin kam ihm Pablo mit einigen Sätzen in Erinnerung. *»Das Schicksal verknüpft uns alle in einen magischen Teppich von Millionen Fäden und Knoten«*, hatte der Maler gesagt und hinzugefügt: *»Einen Schluß kann es niemals und nirgendwo geben, denn die Zeit schreibt alles zu einer unendlichen Geschichte fort und knüpft an jeden auslaufenden Faden sogleich den nächsten an.«* Natürlich, dachte Mario, nur darum geht es: den auslaufenden Faden wieder mit dem Leben zu verbinden!

Das Lokal war überfüllt, wie eigentlich immer. An einem großen Tisch rückte man für ihn zusammen. Er bestellte Weizenbier, orientierte sich flüchtig nach allen Seiten hin und dann – es war wie in schlechten Filmen oder schönen Märchen – ja, dann sah er sie! Diese junge Frau, ganz nahe bei ihm am Nachbartisch und doch so unendlich weit entfernt, schien eine Symbiose aus Helena und Susan. Sehr schön war sie, dabei herb, stolz, abweisend und offensichtlich ungewöhnlich stark. Aber das machte nur eine Facette ihrer Erscheinung aus, die von einer zweiten, äußerst sensiblen, zerbrechlichen ergänzt oder überlagert wurde.

Helena und Susan neben ihm am Tisch, zu einer Person verschmolzen? War es Täuschung, Einbildung, Wunschdenken? Ein übler Scherz seines Unterbewußtseins also, um Verlorenes in die Wirklichkeit zurückzuretten? Egal, dachte Mario, stand auf, nahm seinen Stuhl und drängelte die wenigen Schritte zu ihr hinüber. Wort- und völlig regungslos, nur mit einem Sekundenblick aus dunklen Augen, signalisierte sie ihre Zustimmung.

Während Mario mit Angela, wie sie hieß, bereits wenig später in ein anregendes Gespräch vertieft war, hielt im entfernten Baden bei Zürich eine weiße Limousine vor der Luxusvilla des Professor Schuler. Ein hübsches Emblem auf dem eidgenössisch gepflegten Auto wies dezent darauf hin, daß es sich um einen Wagen der Kantonspolizei handelte. Zwei Beamte standen vor der aufwendig gestalteten, mit weißem Schleiflack versehenen Eingangstür, als ihnen von einer attraktiven jungen Frau geöffnet wurde. Den frisch gekürten Nobelpreisträger wollten sie sprechen. Er kam und führte die Polizisten in sein Arbeitszimmer, wo diese ihm einen mitgeführten Haftbefehl vorlegten. *Verdacht auf Mord aus niederen Beweggründen an der Helena Schuler*, stand da kurz und schlicht.

Es war ein Werk Benedettis. Der Commissario hatte sich noch einmal den Nachtkellner Tonio vorgenommen, wobei etwas Entscheidendes und für den Wissenschaftler Schicksalhaftes zur Sprache kam. Helenas Mann war natürlich bekannt, daß sich seine Frau wegen der erwähnten Unterzuckerung regelmäßig bestimmte Injektionen geben mußte. Unter einem fürsorglichen Vorwand hatte er den Hoteldiener damit beauftragt, jene Injektionsspritze, die seine Frau in aller Regel bereits abends und für den Gebrauch am frühen Morgen vorbereitet auf die Konsole im Bad zu legen pflegte, durch eine andere zu ersetzen. Diese Doublette jedoch hatte Schuler mit einer Substanz gefüllt, die ihren Blutzuckerspiegel innerhalb weniger Minuten praktisch auf Null abstürzen lassen mußte. Die Beweise gegen den Professor waren in jeder Hinsicht lupenrein, zumal Tonio die ausgetauschte Injektionsspritze nicht tatsächlich weggeworfen, sondern heimlich aufbewahrt hatte.

Anstelle des ausgelobten Preises der Schwedischen Akademie der Wissenschaften mußte sich Professor Schuler ersatzweise längere Jahre mit einer anderen nordischen Spezialität anfreunden: schwedische Gardinen.

Karwoche 1814. In Europa toben die Befreiungskriege gegen Napoleon, die Welt ist in Aufruhr. Auch das Leben des westfälischen Bauernsohnes Jeremias Vogelsang, der sich mit anderen geduldeten Deserteuren in seiner Heimat aufhält, gerät aus den Fugen. Vorgeblich, weil Jeremias desertiert ist, in Wahrheit jedoch, um sich des unerwünschten Liebhabers seiner Tochter zu entledigen, ruft Amtmann Boomkamp zur Hatz auf den „Verräter" auf. Von Gendarmen gejagt, bleibt Jeremias nur die Flucht ins Moor, das auch allerlei lichtscheuem Gesindel Zuflucht bietet - eine schicksalhafte Entscheidung, wie sich bald zeigt. Denn hier kommt Jeremias einem Rätsel der Vergangenheit auf die Spur, einem Geheimnis, das sein eigenes Leben umgibt...

ISBN 3-404-14272-1

BASTEI
LÜBBE

Rätselhafte Vorfälle halten Venedigs Polizei in Atem. Vier junge Touristinnen verschwinden spurlos im Labyrinth der Stadt, alle stammen sie aus wohlhabenden Familien. Handelt es sich um Entführungen mit erpresserischer Absicht? Leben die Frauen überhaupt noch? Einiges spricht dafür, aber Zweifel sind angebracht, seitdem einheimische Fischer immer wieder sorgsam verschnürte, geheimnisvolle Pakete im Röhricht der Lagune finden, über deren Inhalt Presse und Öffentlichkeit spekulieren.

Commissario Benedetti, von seinen Vorgesetzten als schwer durchschaubarer Außenseiter gleichermaßen gefürchtet und geachtet, wird nach Mißerfolgen eines Kollegen mit dem Fall betraut. Neben einem deutschen Touristen, einer ehemaligen Mailänder Lebedame und einem Mafioso gerät auch der zwielichtige Padre Albertus ins Fadenkreuz von Benedettis Ermittlungen, die schließlich zu einem unerwarteten Ergebnis führen ...

ISBN 3-404-12949-0

BASTEI
LÜBBE